# 山海衅

## 叁

### 星野乱

八月槎 著

人民文学出版社

图书在版编目(CIP)数据

山海变.3,星野乱/八月椴著.—北京:人民文学出版社,2022
ISBN 978-7-02-016929-0

Ⅰ.①山… Ⅱ.①八… Ⅲ.①长篇小说-中国-当代 Ⅳ.①I247.5

中国版本图书馆 CIP 数据核字(2021)第 255275 号

责任编辑　朱卫净　张玉贞　李　翔
封面设计　钱　珺

出版发行　人民文学出版社
社　　址　北京市朝内大街 166 号
邮政编码　100705

印　　刷　上海盛通时代印刷有限公司
经　　销　全国新华书店等

开　　本　890 毫米×1240 毫米　1/32
印　　张　9.25
字　　数　140 千字
版　　次　2022 年 1 月北京第 1 版
印　　次　2022 年 1 月第 1 次印刷

书　　号　978-7-02-016929-0
定　　价　58.00 元

如有印装质量问题,请与本社图书销售中心调换。电话:010-65233595

# 目录

第一章　越系船　/ 1

第二章　七里香　/ 41

第三章　平武城　/ 83

第四章　蝶双舞　/ 115

第五章　百花溪　/ 155

第六章　重围　/ 203

第七章　飞鱼银梭　/ 247

# 第一章 越系船

地图一寸寸在越系船眼前展开,他产生了一种掌控命运的奇妙感觉。地图有自己的生命,那些曲折蜿蜒的线条在自然的神力下恣意生长,他曾经和乌桕一起,在这里日夜遨游。他熟悉那些青色的河流、黑色的道路、突兀的群山、秘密连接在一起的沼泽和森林。那些故事里的英雄仿佛带着烟尘,就在这一刻跃然纸上。

# 一

天地倒悬，越系船咬紧牙关，嘴里泛起一股土腥味。身体腾空的瞬间，他一天的食物都从口鼻中喷了出去，刀片一样炙热锋利。坠地的那一刻，他后背重重拍在尘土中，一颗心就这样从胸膛里面甩出来，他拼尽全身力气挣扎，然后砰的一声，额头又挨了重重一击。

世界变黑了，只有一缕光远远照过来，一些滚热的液体从鼻孔滴滴答答落下。他的手在四处摸索，抓住了翻滚的地面，像无数次在鸿蒙海的狂风巨浪中行船，他再次落入无尽的旋转之中。

"起来了，又起来了。"稀稀落落的惊叹声从某个遥远不可知的地方传来，被拉得很长，变成一条条细线。

光线越来越明亮，照得越系船睁不开眼，人群的影子模模糊糊，什么东西黏黏的，在脸上爬动，他踉跄着发力，摸了一把，一手的鲜红。

"再来！"他用尽全身的气力嘶吼着，然后，就什么都不知道了。

海粗重地呼吸着，越海潮正站在黑暗中向他招手，已经非常不耐烦。越系船心中害怕，终于松开了乌柏的手，越传箭则在一旁抹着眼泪。他跃上甲板，越海潮面无表情地转过身去，破旧的渔船缓缓起锚，落月湾随着海水摇晃着，一股阴冷的绝望从背后袭来，混杂着死鱼腥臭的甜腻气息，牢牢地箍住了自己。

"我不会死的！你们等我回来，等我回来！"他扑通跳入海中，用尽全身力气向岸边游去，然而乌桕和传箭还是越来越远。他嘴唇颤抖，张嘴狂吼，然而巨大的鱼枪呼啸着洞穿了他的脊背，他像一条绝望的鱼一样拼命挣扎，越海潮则毫不留情地转动绞盘，把他拖向一片深深的灰色。

一切都消失了，只留下一种尖锐的空落落的疼痛。

"死什么死！"当的一声巨响，震碎了黑色的世界，晨光耀眼。

越系船从地上弹起，浑身剧痛，散了架一样。"起来了，去棕熊那里报到吧。"辛望校转动他的砍山刀，越系船的脑袋还在和他的头盔一起嗡嗡作响。

"海，要出海了！"越系船拼尽全身力气爬了起来。

"上了战场，都不知道怎么死的！"砰的一声，辛望校又踢了他一脚。

越系船吃痛，又跌坐在地："你个老贼，叫我去哪里？"

"棕熊快要用早餐了，赶紧去！"

"棕熊？"越系船摸摸自己的胸口，铁皮冰冷，皮料柔软，二手的牛皮甲还在身上，并没有尖利的鱼枪探出头来，这里也不是落月湾，一样湿漉漉的草垫上没有黄色的盐粒。

"棕熊？！"越系船忽地跃起，他面前是一条无边无际的闪亮河流，河面浩荡宽阔，帐篷一座连着一座，整个世界都被笼在一团模糊的湿热中。

"在那边。"辛望校提起刀，指了指黑色炊烟升起的地方。

"我……"越系船觉得嘴里好像有什么东西，吐了出来，是些凝固的黑色血块。他的半边脸肿了起来，整个胸口火烧火燎地疼。

"昨天二百人的混战都没打死你，真是命大，"辛望校呼出一口浊气，道，"就这么想出头吗？为了几条干肉，不要命了？"

"命又不值钱，"越系船龇牙咧嘴，"吃了肉才有力气，瘦下来，死得就更快了。"

他晃了晃脑袋，清醒了一些："我通过了？"

"通过了，"辛望校把刀插回鞘中，"算你走运。棕熊选人没别的标准，这一轮挨过还能站着的，就可以编入近卫营。"

"硬啊伙计，没人觉得你还能站起来。"旁边一个歪嘴的士兵搭话。

"还愣着干什么，快吃肉去吧！"

"哈哈哈，这样的规矩实在是太好笑了。"越系船咧开了嘴，然而笑容扯动头上的伤口，又是一阵剧痛。

"不知道你发起疯来这么有种。"辛望校摁了摁越系船的伤口。

越系船怪叫一声，抬手摸了摸额头，鲜血从粗布中渗出，大都凝结成了硬痂。

"别摸了，昨天我拖你回来的。"

"好！"越系船转身跑去，"老乌贼！老子发达了不会忘了你的！"

"你个王八蛋！"越系船跑得快，辛望校的声音远远从背后传来。

"倒了不怕，打不死就行。"口中的血腥味道还在，越系船一边踉跄奔跑，越过地上埋好的尖桩，已经被击打得灰飞烟灭的记忆又慢慢回到脑海。

一切都从日落前开始，那时候棕熊招募近卫的消息传过来了。

跟着辛望校投军之前，他就知道，棕熊部在平武野熊兵中是出了名的蛮横，而这里的几千边兵，每个都想进入他的近卫营。

有人想升官，有人想发财，有人要出人头地，大家拼命努力的目的各不相同，但对于越系船来说，目的很单纯，进入近卫营，每天能分到两条干肉。

肉，他舔舔干裂的嘴唇，攥紧了拳头。走出灞桥已经十余日了，新兵的伙食本来就稀薄，十六岁以下的少年更是减半，越系船每天都被饿得眼冒金星。和阳坊街上不同，这里的食物捡不来也抢不来。

"生瓜蛋子滚开！"

"你滚开！"越系船梗着脖子。

有人拉住了他："小兄弟，你要做什么呀，咱们边兵已经是战场上的箭靶子了，你还怕死得不够快？"

"怕什么！老子来这里就是要杀人的！"越系船恶狠狠地挣着，"谁再拦我，腿打断！"

"你才多大？你知道骨头折断的声音是什么样的吗？"越系船越挣扎，那只手拉得越紧，"拿了银币，屁股还没坐热，就想吃肉了？！"

"滚开，我要过去！"越系船挥手，啪的一声，打到了男人脸上，趁那人吃痛一松手，越系船立即挤了上去，边跳边喊，"还有我！还有我！我来！"

"去吧。"登记的士兵用眼角扫了他一眼，一脚踢开了还未落锁的木栅栏。

他一口啐在地上，拧了拧肩膀，握紧了拳头，如愿以偿进了操练场。

野熊兵命不值钱，哼，好像打鱼的命就更金贵一些似的。

为了加入野熊，老子连妹妹都卖了！越系船恶狠狠地想，越传箭换来的银子已经变成了身上的皮甲。新兵里杀猪的、卖肉的、打鱼的、种地的，干什么的都有，老辛说，这样的杂牌兵，开战就要死一半，和他们混在一起，才是真正的危险。如果不舍了命拼上一把，只怕这辈子都回不了灞桥了。

再说，怎么能放过见到棕熊的机会呢？棕熊是谁？野熊兵里万夫不当的勇士，平武城中闻风丧胆的屠夫，既然打仗要死人，就要跟着最凶悍可怕的人才有活路。越系船舔了舔干裂的嘴唇，这个机会，一定要抓住。

选拔的规则很简单，通过报名登记，二三百名心思各异的壮实士兵被栅栏圈起，试练场中间堆着木槌、木刀、石块，如果抢不到，便只有一对拳头。试练开始后，众人自行捉对厮杀，半个时辰后，还没有倒下就行了。

"这是什么鬼规矩，万一大家商量好了，全稳稳站住，一鸣金，皆大欢喜！"

辛望校冷笑道："你去试试就知道了。"

试试就试试。

没有任何废话，那边发令官鼓声一响，越系船就被人从身后一腿扫到，摔得眼冒金星。刚站起来，又被兜头打了一棍。他怒了，发起狠来，从别人手里抠了一把木刀，挥舞起来，然后还没抡几下，又被打断了，这一次两眼发黑地倒下时，想到了灞桥里的乌毛头。一味蛮干，还真是打不过那些大块头，所以，如果他在这会怎么办？

还不到一炷香的时间，场上还在嘶吼着对打的，就只剩下了百十人，越系船学了乖，仗着自己灵活，翻过来翻过去，挑了一个最能打的，去帮着防守后路。很快，场上只剩下了三组互相配合的团队，有攻有守，同进同退。这几组人之间互相奈何不得，眼看着好像大家都可以通过了，越系船正自欢欣鼓舞，脑袋嗡的一声，不知道被谁敲昏了。

鸣金的时候，场上只剩下了一组人，但也许没人在乎越系船，因此他还能晃晃悠悠地站起来。没有人动他一根指头，他那么傻愣愣站了一会儿，就失去了知觉。

不管怎么说吧，他们还是看上这个不要命的打鱼少年了。

时间尚早，露珠刚刚爬上草叶，新兵们大多都睡眼惺忪，而老兵们已经披挂齐整，三个一群两个一伙，在油石上打磨战刀了。

越系船提了提裤子，一瘸一拐地走着。

橙色旗帜就在眼前，近卫营到了。

"越系船是吗？"书记官手里拿着名录，打量着他，"灞桥打鱼的，十五岁？"

"十八了。"

对方不置可否，用手一指："去后面领差事。"

"好！"越系船猛点头，他心中激动，身上似乎也不怎么疼了，用力地紧了紧身上的破皮甲，跟着领路的士兵迈开了步子。

他身上这半副零落的皮甲，兜鍪只剩一个圆壳、颈护没有、胸背的圆护和吊腿还在，但披膊、腿裙、鹘尾依然全无踪影。这还是辛望校帮他从锋凌炼坊的废品中拼凑的。

老辛婆婆妈妈，最烦人的就是他。

"银子不能白花，"辛望校一遍撅着屁股在那些废铜烂铁间挑挑拣拣，一边嘴里不停嘟囔，"好甲贴人，甲散了，就没命了。"

"这种东西，不是越厚越硬越好吗？"

"厚硬有什么好，你不活动？站着让人砍？"辛望校打掉了他手里的铁板。

"不要听别人瞎说，上了战场，刀和甲就是你的命！什么甲好，穿上知道！"

老辛忙了整整一日，这些七零八碎的旧铠，被锋凌炼坊的师傅们重新连缀，就变成了今天越系船身上的甲胄。临了，他没忘了给越系船配上一个兜鍪，上面立着一只已经残损的海兽，只剩下一半身子，表情震惊，倒有几分像鸿蒙海中的梨子鱼。

越系船最满意的，就是这只梨子鱼。十多年来，越海潮就是靠着它们养活了兄妹俩。

胡思乱想不耽误走路，没走多远，一股肉香便扑面而来，纵然越系船已经把腰带勒到眼冒金星，口水还是汹涌地涌了上来。

星野乱　9

## 二

"就是这儿了,里面去找赵瘸子。"引路的士兵折返,把越系船丢在了这个烟气蒸腾的地方。

好香啊,越系船干咽了一口唾沫,饥肠辘辘。他向来食量大,从军以来,就没吃饱过,格斗中伤口皮开肉绽,倒也痛快爽利,而饥饿却像一把钝刀,每天在他的腹中割来割去,要把整个人的活气都抽走,饿上三两天,他就浑身不舒服,手脚开始空落落地疼,他继承了越海潮的魁伟体格,却没继承他的耐性。

撩动饥肠的肉香好像故意和他开玩笑,和浓烟一起滚滚而来,吹得他睁不开眼,直到他绕到上风口,才发现这里是中军火灶所在。

烟火来自河岸一蓬蓬茂密的油松,它们正在垒好的石灶中熊熊燃烧,被火烤裂后,松脂便一滴滴落在木炭上。每落下一滴,便会升起气味苦涩的黑烟,上面蒸肉的香气就混着松木的味道四处飘散。掌灶的卫官正在把一条条肉干码在竹屉里,旁边是白布盖着的黄米馒头,还有一些带着盐渍的苦苣菜和淡酒。

"我找赵瘸子。"

越系船看着面前这个满头大汗的厨子,他满是油污的军服外系着一条粗布围裙,已经辨不出颜色。

那厨子一瘸一拐地转身,越系船一愣,这不就是昨天拉着自己,被自己打了一拳的那个家伙吗?

"你来了?"他咧嘴一笑,露出一口残缺不全的黄牙。

"哎呀，真是没想到。"越系船讪笑着。

"怕你被打死，一把没拉住，真是走眼了，"瘸子递过手中满把的油松枝，对越系船说，"过来吧。"

赵瘸子指着冒着黑烟的土灶："添火。"

他蹲下来，把那一把油松枝都塞进了灶里。

难不成要来做厨子？肉香飘过，越系船感到些许气闷。油松枝被火点着，一股黑烟扑面而来。

"他妈的，这松枝烧起来怎么跟泼了油一样。"越系船咳个不停。

"算了。阿青头，去，带他送饭去吧。"

"送饭？"越系船瞪大了眼睛。

上风口那个无所事事的士兵站了起来，道："走吧，伙兵。"

"什么是伙兵？"越系船明知故问。

"就是生火做饭的兵，走走走，"那人捅了捅越系船，"不是想见棕熊吗？现在我就带你去见他。"

"东西齐了。"瘸子看着这两个人，也不怕烫，一只手直接伸入竹蒸笼中，把那些蒸肉一条条甩到竹箪里面，露出的那一面，已被松烟熏得乌漆墨黑。

"这样子能吃吗？"那肉上像包着一层灰。

"怎么不能吃，"赵瘸子从腰上拔出匕首，在围裙上蹭蹭，在牛肉上刮了几刮，拎起一条，道，"给你你不吃？"

越系船肚子雷鸣一般响起来。

他接过竹箪的时候偷偷颠了一颠，浓浓的肉香和黄米馒头的香气混杂在一起，飘得四处都是。

牛肉馒头和酒，分量不轻，越系船的气力全靠那肉香顶着，双臂各拎一组，快步前行，走得满头大汗。

那顶最大的帐篷越来越近了。这帐篷和兵士们住的差不多，略大些，上面也打着补丁，不过布更厚，帐篷的紧要部位都用兽皮加固，高大宽敞，更加气派。

此刻，大帐前后的布帘都已经卷起，使它变成了一个明亮通透的棚子，帐篷中间的木凳上坐着一个男子，正同几个将官一同研究桌上的地图。

"喏，那个就是吴大人了。"

走了这么远的路，汗珠从越系船的额头滚过，摔碎在尘土里。

"将军，早餐来了。"阿青头报饭。

中间那个男子站了起来，搓了搓手，逆光中只是一个黑色的轮廓。

是的，越系船此刻终于确定了一件事，棕熊是个人，而不是一头熊。

棕熊是南渚的名人，校尉吴业伟的传说有许多源头，离越系船最近的一个就是辛望校、他当年曾经是野熊兵的一员，吴业伟，曾是他的卫官长。

从越系船认识老辛开始，这个大胡子每次醉酒，必定提到这个人。按他的说法，他从野熊兵退役，回灞桥寻个看门的差事，是为了找个老婆，过几天安生日子。然而一直到重回野熊兵，老辛也没找到一个女人，反倒是时时都在说着平武城，说着战场，绘声绘色地描绘着这个叫棕熊的人。这故事越系船也听过不知道多少遍了，它从二十年前开头，那时候小伙儿辛望校为了找口饭吃，刚刚从灞桥逃到平武，是姓吴的把他招进了自己的队伍，而在从军之前，老吴是个当地的猎户。

"一个百人队而已，都是老百姓，根本不会打仗。老子杀了好几个蛮子，大腿上也被射中了一箭，没法走路。不是他，就饿死在树林里了。"辛望校的胡子上带着酒沫，嘟嘟囔囔，好像还在当年的战场上。

一晃二十年过去了，如今，小辛变成了老辛，还是一名低级卫官，而棕熊已经是野熊兵的独当一面的校尉，平武侯李秀奇的左膀右臂了。

"他一个校尉，万人队常年只统着不到五千人，想想这是为什么！不打仗的时候，你离他远点！打起仗来，千万跟住他！跟着棕熊，除死无大事！"辛望校醉眼迷离，摇摇晃晃。


越来越近了，对面的男人肩宽背厚，一道伤疤顺着下颌的轮廓蜿蜒上爬，在脸上画出一道丑陋的弧线，他的右脸只剩半只耳朵。是他，没错。

"棕熊"这个绰号源于一次战斗，当时浮玉的蛮族公爵季无民从赤叶城发兵，大举进攻南渚边地，在平武野熊兵全面溃败的时刻，小都尉吴业伟率领三百残兵扼守叶城，令季无民四千前锋猛攻三日不下，浮玉蛮子在他的脸上留下了一道狰狞的伤疤，带走了他的半只耳朵和二百多个兄弟，但他终于等来了李秀奇，一个小小的都尉，守城本不是他的责任，但在这三日中，他生啖血肉、寸步不让。

这是传奇般的一战，由于棕熊的存在，浮玉的奇袭变成了拉锯，季无民的苦心筹划就这样变成了一个笑话。人们都说敌人喷溅出的鲜血，把他的皮甲反复刷洗，染成了深棕色，而他砍出的每一刀，都带着野熊的咆哮。

人们还说，从那次战斗后，他再也没有换下那身棕色的血甲。

之后的日子，这个人跟着李秀奇，经历了平武野熊二十年来所有的大小战斗，关于他的传说越来越多，也越来越离奇。这个披着鲜血铠甲的男人就这样顶着"棕熊"的绰号，以所向披靡的战绩，成了李秀奇麾下一个魔鬼般的符号。

此刻，这个传说里走出来的人就在越系船的面前，手指在桌上的地图上缓慢移动着。

越系船手中的牛肉条正在迅速凉下来，阿青头踢了他一脚，他深深吸了一口气，走了上去。

"吃的来了！"

"唔，放下吧。"

放哪儿？越系船把竹筐托在胸前，一大张地图覆盖了桌面，上面布满细线和各种斑点符号，在某些线和点交会的地方，零落地堆放着一些随处可见的小石子。

他去看阿青头，两个人面面相觑，棕熊不说话，他们也不敢说话。

那套旧甲就在他的眼前，果然是深棕色的。

铠甲上布满了刀砍斧斫的痕迹，带着利箭刮擦的断口，在铁甲和鳞片的缝隙中，露出带着白茬的兽皮。这样看，它们显然并没有经过鲜血的浸泡，倒是皮甲的正反两面都仔细养护过，内里那味道越系船再熟没有，是鲸脂，可以让皮子柔软舒适，外层八成是茶油，让皮子坚硬致密，充满弹性。

总之，棕熊甲胄的传说是假的，越系船有些小小的失望。

牛肉和黄米馒头的香味在清晨的空气中弥散开来，这一群人终于停止了商讨。

饥饿打扰了他们。

"嘀，好烫！"坐在棕熊对面的矮胖子等不及，伸手就扯出一根肉条来，在左右手中不断地倒着，用嘴吹来吹去。越系船认得他，这人叫张宝库，也是个校尉，身材粗壮，肩膀宽阔，有一对耷拉下来的浓浓的八字眉，一张常年油津津的大脸让人过目不忘，人们都叫他苦瓜。

"先这样，"棕熊瞄了地图一眼，道，"吃饭。"

坐在桌旁的男人纷纷伸手，拿着馒头和牛肉的手从越系船眼前晃过，他的肚子再一次发出了雷鸣般的响声。

"什么声音？"苦瓜耳朵竖了起来。

棕熊伸手把羊皮纸上的石子一推，身后的侍卫走上前来把地图撤走。

"熊崽，站着干吗，还不把竹箪放下！"苦瓜身旁的黑脸男子坐得稍远，够不到牛肉和馒头。

棕熊用指头敲了敲桌面。

越系船如梦初醒，忙把竹箪放在桌上，将碗碟和苦苣菜拿出，摆出一袋袋淡酒。

棕熊挥挥手，阿青头便带着越系船要走。

越系船的肚子偏偏又响了起来。

## 三

"肚子里面打鼓，吴帅的后厨，也有饿死鬼啊。"苦瓜咧开

星野乱　15

嘴，打量着越系船。

"你多久没吃东西了？"棕熊回过头来。

阿青头扯了扯越系船，示意他抓紧离开。

越系船纹丝不动，道："东西有得吃，但是吃不饱！"

"哦？"棕熊皱起了眉头，"不是每天都有豆粥、干粮和咸肉吗？"

"干粮两天一顿，余下只有稀粥，咸肉没见过。走这许多路，实在吃不消。"越系船饿得两眼发昏，蛮劲上来，愈发不肯离开。

棕熊回头，望向黑脸男子。

"这一次新丁不少，我们是借道偏师，军需跟不上。灞桥和箭炉的粮食都先紧着赤铁了，他们这些杂兵，确实少了点。"那个黑脸军官从石桌后绕了过来。

"这么敢说话，新来的？"说话间，那个黑脸军官从竹箪里面抓起一个馒头，丢向越系船。

越系船早忍不住，伸手接住，三口两口囫囵咽了下去。

苦瓜哈哈大笑。

"告诉赵瘸子，他跟我们一起吃。"棕熊发话。

饥饿早就打败了越系船，他嘴上没回应，腿脚却已迈上前来。

苦瓜手一划，桌面上的东西东倒西歪，他抽出一条牛肉拍在越系船面前，道："坐着吃！"

越系船咽了一口口水，没敢动。

"都不会吃，还敢要？"苦瓜撕开那条牛肉，把带着油脂的部分塞到嘴里，吧嗒吧嗒嚼起来。

"去他娘的!"越系船实在忍不住了,伸手捡起苦瓜吃剩的那一半,大口猛嚼。

他妈的,这肉居然是苦的!

清晨的雾气化为了草叶上的露珠,越系船双手飞舞,跟几位大佬一同喝酒吃肉。那肉苦兮兮的,却没有一个人提出疑问。若是在灞桥的饭馆,哪怕是最不起眼的那个,食客们也会掀了桌子。

可能平时,他们吃得也不太好吧?

辛望校说野熊兵是从淤泥中爬出来的,越系船开始有点信了。

"昨天二百多人里面,站最后的有你吧?"

棕熊也用手抓,他没怎么吃东西,只是喝酒。

"我,是先被打昏了,最后,又……爬起来的。"越系船有点脸热。

"倒了不打紧,能想着站起来就好。"

棕熊用手指了指那个黑脸军官:"介绍你认识一下,孙路通孙大人,缁兵营校尉。你再吃不饱,就去找他的麻烦。"

孙路通嘿嘿一笑,道:"找我麻烦的人多了。野熊兵这么多人,不是谁都能吃饱,要看谁麻烦找得凶。"

越系船盯着桌上最后一条牛肉,正在犹豫,这些话对他而言,都是春风过驴耳。

他刚想伸手,苦瓜已把那牛肉抓在手里,又抓一把咸苦苣,夹在两个馒头中间,双手用力一拍。等到双手拿开,那两个馒头就变成了一个夹馅大饼,他三口两口就吞掉了。

"以后不要婆婆妈妈,不抢着些,怎么能吃饱!"苦瓜胸前嘴上一片狼藉。

"我从小就打架，我知道怎么抢！"

苦瓜哈哈大笑："那你刚刚怎么不抢？"

"我……"越系船看了一圈，"我打不过你们。"

"吃饱了把这里打扫好，早些走，将来有你抢的时候。"孙路通也笑了。

"好嘞。"越系船觉得相当饱，他把满桌的肉屑残渣一股脑用身上衣服兜了，甩到一旁，又用袖子把桌子抹了个仔细。看那地图卷在一旁，就抓起来摊开，把那些小石子也一一放了回去。

他常年在鱼市贩鱼剁肉，干活最是麻利，三下五除二，便完成了任务。

"都做好了，我走了。"他嘴里还有东西，说话含混不清。

孙路通摇摇头："赵瘸子没让你带个抹布吗？"

越系船一愣，看着刚刚被自己擦得油亮的袖子，不知道怎么回答好。

"熊崽，你过来。"棕熊看着桌上的地图。

"咦，这小子是什么来路？"苦瓜也发现了什么。

棕熊指着桌上那地图道："你是怎么知道这些石子的位置的？"

"啊，我是觉得都放回去，和刚才一样，你们再聊起来方便些。"

"不是问你为什么放回去，是在问你怎么做到的！"苦瓜盯着越系船。

"你以前看过地图吗？只是刚才看了一两眼，就记住了这些石子的方位？"

"啊，是啊，石子的位置我大略记得，就原样放回去了。"

"大多数都记得，就是说还有一些不记得，"棕熊慢慢地说，"这桌上的石子，你可一个也没放错。"

"你是怎么混进来的？"孙路通的手放到了刀柄上。

"我知道那上面画的都是什么意思！"越系船急了，"青的是河，棕的是山，红的是树林，黑的是道路，打圈圈的，是村落！"

在灞桥和乌桕打屁的日子里，他们常历数青王朝的英雄人物。乌桕博闻强识，一次次经典战役就这样在石板和沙滩上被一遍遍画了出来，那些简陋的线条，当然没有面前的这幅地图精美，但是，这不就是乌桕画了不知道多少遍的南渚吗？

"来，告诉我，我们现在在哪里？"棕熊从桌上拾起一块灰白色的小石头，交给越系船。

越系船从棕熊手中接过了石子。

这是他第一次在如此近的距离，看着真正的地图一寸寸在眼前展开，那些故事里的英雄仿佛带着烟尘，就在这一刻跃然纸上。

越系船感到一种掌控命运的奇妙感觉，那些曲折蜿蜒的线条是自然的神力，绝不是画师的手笔。地图有它自己的生命，他曾经和乌桕一起，在这样的世界里日夜遨游，他熟悉那些青色的河流，黑色的道路，突兀的群山，秘密连接在一起的沼泽和森林，只是他不确定那些画着方块文字的地方，究竟代表着什么。

越系船睁大眼睛，努力回忆着，这次，他知道他手中的石子的分量，汗水划过了他的鼻尖。

"你不识字？"棕熊皱起了眉头。

"是的。"他有些不好意思。

越系船终于放下了手中的石子。

"为什么放这里？"棕熊的声音有些沉闷。

从众人的眼神中，越系船知道自己对了。

他咽了一口唾沫，看看帐外旗杆落在地上的投影，正弯弯曲曲地在石块和车辙中俯卧。

"从灞桥出发以后，我们离海越来越远了。"他抽了抽鼻子，过了鲤鱼渡，他就彻底闻不到熟悉的咸腥味道了。

"说下去。"棕熊也看了看帐外的旗杆。

"我们一路向北，或许稍稍偏东，这季节，鸿蒙海上都是西风，而且河边的树和青苔也能辨出方向。"越系船伸出了右手，眼睛在地图上逡巡着。"出了灞桥我们扎了三次营，第一天也许走了七十里，昨天走得最少，也有五十里上下，这河边找不到干爽的土地，如果方向和路程没错，我们应该是在这两个位置过了河。"他的手准确无误地圈出了小山渡和鲤鱼渡的位置。

孙路通一脸的诧异，越系船看到了他的样子，不知道等待自己的是福是祸。

"你刚才说海风？离海这么远了，海风和我们有什么关系？"

"我还以为你也知道。四月是鸿蒙海起风的季节，五月到来之前，东南风都柔和，现在这个时候会转变方向，西风起了之后，天儿就没有那么好了，大雨、酷热就会一起来！"越系船的拳头一张一合，"向着东北走，海风登上扶木原，穿过小芒山时会带来风信子的香气，六月里，这些花儿都会向着没有阳光的方向倒伏。"

越系船一边说着,棕熊的眼睛顺着地图把他们的来路一一扫过。

"这一路上有好多渡鸦,这样大的鸦群,要大片红树林才能养活,听说只有小莽山北才有。所以我想我们眼下就在这里,"他的手指停在了地图上,慢慢向东北方向移动,"越过这条路,这座城就会出现了。"他的手指划过平明古道,最终停到了一个红色圆圈标识的位置。

"是箭炉。"

棕熊看着眼前这个头上顶着一条黄鱼的少年,露出了笑意。

那地图上好像有火,越系船的手指在上面轻轻一碰,便飞快地缩了回去。

苦瓜瞪大了眼睛:"你一个打鱼的,知道什么!你一边行路,一边还在计算走了多远?"

"容易啊,不能下海的季节,我就带着妹妹去济山砍柴摘果,赤脚走得多了,就知道路有多远。"他稍微停了停,又道:"我有个朋友,他无聊得很,他说阳坊街大概有一千两百六十步长,就是他没事给我画地图,告诉我怎么找方向。"

"猎户吗?"

"不是,他住在青云坊里,几乎没有出过灞桥城。"越系船这一段话说得磕磕巴巴,他怕棕熊并不相信,开始有点后悔自己的长篇大论。

"你小子偷计路程做什么?是想着当了逃兵,可千万别迷路么?"

"当然不是!有来有回嘛,总有一天,我是要回灞桥的!"

星野乱　21

"可是你很快就要上阵了，死人可不会走路。"

"跟紧你们！我才不会死！"

一群人都笑了。

"走了这些天，有什么不适应吗？"

"我睡不着觉了！"

苦瓜哈哈大笑："这样热的天气，我也一样睡不着！"

## 四

"我们要去北边的金麦山，"棕熊回到地图前，"你记住这两个字的写法，金子的金，小麦的麦，以后你每来见我一次，就要多学会两个字。"

越系船心中狂喜，棕熊话里的意思，以后自己是有肉吃了。

金子的"金"字他是认得的，越系船便死死盯着那个扭来扭去的"麦"字，一旦离开这里，不知道什么时候才能再遇到识字的人。要是乌柏在这里就好了，乌毛头什么都认得，早知今日，当初多学写几个字就好了。

棕熊的手指顺着地图继续滑动，一条虚线勾勒的小路沿着金麦山的东侧伸展。"接下来我说的话，你都记在脑子里，不能和任何人说。"

越系船点点头。

棕熊把另外两块青色的小石头放在两个红圈之间，道："这里是林口和紫丘，你记住这两个名字。"

他的手又挪到另一片毫无标识的空白处，道："我需要在这里开出一条路来，把军粮从紫丘带过去，"他看着越系船，"这件事孙路通会安排，我希望你也跟着去，去仔细看看这一路的地形，把它们记在你的脑子里，然后给我画出来。"

"你能做到吗？"棕熊回转身来。

"成！"

棕熊点了点头，道："睁大眼睛，不要有任何遗漏，也别死了。"

"我不会死的！"

打不过，还不会跑吗？死了，将来谁去接越传箭？……越系船还想再看一眼那两个字，孙路通却把地图收起来了。

风从身后吹来，空旷的平明古道上多了一支队伍。

"金麦金麦金麦……"这是近卫营士兵越系船生平第一次骑马，出发前，辛望校耐心地教了他一个时辰，现在他勉强能使自己挂在马上。棕熊最困难的命令，不是跟着孙路通去林口征粮，而是必须记下金麦两个字的写法。

"金麦金麦金麦……"当的一声，辛望校的砍山刀再次准确地敲到了他的头盔上。

越系船身子一僵，直接被敲了下去。

"好好骑马，不要晃来晃去！"

辛望校最近都很烦躁，越系船被棕熊亲点加入孙路通的队伍，孙路通便一起把他也调了来。两个人当年都一起在平武跟着棕熊混，如今一个是校尉，一个却还只是卫官。老乌贼已经浑身不舒服了。

这支小队的等级高低，只看马匹的配比就知道了，百多人，有三十多匹马，对步战为主的野熊兵来说，已经非常难得。清早开始,这一队人马便脱离了野熊兵大部,沿着平明古道东进林口,一路上,那幅地图都在越系船的脑中盘旋,随着地形的起伏,生长着长长短短、虚虚实实的线段。

越系船理解老辛的心情,有些事情早已经不是秘密,岔开话题是正经事。

他重新爬上马来:"老辛头,你说,那边还能有粮食吗?"

"别多想了,八成是白跑一趟。几天前箭炉已经派人去了,现在到处都是白安的乱兵,这一路过来,就没有几块好田,这光景,连行商都无影无踪,粮食个屁啊!"

"已经有人去了?不是就把粮食都截下来了吗?"

"你以为他们是去征粮的?你太小看那帮孙子了。有这样的美差,不捞一把,岂不是白穿了一身赤铁?"辛望校从鼻孔里哼了一声。

"北边那条路,看车辙,看到没,路上连个白印都没有!多少天没有粮食南下了!姓扬的和姓徐的肯定又打起来了。"

"没错,往年这时候,正收春稻,今年啊,恐怕要箭炉开仓放粮啦!"

不仅老辛在唠叨,野熊兵兵源驳杂,有的是跑过商、种过地的,在扶木原生活的也不少,这时候都七嘴八舌聊了起来。

"这里粮多,这紫丘林口的官仓,粮有得是,吃上三五年不成问题!"

"三五年个屁!三五年前这样还差不多!从冠军侯北上到现在,正好三年!我可听说,鸿蒙商会早就把紫丘和林口的粮食搬空啦!白安本就不产粮,这回做买卖的一窝蜂地去地里抢割粮食,连种地的都没得吃了。林口的富户粮商把门一关,趁机高价卖粮。大家伙儿吃不上饭，人都被逼反了！"

"这个事好像是真的，我也听说了，箭炉派人跑到林口调官粮，刚要去紫丘，紫丘附近的饥民就把粮仓给抢了！听说匪徒里还有兵呢！"

"你说他们是不是傻，听说粮库已经空了一多半儿，还不跑，还留下百十来号人守着粮仓，被陈兴波堵了个正着，这些野兵碰到赤铁军，那还有好？"

众人你一言我一语，说得直摇头。

"你说啥？饥民抢的？我听说是白安乱兵啊！"辛望校问。

"这话你还听不明白，好端端一个军库，被一群饿鬼抢了，这能说得过去？再说了，杀一个种地的和杀一个白安野熊，哪个更容易？人脑袋都一个圆蛋蛋，说是兵就是兵，说是匪就是匪！老哥啊，你在灞桥待久了！"

辛望校一时语塞。

有人好奇，道："抢就抢，他们放火做什么，粮食烧了，他们不是也没得吃。"

"什么火不火的，自己放的也说不定！一把火烧得干干净净，谁知道那些粮食都到哪儿去了，你说是不是！有了这把火，咱们缁兵营再没见过一颗来自紫丘的粮食。你说，这火烧得值不值？"

众人聊得火热，如今越系船身份不同，对这件事也略知一二。

就在前日，棕熊部刚刚在淡流河畔驻扎完毕，箭炉城守关大山就跑到那顶破帐篷中来了，和吴业伟聊得剑拔弩张，不欢而散。当日也巧，正是越系船当值，和往常一样来送饭，正撞见帐内怒气冲冲的两个人。

关大山当时正指着棕熊的鼻子骂:"别以为有李秀奇撑腰就了不起,他妈的,他的中军主力已经在我这里吃了半个多月,再加上你这五千人,我自己都要啃树皮了!"

"关大人,别说树皮,连草根我们也吃过啊。不过我找你,可不是为了吃这些的。"

"那吃什么?李秀奇搞什么名堂,我是真的不懂!几万人的部队调来调去,不是都北上原乡了么?还带走了我的补给和粮食,怎么又凭空多出了你这一支?金麦山那个鸟不拉屎的地方,连路都没有,你去做什么!"

"关大人,军机大事,你什么时候这么口无遮拦了?!李侯是大公钦命的元帅,关大人,没记错的话,紫丘和林口的粮仓足可以供给扶木原三年的口粮,你箭炉城连自己的口袋都没有照看好,不知道这事情李侯又要对谁去说呀?"

关大山的脸一直红到脖子根,破口大骂:"姓吴的!你他妈也是军中混出来的,别拿这个说事,你就算从来不吃空饷,也不知道账面和仓储的差额吗?!我现在说的就是你们的生死大事!不是我关大山不给你们口粮,给了你们,箭炉、紫丘和林口就都要饿上一个夏天。我拿什么去守百鸟关?现在遍地都是黏狗屎一样的白安叛军,这附近的流民都疯了,说什么卫曜才是扶木原的主人。不是我不想帮你,我就怕你带了粮食去了金麦山,再回来的时候,我姓关的就已经饿毙在这儿了!"

"关大人,正因为我是在军中混出来的,所以我才知道,就算我现在带走一城两镇粮仓里的每一粒粮食,也不会饿掉你关大人一两肉。这样的话说起来有什么意思?我去金麦山究竟做什么,恕我直言,大人知道得越少越好。"棕熊最后这一句话,口气已经非常凌厉。"万一赤研大公的布置出了问题,请问关大人,您肯把脑袋借我一用么?!"

越系船站在帐门口不知如何是好,阿青头在背后推他,小声道:"快进去,装着什么也没听见,你这样站在这里,谁看到都不好。"

阿青头说得没错,越系船硬起头皮进帐,把肉条馒头摆在两个怒气冲冲的男人身旁。两个人都铁青着脸,从头到尾都没有看过他一眼。

后来的事情,所有人都知道了。棕熊的补给由箭炉拨出一半,跟随大部一同北上,另外一半则由棕熊派出野熊兵从林口和紫丘自行征集。

"关大人命陈兴波全力配合。"越系船小声告诉辛望校,希望这个消息能让他舒服一点。

全力配合?辛望校冷笑道:"孙路通说,关大山的信送去紫丘,半点反响也无,陈兴波连个屁也没放!这粮食在平明古道上走了七八天还没到箭炉,鬼知道这些粮食到底存不存在!"

越系船没说话。他懂得一个朴素的道理,人吃不饱,就会腿肚子转筋,更没法打仗。他也知道孙路通这支百人队只有一百二十来号人,其中不乏刚从灞桥和平武招募的新兵,而陈兴波手下,则有一千多名经验丰富的赤铁军老兵,所以他真不知道这粮到底要怎么个征法。

"哎,小子,你怕不怕?据说那个陈兴波杀人不眨眼,会把人剁成馅来做包子!"什长郑洪林在马上一晃一晃,冲着越系船龇牙,做出一副惊恐的样子。

"我才不怕!"

星野乱 27

郑洪林哈哈大笑起来。他脖子细长，有个硕大的脑袋，额头精光锃亮。

毕竟年纪在这里，越系船总是被这些老兵看低一头。他恼火地夹紧了胯下的马，马却不舒服了，蹦跶起来，也跟着要欺负他一遭。

这一次棕熊的骑兵全部配备了从坦提草原购买的高头大马，这小小队伍也不例外。越系船是棕熊亲点加入的，虽是个熊崽，也分到了一匹。通常来说，坦提风马的性子要比南渚的矮脚马更为暴烈，他骑的这匹老马还算温顺，但他一上马却浑身僵硬，完全控制不了马匹行走的节奏，基本上都是任它自由漫步。

这一会儿，又被颠得龇牙咧嘴。

但郑洪林嘲笑他，他便死活不肯下马休息。好在风马聚群，他一路胡骑一气，也没有落单。

## 五

娘的，不信就不行！越系船狠劲上来，揪着缰绳不松手，那可以紧紧扒住船板的脚掌却总是不自觉地用力。老马发了脾气，只一会儿，越系船大腿内侧和屁股的皮肉便都磨破了。

闹了好一会儿，胯下坐骑才收了神通，优哉游哉去啃路边的青草。

马消停了，辛望校却又来烦他。

"挺直！不要前倾，肩膀张开，手臂放松！手指把缰绳拉紧，双腿向下，再向下！你的脚怎么回事！不要提脚跟！"辛望校越说，越系船越是不知道身子往哪放，看着越系船再一次被马鞍弹起，辛望校终于懒得管他了。

"不然你就下来走！"

"老子骑得蛮好，要你多嘴！"越系船不愿意服输，牢牢抓着缰绳不肯松手。他正在埋头较劲，半空中忽然嗖的一声轻响，辛望校一声"小心"未完，他听见当的一声，胸口好像被铁锤敲中，一头栽下马来。

"戒备！"郑洪林吼了起来，"有埋伏！"

马匹嘶鸣，越系船的半个身子还挂在马镫上，老马受惊奋蹄，拖着他在地上一路磕碰。他想起又起不来，吃了一嘴的土，头盔和平明古道上的碎石碰撞，叮叮当当地响。

碰了没几下，他就耳鸣了，尘土糊了一脸，眼睛也睁不开，直到辛望校一手勒住了缰绳，他才算稍得喘息。辛望校甩开膀子发力，抓住他的甲领，把他直接薅了下来。

越系船惊魂未定，整个脚踝都肿了。辛望校道："怎么样?!"

越系船下意识去摸他火辣辣的屁股，辛望校却骂道："胸口，蠢货！"

越系船低头，发现护心铜镜被划出了一道深深的裂纹，他顺着这铜镜开裂的方向一路摸上去，发现把他射下马来的这支箭被护甲阻挡，箭头擦着他的外甲一路向上，紧贴着他的头盔飞出，他的下颌被带走了一块皮肉，鲜血淋漓，只是刚才一团混乱，他根本没有感觉到疼痛。

"没事！我没事！"越系船心里抖得厉害。如果这支箭力量足够强横，势必射穿铠甲，若是一般力度，只要角度再偏上半分，就会从他的下颌直接贯入他的脑袋里。他手脚都麻了，棕熊那句话又开始在他脑中回荡:"睁大眼睛,别死了……"

"没死的话,赶快!"辛望校的声音震醒了越系船,他凝神屏息,按照辛望校教授的方法,矮身斜蹿了出去,血一波一波涌上头来,腿都不像是自己的,他从来没跃出这样远的距离!

第一场就吓到腿软,好没面子。要抢先杀他几个,才好混下去!越系船蛮劲上来,咬牙混在步兵小队中,向前疾冲。

然而即将到来的战斗却令人失望,百十步外,道路的拐弯处,十余辆运粮的大车翻到在路旁,乡民拿着布兜和竹篓,正如蚂蚁搬家一样,在争抢流下来的稻米。

十几个男人手持弓箭刀斧,正面对着他们这支队伍。一看到他们,场面一下子混乱起来,一个男人跳起来摇摆双手,向那些争先恐后的百姓呼喊:"别拿了,快跑!快跑!"

他们面前,已经有个猎户模样的少年倒在了地上,身上插着四五支利箭,他预备射出的箭还插在他脚下的泥土中,不知是谁的箭,准确地射入了他的左眼,他死了。越系船下意识摸了摸自己的下巴。

大概就是他吧,这是越系船在战场上留下的第一道伤口。

越系船被老马带着独自向前,那个少年想必以为他是孤身一人。

所以此刻,他的尸体别扭地躺倒在草地上。

"老辛?"步弓手已经满弦,前突的这几个人里,只有辛望校是个卫官,对面的"士兵"正在步步后退。

"是饥民吧?"辛望校望向本队,有些犹豫。

"但也有士兵。"郑洪林舔了舔嘴唇。

"射!"孙路通的话就是命令,这一刻似乎格外漫长,老辛的手终于还是落了下来。

一支、两支，野熊兵们的箭雨飞出，对面的男人发出惨叫，一个接一个地倒下，但仍有许多人扑在运粮的车上不肯离开，这些人刚刚被其他人挤在外面，还没来得及碰到粮食。

"别拿了，别拿了，快走！快走！"有人拼命把那些还在试图爬上粮车的人们拽下来。

"快点拿，快点，有一点是一点！"风把一个老迈衰弱的声音吹到了越系船的耳边，不知道什么时候开始，野熊们的步子慢了下来。

一个头发花白的佝偻老人，嘴里嘟嘟囔囔，颤颤巍巍地走到那十几具插满箭矢的尸体身旁，先是举起了拐杖，后来又扔掉拐杖，摸索着从地上拾起一把染血的钢刀，举过了头顶，用含混不清的声音喊着："你们这群畜生！畜生！别过来！我要杀了你们！"

他正喊着，一个瘦弱的小女孩扑到他的身边，用力拉扯着他的衣袖，哭喊着。那一双浑浊的老眼留下了两行泪水，喊着："我不走，我走不动，我没有力气走了，你们走，你们滚蛋！怎么从来不听话！走！走！"

老人的声音底气不足，众人听来断断续续的，野熊兵的箭没有再放出去，他们缓缓地垂下了手臂。骑在马背上的野熊兵们沉默着，准备冲锋的兵士放低了手中的刀，蹲踞在草丛中的弓手也站了起来。平原上的风带着新米的稻香，穿过了这一百多名沉默的士兵。

他们静静地看着面前这一群惊恐万状的人，饥饿让他们变得偏执而疯狂。他们面有菜色，衣衫褴褛，大多打着赤脚，用破碗、布袋、竹篾和脏兮兮的衣襟去争抢那从兵车上倾泻而下的小山一般的粮食，也许是紧张，也许是饥饿，他们的手抖得厉害，大多数人争到的第一把粮食不是装进了口袋，而是塞进了嘴里。野熊兵们离得很远，但仿佛听到了那坚硬的米粒在他们的口中嘎嘣作响。

野熊的兵源主要来自村镇，他们本来就是农民、猎户、流民。饿到想吃掉自己的手指头，这样的生活他们并不陌生。眼前这些面黄肌瘦的人他们再熟悉不过，他们中的一些人，不久之前，也和他们一样，为了一把粮食，可以不顾一切。

那个老人又喊了几句，立足不稳，跌坐在了地上。

越系船觉得自己的步子像有千斤之重，再也迈不出去了。

没有人想到，他们面对的，是这样一群"敌人"。

"这是要运到箭炉的，你们不要命了！"郑洪林的声音穿过了旷野。

辛望校的喉结上下滚动："这是军粮。"

孙路通在马上看了一会儿，道："把他们赶走！"

这是个艰难的命令，越系船庆幸孙路通并没有说杀掉他们，虽然抢掠军粮是死罪，但他们不想对这些根本没有抵抗能力的人挥刀。

步兵摆开阵形，开始缓步向前，其实面对这样一群人，他们没有这样谨慎的必要。

"你们是从哪里来的，给我们留一条活路好不好？"

没有人回答，刀锋离他们越来越近，这些抢粮的百姓开始四散奔逃。

越系船走过了那十几具不肯退却的尸体，他们身上的皮甲破烂不堪，除了几个士兵，其余人大多拿着柴刀和木斧，鲜血从他们身上的孔洞中流出来，把青绿的草地染成了深褐色。身后还有人，那个老人依然不肯离开，擎着刀，颤颤巍巍一步一步后退着。

不要怕，不要怕，越系船心里默念着这句话，他离老人越来越近，只有十余步的距离了。

"戒备！"老辛的嘶吼总是这样突如其来，像一道利刃要划开血肉。

狂暴的马蹄击打着地面，整个大地颤动起来，越系船看到一匹黑马凌空跃出，接着是喀的一声轻响，那老人的头颅翻滚着向自己飞了过来，瀑布般的鲜血糊住了他的眼睛，他的嘴里有了海水一般的腥咸味道。

那首级砸在了越系船的胸前，他一屁股坐在了地上，他居然钢刀脱手，眼前一片血红。

我听到了骨头折断的声音，他想。

野熊兵们愣住了，从东侧小丘后面掩杀来一队兵士，打着绣有海兽犬颌的三角长旗，尖利的呼哨声在空中回荡。

只在短短的一瞬间，骑兵已经冲入了饥民之中，长刀挥舞，刀光过处，凄厉的惨叫和断续的哀号混杂在一起。丰沛的鲜血喷溅在白花花的粮食上，慢慢凝结，场面一片混乱。野熊兵们多少有点不知所措，他们背靠背聚在一起，在饥民和掩杀来的士兵的洪流中，变成了一个个小小的岛屿。

"妈的，是赤铁军，"辛望校举目四望，"是陈兴波的部队。"他扭头往地上啐了一口。"我就觉得有古怪，这一排粮车怎么会轻易翻在这里。"

越系船怎么也抹不去满身的血污，只好踉跄爬起，鲜血迷住了他的眼睛，这一刻，世界的颜色只剩下了红白两种。

一个虎背熊腰的赤铁军从颈后一枪贯穿了一个中年人的头颅，铁青色的枪尖从他的嘴中伸出来，捣碎了他的牙齿，在阳光下闪耀着诡异的光芒。这个饥民倒下时，手中的瓦罐被摔得粉碎，里面微黄的稻子在地面扑出一个扇形，很快就被他的鲜血淹没了。

## 六

身后传来风声，越系船茫然回头，见到一个乌柏般瘦弱的少年，手中攥着一块尖利的石头，直奔自己脸上杵来。他托住了他的手掌，另一只手去摸腿上的匕首，但还没等他摸到，这少年已经一拳狠狠打在他的脸上。他感到自己的鼻骨断了，向后跌出了几步，这少年又扑了上来，然而他尚未扑到，少年就被一支利箭直接贯穿了头颅，从右侧进入，左侧探出。少年保持着前扑的姿势，就那么歪歪斜斜地倒了下来，眼仁都翻了上去，留下一片毫无生机的惨白。

越系船大吼一声，把倒向他的尸体推了出去。

短短的一瞬间，这十数辆粮车围成的圆圈成了人间地狱。

拖拽着孩子们的女人被圈到一处，走得慢一点，身上就被戳上一个血窟窿。赤铁们的马鞭起起落落，刀背拍打在她们的身体上。偶尔有装死的饥民，往往被补上致命一击，再也不会有机会站起来。

那些身强力壮的男人还在反抗，他们拾起地上散落的兵刃和一切可以作为武器的东西拼命。急了眼的兔子也会咬人,他们给赤铁军制造了一些小麻烦。一个灵活的大个子擎着拾来的盾牌,挥舞着一把青钢刀,接连砍翻了几名赤铁军,却吸引了更多嗜血士兵的围攻。

饥民终于顾不上他们的粮食,开始哭号着四散奔逃,漫无目的地向田野上散去。

"妈的,晚了。"辛望校骂骂咧咧。

赤铁军有快马,他们不慌不忙地在饥民中穿梭,一刀一刀砍倒那些可能产生威胁的男人,杀掉老人,驱赶着女人和孩子。饥民们被迫向西奔去,然而片刻之后,西面也出现了早已埋伏好的赤铁军,从西北方向兜回进行合围,饥民没有去路,只能再次掉头向野熊兵们奔来。

"拦住他们!"赤铁军中一个身材细长、面容丑陋的军官对他们高喊。

还没来得及做任何反应,饥民对野熊兵的冲撞开始了,他们求生的欲望是如此的强烈,以至于野熊们如果不拿起刀剑,就会被他们的牙齿撕成碎片。

野熊兵的阵形由突击阵形转化,并没有合围的意图,因此还是有不少饥民从他们小队的缝隙间穿了过去。

越系船不记得自己在做什么,他不大站得住,一方面是马上的疲累现了形,另一方面,是他的右腿被木棍狠狠地敲了一记。他把钢刀砍进了那个人的锁骨,再次听到了骨头断裂的声响。

这一刀劈开了他的胸,像漏了一样,他的血喷得越系船满身都是,这个男人用他的牙齿做了最后的挣扎,他死死咬住了越系船的手腕，如果没护甲，这手腕可能会被牙齿咬穿。

冲击还在继续，越系船用右手猛击那已经开始僵硬下来的脸庞，直到那些牙齿松脱、摇晃着落在地上，直到那男人直挺挺地栽倒在他的身旁。又有人冲了过来，他来不及拔出他的长刀，只能换上匕首。

饥民们冲散了他们的阵形，越系船并不想阻挡他们逃亡，但他们就是疯狂地扑上来，他只能徒劳地喊着："滚开、滚开！"

也许只有短短一瞬，但他觉得这个过程太过漫长，他渐渐忘掉了他们的身份，只是奋力杀戮着，也许有三个，也许是五个，更多的血热乎乎地喷过来，他觉得鲜血要把自己淹没了。直到他一脚将一个孩子踢翻在地，他才突然停下，因为，他看到了那双恐惧的眼睛。

她只有四五岁，和传箭一样瘦弱、一样肮脏，满脸惊恐，就算已经在生死之间徘徊，她还是紧紧搂着胸前破布兜中的一捧稻米。

越系船似乎被她的凝视抽去了所有气力，他丢下匕首，那个小女孩却没有马上逃走，她竟然去拢散在青草间的粮食。

他发出一声低吼，一把揪起她，迈开大步，蛮横地撞开挡路的人，向外奔去。他拖着伤腿，跳跃的剧痛仿佛钻进心里，他像一头牛一样喘着气，哭得很大声。第一次杀戮就哭了出来，好像很丢人，但是无所谓。在这混乱的屠场上，没有人在意他是生是死，又怎么会有人在意他是笑还是哭呢？

野熊兵三个一堆两个一组抵抗着冲撞，大队反而比较平静，饥民绕开了他们。

不知道哪里来的气力，越系船拖着这个小孩走了很远，然后一把把她摁在草丛中，打掉了她手中的破布袋，所剩不多的粮食撒得到处都是。

他压低了嗓子，声音不知道什么时候变得嘶哑起来："别管粮食了，把这个拿好！"他的手伸进衣襟，摸出一枚印着熊头的银币，这银币大约有二三钱的分量，是他参加野熊兵的回报，为了这一枚代表誓言的熊币，他承诺在两年的时间内，把自己的生命交给这支军团。

他把银币塞到女孩的手掌中，对她说："拿好它，快跑！去沿着土堆的边儿，藏在草丛里不要动！"

女孩脸上的神色惊恐又不解，浑身颤抖着，瘪着干裂的嘴唇，哼着："疼、疼……"

越系船忽然意识到自己还捏着她的手腕。趁着没人注意到他们，他使出全身的气力把女孩向前推出去，他那只发红的眼睛看到了一条血红的路。那瘦小的身影仓皇地消失在草丛中，他也瘫坐在地上。

战场很快就被肃清，野熊兵们终于发现，这些赤铁军的人数并不多，大概也只有百十人上下，但他们甲胄精良、战马健壮、兵士凶悍，所以，驱赶这三四百饥民就像驱赶一群山羊。

云朵在天上被疾风吹动，迅速变换着形状，影子让平原阴晴不定。

"死了，都死了……"刚才为了粮食拼命挣扎的饥民，除了极少部分从野熊兵身边逃走，绝大部分现在都躺倒在这铺满了白黄稻米的土地上。

"我还以为你死了。"辛望校阴沉着脸，在越系船一拐一拐

星野乱　37

地回到野熊兵中时,他照例用那染了血的厚背刀敲了越系船的脑袋。

"不要看了,没见过世面似的,来年这里的草会长得格外好。"

郑洪林从越系船身边路过,拍了拍他的肩膀。

这一刻,大家都活着,野熊兵之间刚才还略显生疏的关系,忽然亲密了起来。

女人们被绳索连在了一起,在粮车旁边偷偷往口中塞着生米。还有二三十个幸存的青年男子,他们正在扶起倾倒的粮车,收拢散落四处的粮食。

"带血的也要!"那个赤铁都尉喊着,他拾起一把染血的稻子,亮出磨盘样粗糙的双手,用力搓上几下,稻壳便纷纷飘落。他把米放在口里大嚼起来。

看着那军官吃得香甜,越系船的牙缝中泛起一股腥咸,他分不出是自己的血还是别人的,他感到一阵恶心。

孙路通在和赤铁对话,对方一并交还了扣下的两名斥候,从效果来说,他们的诱敌计划实现得很好。

"他叫范包茅,哥哥是阳宪镇守范戟,上月刚被白安野熊砍了脑袋,"辛望校往地下啐了一口,"在灞桥喝酒的时候,倒看不出来他这么有种。"

越系船顺着辛望校的手指,看到了一口破碎又歪七扭八的黄牙和宽大的下颌。大概没人会喜欢这个人,他真的太丑了。

"他外号就叫'裂齿',他们哥俩都在赤铁军,哥哥是正室嫡子,混得很好,范包茅嘛,就差了些。不过他丑是丑了点,但是作战能下死手,军队里喜欢这种人。"

"下死手……"越系船回味着这几个字，虽然野熊兵的称号中带着一个"熊"字，但是裂齿看起来比任何一个野熊兵的士兵都更像一头熊。

此刻，裂齿正对着孙路通爆发出了干瘪的笑声："孙大人，我就是个屠户，调令什么的我也不懂，你要借粮食，还是去和陈兴波大人说好了！"

"你们有粮食迟迟不运，在这里设套诱杀饥民？！"孙路通语气不善。

"什么饥民，他们是蝗虫嘛！啃我们的庄稼嘛！"裂齿说起话来有些含混不清，眼睛里闪耀着野兽的光芒，"现在遍地都是蝗虫，今天他们有了粮食，明天就有力气拿起刀棒了嘛！扶木原有他妈的二十几万人，算上箭炉行营，我们的兵力也就不到一万，如果掐着他们脖子的手稍微松开一点儿，他们就会把我们生吞活剥啦！"

"何至于饿成这样？这里不是南渚粮仓吗？"

"哎，我也想不通啊！想不明白的事想来做什么？我也想给他们粮食，你看他们会领情吗？这帮兔崽子，多半是有了气力之后就去投奔卫曜，回来再把我们碎尸万段，舒服得很！"

裂齿咧开嘴："别说紫丘、林口，明天你们告诉我灞桥被蝗虫们啃了我都信，有了他们，我就没睡过一个完整的觉。"

"陈兴波在哪里？"孙路通的脸更黑了。

"喏，他来了。"裂齿向着他们身后努嘴。

远远的，一队人马从黄昏的影子中走来，他们的刀仍未回鞘，鲜血滴滴答答地顺着刃口流下来。

越系船的心猛地抽紧了，他们来的方向，正是他把小姑娘推去的方向。

"野熊们,"为首那个矮小瘦削的男子遥遥喊着,"你们放跑了太多的蝗虫。"

"妈的,这队伍是绕到后面封口子的!"郑洪林摇摇头。

"还真是要杀得一个不剩啊!"辛望校的声音夹着怒火,在和晚霞一起熊熊燃烧。

"不,"那个声音还是冷冷的、硬硬的,像一把发光的匕首,割开了黏滞的空气,"他们是吞噬粮食的蝗虫,是海神的亡灵和火神的渡鸦,是卑鄙的小偷和无耻的劫匪!"

"我把你们的东西拿回来了。"他伸手一弹,一枚染血的银币在夕阳中翻滚着、闪耀着刺眼的光芒,落在了他们脚前的尘埃中。

越系船再也支持不住,无力地跪倒在那枚银币前,双手深深抠进了泥土里。

银币上,那只野熊正在张口怒吼。

## 第二章 七里香

灶火正旺，甲卓航鼻子最灵，灶中烧的正是青橘枝。六月青橘已经落果，不再有青时的甘，苦味浓重、辛辣不宜再食，但用作柴火却别有心思。火焰三寸之上，那孩子正用手拧动穿着野兔的铁条。一股浓香扑面而来，众人饿了一天，都是食指大动，恨不得立刻将那兔子扯下来撕个稀巴烂，嚼得骨头也不剩。

# 一

日光渐渐暗淡，平原广阔，长时间的骑行，已经让马背上的人对旅途失去了概念。若不是胯下马匹的步幅时大时小，人们根本无从感觉地势的起伏。

甲卓航揉了揉酸涩的眼睛，仿佛那个清晨不过是一场幻梦，在那个漫长的梦中，他们走出了小莽山。

从小莽山下茂密的森林，到辽阔无际的扶木原，一路上，他们一行紧紧追寻着渡鸦的踪迹，而渡鸦们则追逐着死亡的脚步。这片曾经富庶的土地，如今处处战火，然而他们不是普通的旅人，他要了解这里到底发生了什么。

"变了，都变了。"就算黄昏已近，空气中依然充满火烧火燎的热力。甲卓航看了看身边的几个弟兄，除了伍平口中念念有词、表情亢奋，其他人都是一副萎靡不振的样子。

也难怪，和大公、豪麻在平明古道分开已经两天多了，这两天他们都在马背上度过，迎来的是一次又一次的震惊、错愕和难以置信。如果不是当日遇到了两个走散的斥候，他们绝对不敢相信，这已是四十日之后，而没记错的话，他们在鹂鹒谷底不过只停留了三天。

在这些消失的时间里，八荒已完全改变了模样。

昔日商旅繁茂的平明古道如今死气沉沉，大片过了季的稻子倒伏在水中，已经开始腐烂，青色的麦苗无人照看，和杂草一起疯长。昔日星散在扶木原上的村落消失了，只剩下一座座

星野乱

灰烬的空壳。几乎每前进数里，就会遇到尚有余温的尸体，他们更多不是死于刀兵，而是死于饥饿和疫病。

　　想到一个多月前在平明古道上穿行的惬意与自在，甲卓航只觉恍如隔世。

　　"妈了个巴子！"伍平又是一声怒吼，"老子弄死你们！"

　　孙百里哈哈大笑，尚山谷则对伍平的怪叫充耳不闻。一路上，他都在心疼他们这几匹马，战马最要好的草料调养，从鹧鸪谷中穿出小莽山，山涧水和稀奇古怪的杂草让马儿们都掉了膘。

　　甲卓航则哭笑不得，伍平虽是箭神，但却无法射中蚊子。这样酷热干燥的天气，一近黄昏，草丛中的蚊子便嗡嗡而起，体形硕大，嘴长身毒，这几人中，只有性子急躁的伍平耐不住闷热，早脱了甲胄，赤膊骑在他那匹瘦马上。偏偏他又特别招蚊子，此刻身上被叮出了密密麻麻的红斑，不多时，便鼓出一层晶亮的水泡。开始甲卓航劝他不要脱甲，他还要发脾气，现在水泡被他一个个戳破，浑身瘙痒难耐，沾到任何事物都会热辣辣地疼痛，这甲胄他已是想穿也穿不上了。

　　"伍大哥，你要不试试七里香？"这个方脸少年是他们在鹧鸪谷口遇到的斥候之一，叫作方细哥，只有十八九岁年纪，皮肤白净细腻，说话总是轻声软语的，带着点羞涩，看起来更像个读书人。

　　"什么东西？！"伍平正在抓来抓去，忽然听到有东西能够解决瘙痒之苦，一把抓住了方细哥的胳膊，叫道，"小白脸，快点拿出来！"

　　"哎、哎，你先把手放开！"方细哥被伍平扯得失去平衡，几乎掉下马来,"七里香啊,这不路边长着么!"

他话音未落,伍平已经窜下马来,伸手将路旁一丛小花齐根拔起,道:"这东西怎么用,快说!痒死我了!"

"花瓣捣烂,敷在身上,就……"他一句话没说完,伍平已经迫不及待地将那一把花儿薅下,全部塞入嘴里,大嚼起来。"呸呸呸,又酸又涩!"他虽是这样说着,嘴却没停,把嚼成糊糊的花泥横竖在自己身上抹了几道,只消片刻,他的神色就大为舒爽,大叫:"这个好!这个好!"转瞬间,他就把周围的七里香薅了个干干净净。

平明古道旁的这小花不多,他就往路旁七里香茂盛的地方走去,走着走着,脚步慢了下来,喊道:"甲哥儿,你们过来看看。"

甲卓航等人不明就里,纷纷打马上前,却发现就在平明古道的转弯处,远远一片山坡的近侧,遮天蔽日都是聒噪的血鸦。这里孤零零地停着一辆坏掉的大车,星散在地上的,是毫无生气的尸体。

死亡的气息是黑色的,贴着盛夏的地表蔓延开来,马儿们受了惊,长嘶人立,尚山谷和孙百里拔刀环顾,甲卓航的手却紧紧拉着马缰。

乌鸦已经开始进餐,天气炎热,尸体大概放了有段时间,已经腐烂,这说明已有相当长的时间没有活物出现。如果说附近还会有什么威胁,也不是制造眼前这一幕惨剧的人。

"这是什么地方?"甲卓航问方细哥,他们从小莽山的林中穿出,为了尽快赶路,已经偏离了平明古道。方细哥来自毛民镇乡下,对扶木原的地形十分熟悉。

年轻的斥候捂住口鼻，面色苍白："大约快到林口了，"他的目光从那些面黄肌瘦的尸体上扫过，顿了顿，"南渚最大的粮仓。"

出发前甲卓航已经仔细盘问过，这两名斥候是毛民张盛柏的属下，是被甄选来护送扬一依进入灞桥的，他们这一组当日警戒的平明古道南侧，正是白安叛军和赤铁军厮杀的前线。两人刚走了数里，就被交战的乱兵封住了归路，无奈之下，只能在小莽山盘桓几天，这才遇到了刚刚绕出百鸟关的扬觉动一行。

他们带来的消息，将扬觉动的担心一一坐实。

这两个低等小兵所知不过只言片语，支离破碎，但众人也了解到了大致情况。当两名斥候结结巴巴地讲述时，每个人心中都各有滋味。在扬觉动失踪的日子里，徐昊原果然对风旅河发动了突袭；而为了争取南渚的支持，扬一依已然奔赴灞桥履约，与此同时，吴宁边三镇的兵力已集结柴城，开始向商地进军。至于北方大安城和观平的战况，他们却不甚了了，只知道风旅河失守，整个吴宁边都陷入了苦战。

他们小心翼翼地说着，扬觉动的脸色越来越难看，而豪麻更是面色铁青。

甲卓航在心中暗暗叹气，不用说也想得到，是扬丰烈在犹豫中断送了吴宁边的主动局面，如果不是大安城陷入危机，扬一依一定不会在这样的情况下还要奔赴南渚。而南方三镇攻击商地，唯一的可能，就是试图通过对澜青腹地的进攻，来缓解大安城面临的强大压力。无论从哪个角度说，吴宁边都面临着极度危险的局面。

大安城失守的严重性自不必说，贸然攻击澜青腹地，也多半要面临失败的命运，除非南渚能够施以援手，紧密配合。但扬觉动显然放心不下与南渚那脆弱的联姻，这也是他们当日亲赴灞桥的原因。

"八成是疾白文，别人没有这样大的胆子。"浮明光摇了摇头，欲言又止，他在大安城三十余年，对留在大安城的权贵了如指掌。

"他也没有做错，扬丰烈没有决断，如果不是这次尚有希望的出击，恐怕整个吴宁边已经四分五裂了。"扬觉动摆了摆手，示意众人不必再说。

"我们尽快赶回大安。"

"三镇的兵马怎么办？这支弦上的箭，已经射出去了。"

"若我死了，这是放手一搏的好计划，但现在，撤兵！"扬觉动抿紧了嘴唇，"他们应该守住毛民，而我会保住大安城，赤研家的承诺不能相信！"

"好，我会让澜青付出代价，然后带着三镇的人马回来。"豪麻的眼睛中燃烧着冰冷的火焰。

"不，你和我一起回大安城。"

扬觉动把头转向了甲卓航："你，挑几个人，带着我的谕令，去见浮明焰和李精诚，必要时刻，吴宁边南方三镇兵力由你节制！"

"大公？！"甲卓航这一惊非同小可，以扬觉动的名义主持数万大军，还要节制资深的封疆大将，他既没有浮明光山一样不可动摇的威望人脉，也没有豪麻铁血无情、决不妥协的犀利锋芒……他只是个带兵陷阵的将官，有些小机灵，虽然他并不怕死，作战也堪称勇敢，甚至心思缜密，但他从来没有统军的魄力和雄心，更没有独当一面过。大家都知道甲公子喜欢吃，喜欢玩，喜欢和下属打哈哈，喜欢开上司的玩笑，他是一个好弟兄和好副手，但没人认为他是个好统帅。

　　汗水贴着他的鬓角滑下。

　　"准备准备，出发吧。"扬觉动的一双眼睛平静无波，没有人能看出他到底在想些什么。没有人不惊讶于这个决定，但此时此刻，吴宁边只是扬觉动的吴宁边，哪怕棋错一着，它自此被人从八荒神州的地图上彻底抹去，也与他们无干。

　　甲卓航瞠目结舌。责任是一种挥之不去的气场，这气场太过沉重，以至于压下了所有人的疑问，也包括他自己的。他的嘴张了又合，合了又张，心底的那个"不"字始终没能说出口来。

　　虎符在手，当分别在即，当他感受到豪麻捏着他肩膀的手用了多大气力的时候，他终于明白扬觉动为什么不肯让豪麻统军三镇。因为无论是花渡还是原乡，他们离一个人的绝对距离都太近了。豪麻就像一块石头，把他内心汹涌的情感完全封锁在了他冰冷的外表之下。

　　比起大公，自己真的可称愚钝了。

## 二

　　好吧。

　　他们离开大安城时，扬一依和豪麻并肩骑行，就在身侧，扬一依在马上说笑，豪麻虽然还是少言寡语，但也从未有过的温柔热络。他还记得扬一依对豪麻说的最后一句话："我需要你的时候，你会在吧？"当时甲卓航头脑一热，竟开起了扬一依的玩笑，道："公主如去掉需字，境界就又有不同。"

扬一依一贯以温婉可人著称，而甲卓航又是个浮躁的性子，总是口无遮拦，这句话一出，他就万分后悔，这绝对不是他应该说的话。不料扬一依却飞红了脸，啐了他一口，道："你这张烂嘴，有人喜欢你才怪！"

看到豪麻嘴角难得的笑意，甲卓航开始得意扬扬，是吧，这个木头以为他有天下第一的娴公主，正在暗暗自豪，却不知喜欢我的女人，个个在我心里都是天下第一。

握在一起的手拉近了两个人的距离，两个人胸膛对胸膛地碰在了一起。甲卓航知道，这一撞的含义，这个人外表冷硬如冰，却心有烈焰。有那么一小会儿，他真的很嫉妒这个年轻人，原来害怕这烈焰的不仅仅是他小小的甲卓航，也包括叱咤八荒的扬觉动。他怕的是这奔掠的野火不知何时将破冰而出，到那时，也许一切都将不可收拾。

"我定会不负大公期望！"他不能说得更多，他仿佛听到了豪麻的内心狂风一般的呼喊，"把她带回来！"

但是他不能回应。

真是讽刺，让一个最没有资格的浪子成为将军……但甲卓航知道，自己只能勉力一试。

命运这种事情真是很难说，直到三年前的风旅河，上战场之前，他还以为自己来到战场就是来玩玩、走个过场的，不是吗？

星野乱　49

甲卓航打马绕过这一片狼藉的屠场，那些被马蹄踏倒的青草正在伸展，恢复了挺拔生长的姿态，地面上的鲜血已经干涸，染血的黄土变成了黑褐色。为什么这些平民会被斩杀于林口附近？

刚刚路过的村子空无一人，那里的粮仓里面空空如也，和他们路过的每个村子一样，没有一颗粮食。小莽山附近的百姓过得是半耕半猎的生活，战火袭来，他们大多避入山林，而这些扶木原上的百姓就没有那么幸运。

在野熊兵和赤铁军胶着拉锯的地区，甲卓航一行偶尔还可以向村中不愿离开的农人讨碗水喝，有时候，还能吃上一碗稀粥和几块蒸馍，但越靠近扶木原中心地带，乡村越是荒凉破败，而白安乱军们的势力还远远不足以威胁这里。

到底发生了什么？这些拿起刀枪、衣衫褴褛的都是什么人？想来想去，甲卓航只得到了一个结论，有人夺走了他们的粮食，然而，扶木原不是南渚粮仓吗？这里也会缺粮吗？赤铁们为什么需要这么多粮食？

一路上，和乡民们闲扯聊天，甲卓航听到最多的就是"海神"两个字，人人都说海神的怒吼将在八月到来，为此，战乱已经毁坏了他们的田地，乌鸦们已经开始提前寻找死亡的影子。

饥饿的乡民开始反抗，他们紧跟同样衣衫褴褛的白安叛军，袭击落单的赤铁，抢掠疏于防范的官仓，杀掉征粮的兵士和官员，把他们的尸体吊在村庄附近的大树上。然而越靠近平明古道，赤铁军的优势就越明显，也许扶木原所剩的粮食养活不了那么多饥饿的百姓，他们已经决心把这个难题留给步步紧逼的白安野熊兵。

他们错了，甲卓航的战马小心迈过一个小女孩的尸体，她大概只有四五岁的年纪，被一支利箭射倒在草丛中。在山坡下的一个凹陷的土坑里，她保持着蹲伏的姿势，如果不是正好有骑兵沿着这条路线行进过来，她本可以安静地藏着，直到这场杀戮结束。她张着嘴，苍白的嘴唇残缺不全，一只瘦小的乌鸦无力争夺那些更为丰饶的美食，此刻正落在小姑娘的脸上，啄食着她的眼睛。

　　他们错了，甲卓航在心中默默重复了一遍。

　　这些愤怒的人忍饥挨饿，被利刃和皮鞭驱赶着四处奔走，他们没有武器，但这并不代表他们没有力量，南渚的赤铁军正在一步步将自己推向极为危险的境地。甲卓航虽年轻，但每个吴宁边的孩子都听过同样的故事：老大公扬叶雨被迫起兵强攻大安城的时候，全吴的贵族都在咒骂这个无耻而又胆大包天的叛逆，但在扬觉风的三千铁骑突破了吴王白赫一万人的前锋之后，旧吴的十万精兵倒戈相向，杀掉了自己的将帅，冲入了大安城。如果不是扬觉及时赶到，他们也许不会仅止于杀掉那些被巨变惊得目瞪口呆的贵族，还会将宏伟的大安城一把火烧个精光！

　　一声凄厉的嚎叫，空中飞舞着几片黑羽，是伍平一箭将那啄食小女孩的血鸦钉在了地上。

　　"他们说血鸦是神的使者。"尚山谷提醒伍平。

　　"对，没错，老子就是要它们的命。"

　　利箭惊动了鸦群，四围的乌鸦都飞了起来，在几人头上徘徊不去。

　　"我们走吧。"甲卓航招呼还在瞪着眼睛的伍平，他是箭术如神，但也没有本事杀光这成千上万的乌鸦。

鲜血灌溉过的土地上，七里香开得愈发茂盛，但伍平似乎已经忘记了身上的痛痒，他和弟弟伍扬都是南津侯伍青平的子侄辈，也是行伍世家出身，但即便是战场血泊中滚出来的勇士，也很难接受眼前的场景。

天地苍茫，他们已经从尸体和蹄印中看懂了这个故事，装备精良的军队把野兵和饥饿的百姓当作假想敌，引诱这些衣衫褴褛的人们来哄抢粮食，然后再把他们围住，杀掉。

甲卓航的心一路都被这可怕的推论紧紧攥着，为了所谓的胜利，人心真的可以险恶到这种程度吗？

区区一个卫曜就毁掉了整个扶木原，这是甲卓航做梦也没有想到的。如果此刻换作扬觉动挥师南渚，又会是怎样的情景？甲卓航仿佛看到了旌旗猎猎的威武之师踏上这燥热的土地，一路攻城拔寨、直指灞桥的景象。灞桥，那里有喧哗的海潮、华美的衣饰、稀世的珠宝、美味的青橘和柔软的姑娘……

他晃了晃脑袋，黄昏的闷热夹杂着尸臭，让人窒息，就连七里香浓郁的香气也无法掩盖丑陋的死亡。吴宁边没有力量来完成他这奇特的愿望，现在他只能期望李精诚和浮明焰还没有对花渡展开孤注一掷的攻击，按扬觉动的说法，南渚不堪信任。

"李精诚的儿子杀了卫成功的话，南渚不是已经站在了我们一边？"

"我会为了尚南岩跟南渚反目成仇么？"扬觉动看着浮明光。

尚南岩是扬觉动的爱将，为其镇守商城。由于商城位居平明古道要冲，是吴宁边和南渚贸易枢纽，又是丰收商会的大本营，因此尚南岩虽然是个伯爵，却位同公侯。两年前，当徐昊原和扬觉动在箕尾山争霸之时，澜青突袭商城，彼时南渚已经应扬觉动要求出兵相助，尚南岩按约定出城破敌，但赤研瑞谦故意按兵不动。等赤研星驰真正率军北上的时候，坚持了一个多月的商城已经陷落，尚南岩也战死沙场。

"死了一个卫成功，徐昊原还有数不清的侯爵，"扬觉动的声音淡淡的，说得一众人等心中发冷，"告诉他们，不要进攻花渡，尽快撤兵！"

南渚一行，甲卓航每日都跟在扬觉动身旁，但永远也看不清这个两鬓斑白的老人。他正值少壮，一样自命不凡，偶尔自比世上枭雄，自我开解今日的困顿，原来世上没有什么是公子甲卓航做不到的，只是他的心太软。但这一刻，甲卓航忽然觉得他永远不会成为扬觉动，这个男人的心是石头做的，和他的脸庞一样，布满了坚硬的棱角。

运粮的大车显然不仅仅是损毁在路旁的这一辆，留在平明古道上的车辙在这里折返。

"细哥，这里向西是不是箭炉？"甲卓航带领着众人驱马疾行，跟着深深的车辙穿过了这一片狼藉的土地。

"再向西的路途我没走过，不过只要顺着平明古道，向西是箭炉倒没有错。"

甲卓航打马飞驰，眉头越皱越紧，看尸体，那些百姓至少已经死亡两天以上，这样长的时间，粮队应该早就通过了他们惨剧的发生地，差不多已经到了箭炉城。这是最合理的情况。按照两州之盟，南渚的军队应该集结箭炉，发兵原乡，再与吴

星野乱 53

宁边大军合兵进击花渡。

可是为什么从刚才的那段路开始，所有的粮车都开始折返林口？他们沿着平明古道继续向北向东奔驰，发现车辙越来越深，越来越密集，原本发往箭炉的粮车竟全部折返。一种不祥的预感在甲卓航的心中盘旋，怎么会这样？这是为什么？最宝贵的军粮为什么不运向军队和战场，在斩杀那些饥民的地方，赤铁军究竟遭遇了什么？

## 三

"粮车改变了方向，应该和饥民、野兵没有关系。这里离箭炉和林口都不远，是赤铁强力控制的范围，他们没道理害怕饥民的掠袭，饿得再厉害，他们也不敢直接抢夺军粮，否则，就是刚才的下场。"尚山谷摇摇头。

"会不会是他们的箭炉行营觉得缺粮，准备囤一批？不是说紫丘的粮仓被白安野熊烧掉了一大半？"伍平接着尚山谷的话道。经过屠场，众人心里戒备，他也顾不得身上痛痒难耐，已经用老油皮甲把自己绑了个结结实实。

"大概有人加入了他们的队伍。"

"老尚，别卖关子啊！"伍平又忍不住了。

"百里，你觉得，会是你们的人吗？"

"不会。"孙百里摇了摇头，他是吴亭的手下。这次甲卓航特意带上了他，就是为了一旦遇到白安野熊，有个转圜的余地。

孙百里话少，但是很实在，甲卓航没有头绪，只好又看向了尚山谷。他了解这个视马如命的人,没有十足的把握,他不会说话。

"前一段路途比较干燥,人马经过的时间也较久,除了粮车沉重、车辙明显外,马蹄和足迹都已经模糊,因此看不出什么特别。但是这一段路就不同,"尚山谷指着路旁的草丛,"南渚的矮脚马善于负重,尤其是拉粮车的驮马,饲料里都会添加麦麸和豆子,这样才有气力!马儿们吃惯了饲料,一般不会去啃食路边野草,特别是带有强烈气味的蒜紫草。就连南渚的军马,只要不脱矮脚马的种系,也不会去吃这种草。据我所知,喜欢啃食蒜紫草的,只有来自坦提的风马,这些马从遥远的西方草原来到这里,常常水土不服,需要这种随处可见的草来帮助消化。"

尚山谷生平相马无数,他说起和马匹相关的话题,自是绝对的权威,大家都等他得出结论。

"我们一路前来,直到战场,蒜紫草如常生长,并没有被啃食的痕迹,而现在我们所处的位置,从车辙和痕迹看,是前方折回粮车与随后粮车的交会处,大批粮车在这里转弯后退,想必这样的调度颇花了一些时间。你们看这路旁,蒜紫草已经有被啃食的痕迹。这说明在前面的战场,有一批坦提风马加入了战斗,由于风马一路前行,在战场停留时间也不长,所以没有留下痕迹,而到了这里,有了较长时间的休息,这周围的蒜紫草就啃食得厉害。"

"说到马,你自然什么都对!但南渚哪里来的坦提风马啊!"伍平大惑不解。

甲卓航猛然想到,在阳宪客栈中和那两个捎客的对话,当时扬觉动开玩笑，故意说自己是个马贩子，引得那红脸惊诧万分，说漏了嘴，透露南渚曾购买了一批来自坦提草原的骏马。

当时两个人不愿意细说，他们也没有深究，现在看来，这支装备了坦提风马的队伍，已经来到了扶木原上。

赤研井田想要干什么?！骑着坦提风马的士兵在这里加入了林口守军，然后运往箭炉的粮食开始折返，善于平原奔驰的坦提风马被调来扶木原，而在箭炉集结的大部队是要攻城攻坚，并不需要坦提风马的速度。

马蹄嗒嗒敲打在平明古道上，林口镇的炊烟依稀可见。

甲卓航在马背上起起伏伏，一种来自直觉的不安如影随形。

林口是扶木原上的一块高地，稀稀落落的皂角树林围起了这个颇具规模的市镇。传说一千年前，小芒山下的树林覆盖着整个扶木原，而淡流河只是这林中盛大的溪流。

关于林口名字的种种传说一直流传到今天。人们都说，第一代南渚王李高极兴建箭炉城时，举全国之力，采石伐木、蒸土筑城，终将扶木原上的森林砍伐殆尽，用三万民夫的血肉，筑成了一座不朽的城堡，也让这个原本处在深林尽头的市镇变得有名无实。

"老子才不信李高极能砍下来这么多的树！"伍平一路都在嘟嘟囔囔。众人担心节外生枝，因此绕开了林口，也就自然没有得到补给，吃掉了仅有的一点干粮后，只能加赶夜路，期待遇见还有人烟的小村落。

天色已暗，刚才天空上丝丝缕缕的云层还像火焰一般燃烧，只一会儿的工夫，林口已经变成了平原上一道沉默的影子。

甲卓航讨厌疲累的感觉，虽然在战场上他也可以冲锋陷阵，但是他却极不习惯这样枯燥无味的旅程，更不喜欢悬而未定的迷局。十五岁之前，他是大安城中悠游自在的公子哥，弄笛赋诗，倚红偎翠，潇洒倜傥，然而就在他十五岁这一年，父亲甲方田将他送入了主掌百济的扬丰烈军中。

"你太散漫，这样下去，家底要被你败光！"作为富豪甲方田的第四个儿子，甲卓航从小锦衣玉食，挥金如土，对财富毫无概念。琴棋书画，骏马美人，他样样喜欢，美食珍玩，歌舞盛宴，他绝不错过。为了争得大安城中名妓姜红杏堂上的一个座位，曾经豪掷千金，把他那靠贩卖云间鳞甲发家致富的父亲气得半死。

大安商人甲方田曾和迎城商人梁群并称为吴宁边两大富豪，民间素有"东甲西梁，天下富藏"的说法。他为人精明，做事爽利，都说他从不带算盘，只消扫上一眼宁州来的货车，便知道车上载的货物有多少数量，又是哪路货色。

然而甲方田偏偏生了甲卓航这么一个纨绔的儿子。就在这一年，在听雨楼，甲卓航为了姜红杏的一曲琵琶，居然和扬家大公子扬慎铭大打出手。若论拳头，十五岁的甲卓航注定打不过大他十几岁的扬慎铭，但甲卓航银票一散，根本不用自己动手，一群食客争先恐后把扬慎铭这个吴宁边天字第一号的贵族打了个鼻青脸肿。自然，那时候众人并不知道扬慎铭何许人也。

"你这个兔崽子迟早要搞死我！"甲方田花了数万金来摆平这件事情，气得嘴都歪了。

"要我做什么你就说好了，反正这样的日子也没意思！"甲方田气势汹汹踢开房门的时候，甲卓航正瘫在听雨楼的软榻

星野乱 57

上,把脸埋在姜红杏浑圆的胸脯中,睡眼惺忪。年纪轻轻,他已经慵懒得不像样子。只是甲方田每日忙着放贷生利、买空卖空,又何尝管过自己的儿子?

甲方田叹了口气,道:"那你就去给老子挣个功名好了!"

于是,甲方田动用了所有关系,把甲卓航塞进了军功卓著的风芒军中。

就这样,穿金戴银的甲卓航糊里糊涂成为了一名风芒骑兵。从军的前两年,他从来没上过战场,每日里只是陪着主官吃吃喝喝,过得还是神仙一般的日子。后两年,许是无聊,他主动请缨,参加了几次战斗,似乎也曾射死了个把敌人,随后又在宁州和吴宁边之间跑动军需机要,凭借天生的生意头脑,把风芒军的补给工作搞得风生水起。

直到他从军的第四年,战争改变了一切。

这一年,吴宁边和澜青爆发了第一次严重冲突,扬觉动借着这次机会,不仅对反对他的父辈老臣进行了一轮清洗,还一并打劫了大安城中的巨富之家,来充盈捉襟见肘的府库。

就在这一次,大安城守邹远山被控"交通贿赂,侵渔百姓",被扬觉动枭首示众,而巨商甲方田也被连坐,家产充公,举家流亡宁州。甲家只剩了一个孤零零的四公子甲卓航留在百济军中,也是这一年,他第一次被编入了前锋营,上了真正的战场,从未正面临敌的他如往常一般散漫随意,却差点被敌人穿在了枪尖上。

曾经在大安城显赫一时的甲氏家族很快退出了人们的记忆。

甲卓航被迫和过去温香软玉、俊采风流的生活来了一个残酷的告别。

鹧鸪谷中的解语花确实灵验，甲卓航是个隐藏了大量焦虑的人，但他的特点是，焦虑到了一定程度，就干脆不去想应该做决断的事情。用他的话来说，就是"去他娘的"。这种赌徒性格，大概来自他为吴宁边挣下金山银山的父亲。

在尚山谷的强烈建议下，甲卓航勉强同意绕过南渚重兵屯驻的林口镇，虽然他知道这绝对是个正确的选择，但是绕过林口，也就意味着绕过了燃烧嗓子的鸿蒙酒、喷香滴油的风干肉、黄米馒头和济山豆腐，还有软榻之上、脂粉堆里的甜美睡眠。

"你说得对！"虽然不情愿，但甲卓航并不傻，他看着尚山谷认真的脸，摸了摸怀里的银子，心中暗骂。这一路没吃没喝，都是赤铁军做的好事，只要听到马蹄声，村子里的百姓都一溜烟地消失了。

## 四

尚山谷的顾虑有充分的理由。

眼下，虽然吴宁边和南渚表面上是盟友关系，但是，盟约里并没有调粮北上金麦山这一条。几个人的当务之急，是要追上运粮的车马，看看这些粮食到底是运向哪里去。关大山的粮车北上，最好的也是最可能的解释，是为三镇兵力补充军需。吴宁边夏粮时晚，未到收获季节，三镇西进，粮草就是绝大问题，过了金麦山，就是商城旧地，算算此时，三镇兵力也应该攻下商城了。

但坦提风马的出现让事情变得复杂起来，吴宁边同样有装备坦提风马的部队，扬丰烈的风芒军就全队都采用这昂贵的坐骑，但现在，他们应该正在观平战场浴血厮杀。这些坦提风马来自灞桥？来自平武？还是来自赤研家族曾经想要打通但却从未成功的三泽水道？穿过烟波浩渺的青沼，驶过几无人烟的泥麟，再渡过神秘莫测的浮玉泽，南渚便可以和千里之外的坦提草原交通往来了，不是吗？

几日的长途跋涉令人疲累，一向强壮的孙百里甚至发起烧来，但是更为紧急的事情，是要保证三镇大军的安全。因此，甲卓航虽然在心里不断默念"去他娘的"，却还不能停下手中的马鞭。

暮色四合，他们一行五人已将林口远远抛在了身后，也绕过了那些在皂角树上整理羽毛的乌鸦，顺着一度消失的车辙纵马奔驰。

寂寞让甲卓航的感觉渐渐迟钝。哪怕是在鹧鸪谷中，起码还有个唐笑语可以聊天解闷，如今跑到这鸟不拉屎的地方，看来看去都只有身边这几张汉子的粗脸。伍平是个拌嘴的好对象，但他饿了，就不说话，加上被蚊虫叮得不轻，更是无精打采。

赤铁军增兵之后的扶木原，安静得不像话。灞桥来的老爷们威仪逼人，附近村落里人影稀疏，连只鸡都买不到。

车辙在林口北部拐向了西方，这不是通往商城的路线，粮车带着辎重，行走缓慢。按照车辙留下的痕迹，尚山谷估量，这一批粮食，大约可以使两千兵士吃上十日，这对于南方三镇集合的四万多将士来说，杯水车薪，但是，若是粮食不是供给吴宁边的呢？大多数时候，一万人的作用总比一千个人大，但有时一千个人决定一万个人的生死也非绝无可能。

"不能再走了,"孙百里说,"太靠近粮车,会被斥候发觉,就快追上了。"

"追上个鸟,不如现在就冲过去!明天早上,我就饿得张不开嘴啦!"伍平抱怨道。

甲卓航任自己的身子在马上晃来晃去。

假如换作豪麻在这里,人们的牢骚肯定都消失了,他们嘟嘟囔囔,只是觉得我会和他们一起抱怨。豪麻那家伙比我还要小上两岁啊!

凭什么,甲卓航不开心起来,假如面前不是孙百里和伍平,而是李精诚和浮明焰,我能说服他们、节制他们、威慑他们么?甲卓航试着沉着脸,想象着豪麻在此刻会怎么做。

他打马转向,向着偏东的小路走去,道:"午夜前一定要扎营!不到明天太阳落山,粮车的动向就会摸清,商城到此,也不过一天的距离!"

甲卓航的语调冷冰冰的,强扭着脖子不去看众人的脸色,打马行在最前。大家都有些错愕,队伍果然静了下来。

还是蛮有效的,但是也更无趣了,甲卓航在评价自己。

走过小丘,远处的黑暗中有火光闪烁,方细哥比出手势,大家便下马,抽出刀来。

"黑夜里什么都有,"方细哥道,"这不像篝火。"

甲卓航不答,他的鼻子在轻轻抽动,越来越快。他对各种肉类有着异常精确的直觉。难道这是……油脂的香气?

"去他娘的,这是灶火!"甲卓航的冷脸终于没绷住,嘴角上弯,弧度越来越大。

伍平还在感慨，甲卓航已经一马当先冲了出去，同去的，还有方细哥。

"等等我！"草丛里有什么东西扑棱棱飞了开去，伍平的喊声可以惊醒一千人，好在周围怎么看也不像有一千人埋伏的样子。

尚山谷还没来得及劝阻，三个人已经大呼小叫地绝尘而去，甲卓航还不忘回头看他一眼，脸上已经笑开了花。尚山谷无语的表情在甲卓航面前一闪而过，马儿已冲了出去，甲卓航才看到了好好藏在树后、一脸诧异的孙百里。

"没错，这就是我们的百炼精兵。"尚山谷的声音从身后传来，接着就是他的马蹄声。

"有什么好解释的，鬼扯！"肉香已经把甲卓航脑子缠了个密密实实。

"等等我！"

这声音是喊出来的？够大！甲卓航颇有些愤愤不平，他的严肃形象只维持了不到一炷香的时间，一丝烤肉的香气就把他的冷脸击得粉碎。如果是豪麻，就算是他本人被架在火上烤，多半也会面无表情吧，如果必须发表意见，大概会表示要多抹些盐才好吃吧！

想到这里，甲卓航忍不住哈哈大笑起来。

偏离小路，靠近红树林，闪闪发亮的细碎火星裹着油烟，从一个小丘旁升起，树枝燃烧，发出哔哔剥剥的声响。一只肥硕的兔子正架在石头堆成的土灶上，油脂从微焦的兔肉上滑落，落在燃烧的枯枝上，发出短促而美妙的嗤嗤声响。

灶火仍在，旁边树上还拴了一匹驮了竹箱和布袋的健壮黑骡，只是旁边没有人影。

甲卓航和方细哥抢先赶到。

方细哥抽刀在手，勒马观望，小声道："看来也是个机警的，我去把他赶出来！"

"没那必要，伍平大人一到，人就会出来的！"他们身后，伍平的瘦马正被主人催着狂奔，马蹄敲打地面，打鼓一般嗒嗒响个不停。

方细哥一愣，看来没明白甲卓航的意思。

甲卓航笑道："你看这四围的痕迹，也就是一两个人赶路，走长路带着骡子和货物，见人就躲，想必不是能打的。再说，我看这炙野兔的耐心和手艺，一定是个平素过惯了好日子的吃货。现在他们是惊恐盗匪，躲在一旁。一会儿伍大人一到，这兔子顷刻只剩骨头，这美食化作糟糠，竟入莽夫之腹，他们又如何忍耐得住？"

话未说完，伍平已到，他看甲卓航和方细哥还在马上，颇为不解，自己纵身跃下马来，大步朝那兔子走去，道："这几天嘴里淡出个鸟来，居然遇到这肥硕野兔，真是好福气！"听他语气，便像这兔子是他打到的一般。

伍平嘴上说着，手上也不闲着，张手就往那架在火上的野兔抓去，这一抓还未坐实，果然旁边林子里窜出一个青衣男子，急道："提不得，要再过上一刻才好！"

伍平仿佛早有防备，这一抓乃是虚晃，他脚下一蹬，向那男子跃去，伸手就扣住了男子手腕，这男子没有防备，被捉了个正着，大叫："遇到匪人，阿安快跑！"

"跑什么跑。"尚山岳不知道什么时候已经来到，他从林子

星野乱 63

里面薅着一个拳打脚踢的半大小子，把他推到了火堆旁。这孩子是个仆从模样，满脸愤愤之色，嚷道："告诉你别出来！烤个兔子不要命！"声音甚是清脆。

孙百里也已赶到，看了甲卓航一眼，不由得颇为钦佩，道："厉害厉害，伍大哥粗中有细，不过是诱敌现身；尚大哥落后半步，原是断敌后路；甲小哥嘛，凭香气味道，便能对人家了如指掌，真是太厉害了！"

甲卓航知道孙百里是个直人，这话不是随便恭维，心里倒也舒服，不禁微露自得之色，笑道："孙兄真是过奖了。"

甲卓航说罢下马，转向那孩子，道："小兄弟，如若是我，旅途困顿，风尘仆仆，好不容易得到一只平明肥兔，却突然跳出来一个粗汉，要撕了去做牛肉吃，我也受不了啊。"

阿安翻了个白眼，道："这兔子什么来历，你哪里知道。"

甲卓航就笑："我怎么不知道，你们主人有大耐心！要做这兔子，先要把肥兔硝制数日，再涂以豆蔻、砂仁、芝麻、豆豉，少不得还要加南津晶糖于百花酒中，与酱油花椒胡椒混匀，又浸又腌。然而，这时候却还不能吃，最最关键的柴火一定要找到，"他看了一眼那男子，"这季节，青橘已经落果，这青橘果木想必也是颇费了兄台一番心思，拿来熏炙最好不过。眼看这一只肥兔就到吃到嘴里，跳出一个吃白食的，啧啧，我也受不了啊！"

甲卓航这一席话说得伍平哈哈大笑，众人都是目瞪口呆。

他先对那孩子拱了拱手，才对那男子抱歉似的笑了笑，道："吴宁边甲卓航问好，我们不是兵匪，只是饥肠辘辘的旅人罢了。"

伍平和尚山谷看两个人不像恶人，也早将两个人放开，这小孩撅着嘴，仍是气呼呼的，而那青衣男子却一摇三晃走上前来，颇有些眉飞色舞的意思，道："甲兄乃真名士！这缠丝兔肉便是在日光城的达官显贵中，也无几人知晓制作之法，想不到兄台竟娓娓道来，木莲庾山子这里有礼了！"

这一问一答间，气氛顿时缓和，除了方细哥照例警戒之外，众人都拴马挂刀，一起在火堆旁坐了下来。

## 五

这灶火烧得旺，和甲卓航猜的一样，灶中烧的，正是青橘枝。六月中青橘已经落果，未落的青橘也已经转为赤红，不再有青时的甘甜，而是苦味浓重，辛辣不宜再食，但这并不影响干果木燃烧散出的淡淡香气。这灶火上的兔子隔着火焰三寸，阿安正用手拧动穿着野兔的铁条，一股浓香扑面而来，众人饿了一天，都是食指大动，恨不得立刻将那兔子扯下来撕个稀巴烂，嚼得骨头也不剩。但他们都听到刚才甲卓航嘟嘟囔囔一番话，了解到这兔子烤制不易，恐是天下奇味，想必忍耐一时也是值得的。

"庾家是木莲巨商，先生从木莲来，这一路可不好走啊！"甲卓航捡起那灶旁零落的小枝，向火中丢去。

"岂止是不好走，"庾山子叹了一口气，"都说乱世不行商，但是眼下木莲税重，重整军备，不但寻常商户苦不堪言，这时间一长，连我们也受不了啊！"他一边说着，一边把甲卓航上上下下细细打量。

星野乱 65

甲卓航看了看自己，嘴角露出一丝苦笑。他们当日在阳宪遇袭，匆忙逃脱，他只在绸衫外又套了一层甲胄，经过在鹧鸪谷中没黑没白地潜行，当日的那件翠鸟缎子锦服早已被汗水和灰尘污成了灰褐色。绸衣露出铠甲的部分，连蹭带刮，凌乱不堪，已经碎成丝丝缕缕。中间为了包扎扬觉动的伤口，他还贡献出了自己贴身的云锦，他手腕上的红珊瑚珠早已在阳宪夜雨中不知所终，紫葫芦酒壶也在山石上撞成几片，现在只剩一条绑葫芦的黄丝带，唯有一支长笛，他时刻不离身旁，勉强幸存。

此刻的甲卓航，胡子也长出了一把，和旁边几个粗人一样乱发纠结。不要说什么翩翩公子，论到整洁，恐怕和那死得横七竖八的饥民也相去不远。无怪乎这庾山子刚才见自己吐噜噜说出一大套缠丝兔肉的做法，惊得目瞪口呆，眼下他甲卓航的形象，若是从前的自己见到，恐怕也要先飞起一脚，踹得离自己越远越好。

这庾山子说是从木莲而来，甲卓航心里就警惕起来，木莲到此，相去何止千里。甲卓航在从军之前，曾经随父亲三上日光城，因此，对北地的地理也比较熟悉。从木莲到南渚，比较方便的路径是南下固原，进入澜青后穿过平明和花渡，经过商城上平明古道北路抵达箭炉。另外诸条通路，不是过于遥远，就是颇费时日，而且最终总要汇到平明古道上来。

如果庾山子确实来自木莲，这就意味着就在不久之前，他已经纵穿澜青，甚至有可能经过了极为敏感的平明城和花渡镇，而这正是三镇兵力剑锋所指。如果他途经商地，想必也已了解到浮明焰、李精诚等人的战况。不知道吴宁边的三镇合兵，冒险进击，是不是已经拿下了商地。

"先生千里迢迢跑来南渚，是为了做生意？据我所知，商地通往箭炉这一段，商旅断绝已经很久了。"

"我哪里是想到南渚来做生意，说实话，我是一路走一路倒霉催的！"这庾山子张口就是一连串的叹气。

"不急，夜长露重，先生慢说无妨。"

"我家经营一向以中北十州为主，偶尔涉及澜青，已经算是远的。"这庾山子略停了停，这人说话虽多，倒是字斟句酌。

"公子有所不知，自从七年前日光城爆发朝堂之乱，守义太子兵败身死，这木莲的江山就已不稳固，而五年前守谦太子即王位后，为了应对乱局，又在不断加强军备，连课重税，使得民生凋敝不说，连我们这些大商贾都难以生存，只能四处各找活路。"庾山子看着火光，话语中颇有幽怨之气。

听他说话，甲卓航心中一笑，此刻自己一身戎装，这人却还口口声声坚称公子，想是从自己的举止气派，识出这绝对不是一个普通将官。这倒也不能怪他，如若是自己，遇到一个张口就来的识货吃货，恐怕也会疑惑他的身份。

"他就是太倒霉了！"阿安接话道，"朝家一场内乱之后，先是霰雪原开始翻无定河之战的旧账，再无货物运来，他就只能往云间跑生意，不想宁州这几年生意越做越大，耿州、东川这样临近的州不说，连云间也受到了影响。于是他就南下澜青咯，结果路过肥州，白驹城调兵遣将好不热闹，本来在这里往回赶也还不错，可是他又不死心，偏下平明，平明打仗，他跑到花渡，花渡兵荒马乱，他就避走商城，不想商城这边又一支队伍直打过来。我们本来想走金麦山下的旧路，借道箭炉前往灞桥，还是不成。我们出发时一百多人的商队，现在只剩下我们两个，这也不是做生意了，就是逃命罢了！"

这少年说话连珠炮一般，庾山子拉了几次都没拉住，一时尴尬，想要说话，终究也没有说。

"小兄弟，我们好几个陌生人，你又不知我们好坏，话自然是说得越少越好，你这一五一十说得清楚，不怕我们劫了你们？"

"几个馋兔子的，能坏到哪里去？"阿安不服气。

"也是，"甲卓航笑容一收，又道，"小兄弟，你们想要借道金麦山，却没成功，这是为什么？"

"没、没什么。"甲卓航这一句话语气郑重，问到要害，那孩子看其他几个人的眉毛却拧了起来，便警醒起来。

阿安没话说，庾山子眼见四人八只眼睛都盯着自己，无奈道："你们也知道，金麦山北，商城南侧，通向花渡的要隘是个之字形，人称之字口。平明古道在这之字口和大路相接，折而向西，我们仓皇从商地逃出，必定路过此处。听附近的猎户说，平明旧道上来了很多散兵，金麦山东侧的高地，惯常牧人们放牧的地方，似乎有大军驻扎。我们没有那个胆子去试探真假，只好绕道这边，看看能不能到达林口或者紫丘啦。"

"老兄，你可不要胡说八道！"伍平急了。

"这话从哪儿说起呢？我骗你们也没意思。"庾山子一脸不悦。

甲卓航脑袋嗡的一声，吴宁边主力集中兵力在收复商地，这沿平明古道北上的军队是哪里来的？根据三镇目前的用兵推断，南渚作为盟友应该通过原乡驰援花渡，共同进击才对，目前看来，南渚的兵力向箭炉集中，似乎也确实是这个方向，但为什么又有一支部队从箭炉出发，驻扎在金麦山东侧，商城的南方？

有一个解释似乎合理，那就是吴宁边克复商城的战役受到了巨大阻力，即使南渚兵力集结箭炉，由于主攻的李精诚部和浮明焰部被阻商城，所以南渚也无法单独挺进花渡。而如此大量密集的军事调动，很快就会传到平明城，为了尽快解决这个问题，在李精诚等的要求下，赤研家族也许会派出一支部队协同吴宁边共取商城。

如果是这样，那结局还不算太坏。

但是，也不能排除商城已经被李精诚和浮明焰攻克，而且南方三镇兵力已经在继续向花渡挺进的路上，在这种情况下，这支被派往军队后方的军队，意图就很可疑了。

甲卓航心跳得厉害，他勉力控制着自己的情绪，继续问道："庾先生，你和这位小兄弟路过商城是什么时候？不知道你们出发前，商城有没有受到攻击？是否陷落？"

庾山子道："我们大约七天前行到了商城，然而五天前，商城突然遭到、遭到，"他又看看甲卓航等人的衣着服饰，慢吞吞地说，"遭到了吴宁边义军的猛烈攻击！"

"到底战况怎么样！快点说！"伍平早就把那只野兔忘到了九霄云外，他这一吼声色俱厉，甲卓航心中亦是一抖。

"诸位莫焦躁，我们离开商城的时候，商城还未曾陷落！"庾山子赶忙说话，小心翼翼。

他此话一出，几个人都暗自长出了一口气，商城据此不过一日路程，如果五天前吴宁边进攻商地受阻，直至庾山子离开尚未攻克商城，那么南渚派出军队支援，不仅往返时间对得上，这样的兵力调动也更合理，这也解释了为什么南渚派出了装备了坦提风马的骑兵，也是为了抢时间尽快赶到战场。

甲卓航心头一块大石落地，他盼望着出现最好的可能，因此不自觉用想象补充上了空缺的时间，独独忘了问，这庾山子到底是什么时候离开商城的。

## 六

紧张既去，饥饿复来。面对喷香扑鼻的兔肉，伍平实在忍受不了，大声抱怨道："这位老哥，你这兔子到底什么时候能好啊，我先尝一口行不行！"

庾山子道："现在嘛，吃得倒是吃得，只是嘛……"他一句话还没说完，伍平匕首出袖，闪电般地割去兔子一只前腿，也不顾炙热，在手里颠来倒去，呼呼吹气，不断塞到嘴里，连呼"好吃好吃"，只三两口，一只兔腿便只剩骨头，他满嘴油星和焦黑的芝麻，吃得舒服之至。

"有点咸。"他把手伸到嘴里，小心拽出塞在牙缝间的肉丝，舌头一卷，又送入腹中。

"就你着急！"甲卓航笑骂，他看了庾山子一眼，道，"庾先生，还有什么独门秘方不妨现在施展出来，给贪吃的人一点教训！"

庾山子哈哈笑，道："甲公子果然是通人，怎知道我有后手？"他手一摆，对那孩子道，"阿安，去把羊酪拿来！"

阿安子一步三窜，跑到骡子前，伸手去竹筐中取出几块微黄的几块方形物件。

庾山子嘿嘿笑着，把这东西给每人分了一块，道："甲公子，且评价一下此物如何？"

甲卓航将那羊酪放在鼻下，一股浓浓的奶香带着羊膻扑面而来，他不由得猛将大腿一拍，道："好纯的鲜酪！"

吴宁边中部，大安城和百济之间，原有着水草丰沛的草原，牧人以牛羊肉和奶制品为主食，这羊酪则是司空见惯的寻常之物，不过寻常人家的奶酪为了便于贮藏，在发酵后，尚需晾晒贮藏，有的要长达数月之久，才能制成风格各异的牛羊乳酪。而南渚地区山多水多，牛羊群不成规模，主要用作肉食，还时有新鲜果蔬调剂，因此基本见不到这种食品。

甲卓航早就听过此处山间草场水草丰美，有不少人专为往来商旅提供肉食和奶品，看眼前这鲜酪浓香扑鼻，爽滑致密，想是这庾山子专门寻来，专为这一道缠丝兔肉准备。

众人都拿了一块羊酪，忍着饥饿，等庾山子说话，庾山子面露得意之色，道："我们且先将这兔肉分上一分，趁着兔肉焦热，诸位且将奶酪放在肉上抹上试试。"

提到分肉，甲卓航抽出匕首，三下五除二将兔肉分开，诸人不顾烫手，将奶酪放置其上，那鲜酪遇热即溶，化为黄色的一层薄膜，渗入皮肉肌理，散发出一股浓香，众人实在忍耐不住，纷纷张口。这时那孩子又拿出许多白面大饼，这饼微甜清香，极为耐嚼，不知道庾山子又做了什么怪，若是平时吃起来，也不过尔尔，但和这羊酪缠丝兔搭配起来，竟馋得众人舌头也要吞下去！

甲卓航久违美味，浓香入口，不禁舌尖微颤。

他自风芒军来到豪麻麾下后,连年征战不断,不要说山珍海味罕有,行军起来,粗茶淡饭也是难得。少年时,他曾有机缘在日光城吃过这缠丝兔肉,个中滋味早已飞到九霄云外。此刻精心烘焙的兔肉加上新鲜羊酪,不禁将他锦衣玉食的过往一股脑儿全都勾了起来。

他微微眯着眼睛,用舌尖将那兔肉细细分辨,一层层剥开豆蔻的辛、砂仁的苦,这辛苦之味又和芝麻的厚与豆豉的鲜混而为一,外面又挂有微微的清甜和酒香,花椒胡椒在外层,味淡而悠远,被青橘果木炙烤之后,散发出微微的涩来,这一口下去,层层叠叠,说不尽多少种滋味在口中,不由得心神荡漾。

也许是他已有太久没有吃上一顿好饭,羊酪兔肉加大饼,竟将他吃得几乎飘了起来,可惜兔肉太少,他一点也舍不得浪费。待自己的一份吃得干干净净之后,他环顾四周,只见夜色已浓,火堆旁的黑黝黝的林侧土丘,竟似仙境一般。

"这位小哥,那个,能再给个大饼么!"伍平早就将属于自己的那份兔肉抢先吃光,剩下羊酪就大饼也三口两口吞下肚去,现在看着诸人或快或慢的细细品味,多少有点可怜巴巴。

"这位军爷一定要尝尝!"庾山子大方将自己手中的那份兔肉递过,喊道,"阿安,再拿羊酪和大饼!"

甲卓航十分理解庾山子的心情,能做美味的厨子,最见不得别人囫囵吞枣。这人见伍平吃得太快,没有机会品出这菜肴的绝味,定是老大遗憾。

伍平的脸被火映得红彤彤的,嘿嘿笑着从庾山子手中接过那融了羊酪的兔肉,耐着性子摆了个姿势。等庾山子手一松,他将那兔肉卷入大饼,放在嘴里就是用力一咬,油脂嘀嗒,奶香四溢，他大叫："好吃好吃，果然不凡！"只一刻，又把庾山子那份吃了个干干净净。

甲卓航不由得摇头，这般狼吞虎咽的吃法，实在是可惜了庾山子的一番苦心，此刻就算没有这兔肉，只给伍平上十个八个馒头，想必伍平也是一般赞美无二。

除了兔肉太少，不够尽兴，众人这一餐吃得倒是酣畅淋漓，中间方细哥回来同吃，也是赞不绝口。直到兔肉、大饼全无，孙百里还在吮着指头上的油脂，啧啧有声。

甲卓航道："今日与庾先生相逢真是畅快，若无这一面之缘，我怎知这世上有如此美味！他日庾先生若是路过吴宁边，甲卓航一定报此一饭之赏。"

庾山子笑得眼睛眯成了一条缝，道："哪里哪里，庾某还剩得几个铜板，也不过是一路走来一路吃，如果这样的乱世，还要亏欠了自己，那真是活也不要活了！"

说罢众人都是大笑。

"还请先生再给我们讲讲一路经过的情景。"尚山谷是商城侯尚南岩的幼子，急于了解商地情形，吃饱喝足，便又将话题引回。

庾山子道："唉，眼下天下大乱，先说这北边生意不好做，诸位来自吴宁边，想必都知道牙香公主的故事。"

提到牙香公主，几人都连连点头，表示理解无碍。

庾山子道："好，且说当年朝承露杀了牙香之后，霰雪原一直对此耿耿于怀，这数十年间，霰雪与木莲之间就没有几天太平日子。先王朝远寄的时候，又曾借着无定河的混乱局面，吞并了霰雪原的大片土地，如今先王已逝，霰雪元气渐渐恢复，我看这北方的战火，不日又将重燃了！"

"先生路过肥州、澜青，能不能讲讲这两处的情况？"这两州都和吴宁边接壤，甲卓航最关心的，还是吴宁边的局势。

"就如公子所言，白驹城中，满是木莲兵士，南津镇的驻军我见过，磐石卫也驻了好几营。"

"李慎为和磐石卫从来形影不离，难道，他亲自到了白驹城？"这个消息众人都觉疑惑。

"老头已经六十多岁了，这次亲自跑到肥州，又码了这么一大堆人，肯定不是闹着玩的，百济公恐怕要糟糕啊！"伍平忍不住说话。

"且听先生继续说。"

"我一个行脚商人，不太懂行军打仗，不过，扬觉动大公失踪的传言，早已遍传风旅河两岸，这样千载难逢的机会，如果木莲和澜青不协力猛进，反倒奇怪了。"

"乘人之危！跳梁小丑！"伍平把手中木枝贯入火堆，砰的一声，火光摇动。

庚山子嘴角挂上一丝微笑，眼中一道亮光稍纵即逝。甲卓航心中生出了三分警惕。

"后来呢？先生后来又遇到哪些故事？"

庚山子摇摇头："哪有什么故事，一路抱头鼠窜罢了。战乱在即，生意没法做，我们便继续南下平明。果不其然，刚到平明城，满城都是木莲和澜青合兵进击风旅河的消息。平明城内的百姓个个振奋，传闻大公徐昊原已亲自率部出战，在风旅河战场连战连捷。"

他在此刻顿了顿，观察诸人脸色，一片寂静无声。

庚山子干咳一声，又道："就在我们离开之前，传来了坐镇箕尾山的吴宁边大将伍曲被杀的消息，传言他带领一千精兵固守风旅河，绝不退让。唉，就算他是铁打的，那徐昊原三万将士如何能挡得住，不过拖延时间而已。等徐昊原将他的首级飞马送回吴宁边，坐镇观平的伍青平见到爱子的首级，当场呕血，竟至卧床不起。百济公扬丰烈只好亲临观平，现场指挥作战，而徐昊原则率大军围城，我离开多日，却不知究竟谁胜谁负了。"

他话说到这里，伍平手中本来又握着一根枯枝，边听边去拨弄那火苗，此刻却啪的一声被他捏断，这一只控弦的右手在微微发抖。

庚山子颇感诧异，道："这位兄台，我是不是说错了什么？"

伍平脸色铁青，紧咬牙关，从齿缝中蹦出几个字来："伍曲是我从小玩到大的堂兄弟，而那南津侯伍青平便是我的伯父了。"

庚山子脸上失色，道："原来大人是伍大人的至亲，庚某失礼了。伍大人镇守南津多年，一直爱民如子，伍曲大人也忠厚仁义，颇有乃父之风，这一次阵前殒命，真是遗憾之至！都说伍曲大人战至最后一刻，寸步不让，临死之前，手中抱着的，还是飘飞的扬家长旗，如此忠义不屈，确乎是震动了离火原啊！"

火焰依旧在夜风中燃烧着，众人一时无语。

## 七

还是尚山谷打破了平静，道："先生且再说说花渡和商城吧。"

庚山子道："花渡情况又是不同，我这些年上下奔走，曾几次路过花渡，此处丰饶，可比紫丘、林口强得多，号称天下粮仓。此时徐大公带着澜青的主力尚在北方作战,我停留几日,只见粮食一车一车都运向北边。正值花渡夏粮收获前夕,那里还留下了不少兵士,在等着抢收稻米。"

"哦,那花渡此季夏粮收成如何,民风又怎样呢?"

"花渡身在澜青腹地,兵戈不修,民风淳朴,每季的粮食,都是满谷满仓,倒真是一个山清水秀、陶然乐居的好地方。不知道几位将军有没有去过那里,一条浩大的平明河,支流漫过这里,便称百花溪。每年春夏秋三季,这里都稻香十里,麦浪翻滚,鲜花盛开,好一派宁静祥和的景象,那秀丽的风景,真是让人乐而忘忧啊。"

他顿了顿,扫视了众人一眼,又道:"不过风景美则美矣,局势却不乐观。我一路走来,沿途都说攻打商城的,正是吴宁边的军队,如果诸位是去投奔大军,并打算挺进花渡,庾某确有一言相劝,还是回去吧!"

"此话怎讲?"

"花渡虽然兵力稀少,防备不足,百姓又过惯了舒服日子,但它地处澜青要冲,交通便利、四通八达。虽然澜青主力已经东进,围在观平城下,但是澜青还有西边的大城永定在,永定侯卫成功在那里经营多年,也不是个易与的人。这次吴宁边战线漫长,补给不继,深入虎穴,不是明智之举啊!"

甲卓航嘴边露出了一丝微笑,道:"何况,花渡又是一个如此宁静祥和的好地方。"

庾山子慌忙摆手,道:"花渡再好,也与在下无关。公子心中有善意,庾某也不敢欺瞒,这样的地方,庾某确实不愿它沾染上血腥之气。"

伍平哼了一声，张嘴刚要说话，尚山谷一把扯住了他，抢先道："先生说的极是，我们想的，正和先生仿佛。我们和本部失散许久，不过是回归队伍，这大军是不是要夺回商地，有没有进军花渡，我们实在也左右不了，更不清楚就是了。"

庾山子松了一口气，道："这样最好，这样最好。"

甲卓航心中叹气，伍平犹自处在愤怒之中，这一下幸亏尚山谷拉住，不然他冲动之下，还不知说出些什么来。这庾山子说话入情入理，态度也不卑不亢，从他的角度，面对陌生人做这样的深谈，已算得上真诚万分。关于进军花渡，扬觉动的顾虑也大略相同，大军深入，无粮可食是最大的风险，可是，如果南渚能够依约从箭炉出兵配合，吴、南联军就在兵力上形成绝对优势，加上花渡又没有防备，结果必定完全不同。至于卫成功已经在灞桥被李子烨烧成焦炭的事情，自然也没有必要让庾山子知道。

甲卓航轻轻咳了一声，道："庾先生悠游八荒，这份潇洒飘逸，甲卓航身不能至，心向往之。今日有幸吃了先生的缠丝兔肉，先生也就是甲某的一饭之友。我还想再听听先生的身世故事，也免得胡乱猜想，又天地茫茫，不知将来再去何处去讨尊驾的美食。"

这一晚聊到这里，庾山子不仅做派不凡，谈吐见识更非寻常商人可比，甲卓航这几句话的意思，便是希望庾山子露露底。这句话说出来本是扫兴，但是甲卓航又必得有此一问，虽说之前那少年说他们的商队出发时超过百人，到现在，只剩他们，但他还是有些不敢相信。从日光城到这里千里迢迢，一路风刀霜剑不说，狼烟四起，兵祸连绵，他们身上带着钱粮，竟能安然无恙地穿梭于八荒，怎么可能？

甲卓航这一问，孙百里和伍平都是不明所以，伍平道："他们刚才不是说了么，开始有人护送来着。"

尚山谷却立即明白了甲卓航的意思，轻咳了一声，示意伍平不要再说。

庾山子听了甲卓航的一问，先是一愣，马上会意，两眼一眯，笑道："甲公子好眼力，如若不是甲公子能识出这缠丝兔的鲜香色味，与我如此投契，也许庾某便会少说两句，大家尽欢而散不是很好？我这个天生多嘴的毛病，真的是改不了。"

他挪了挪屁股，倚在身旁的石上，道："实不相瞒，庾家是木莲巨贾不假，但日光之下，如果朝中无人，想当个本分商人，也怕是不容易的。庾某是家族中的破落户，却是先王亲妹婉怡公主的家臣。"

甲卓航点头，笑道："料想寻常商家，也没有吃过这朝家御厨内的缠丝兔肉。先生此次来南渚，不会只为吃这肥硕的平明野兔吧？"

庾山子也笑道："公子也知道，婉怡公主早薨，我们庾家这一支就流落江湖了，所幸当年家大业大，在八荒各处都有些旧账，如今破落，又逢乱世，日光城也住不下了，少不得要行走起来，四处讨碗饭吃了。"

这一番话，把伍平等人听得一头雾水，甲卓航却感同身受，他也是破落巨族的公子，知道人穷万人嫌的路数。他父亲甲方田少年时机缘巧合，曾经卷入木莲的王室纷争，才知道什么皇亲国戚，一朝失势，人人避之唯恐不及，怕是丧家狗都不如。这庾山子已经有些年岁，刚才什么百人商旅，都是场面上话，看今天的衣着架势，想来已经破落多年，如此境遇，还保有一份雍容，倒也着实不易。

"这位老兄，天不早了，我们该走了。"伍平得知前方战况，再也坐不住，催促大家赶路。

众人看向甲卓航，甲卓航也站起身来，对庾山子拱手，道："感谢先生和小兄弟的缠丝兔肉，我们就此别过吧。"

"这就走了？"听庾山子的口气，颇有几分诧异。

"若是不走，你还能再变出一只兔子不成！"伍平口气里带上三分不耐烦。

"是庾某看走眼了，诸位行军在外，坦荡赤诚，即便是我们手无寸铁的叔侄二人，也毫无恶念，真是难得。"

庾山子如此说话，甲卓航面上微红。刚才有一瞬间，他对庾山子已起疑心，他们几人身负扬觉动重托，容不得半点差池。他也曾想此地月黑风高、林深幽僻，只一刀劈过去，就绝无意外，一了百了。但聊天畅快，这念头一闪而过，又觉得太过冷血残忍。他富家子弟的懒散劲儿一上来，又把这点谨慎抛到脑后去了。

"先生哪里话，八荒这么大，出行在外，自当相互照拂，人间事，不如二两美食。"

庾山子点点头，拍拍手站了起来，这时候，甲卓航才注意到他鬓角挂上的星星白发。

"公子心善，必有吉星高照，只是前去路途崎岖，不如听庾某一言。"

甲卓航看他说得郑重，不由得也正念清心，恭敬回应："先生请讲。"

星野乱　79

"庾山子粗通星算，今日和公子投缘，就多嘴说上两句，最近大火星西流，弥尘重现，正是八荒多事之秋。公子出身富贵，身在行伍，灵识通透，机敏过人，只是心思太重，太多牵绊。海风山骨，四极八荒，五星七曜，唯变唯常。公子眼前便有重大抉择，如果不能绝情断义，恐怕也就不能度己度人了。"

听到星算命理，甲卓航便知道面前这人是个灵师，如若早上几年，他必定认为这是装神弄鬼，无稽之谈。然而鹧鸪谷走了一趟，加上这一路走来的天翻地覆，此刻这番话语，却让他生出一种宁静的疲惫。

难道这庾山子会知道，他甲卓航此行，正一肩担着万千生死吗？

说他心思重，他的心思真的不轻，这个时候，还要故作轻松。

甲卓航哈哈笑了出来，道："多谢先生指点，甲卓航从小胸无大志，没什么生死关口，只想浪荡为生。"

甲卓航觉得自己在嬉皮笑脸，却不知为什么说得格外郑重。

庾山子也不多话，只是扑打身上的灰尘，站起来，整理行装，道："海阔天长，那就和诸位就此别过了。路遥夜长，还望诸位多多保重。"

甲卓航瞪着他的眼睛，发现一抹清亮无边无际，他一直以为自己处处留意，已经足够细致，但是现在猛地警醒，自己确乎遗忘了些什么。

对了，鲜酪！

"先生的鲜酪是从哪里来的？"甲卓航的嗓子发紧。

"自然是自己做的咯！"阿安嘟着嘴。

庾山子点点头，道："自己做的。"

鲜酪从洗奶到发酵，从去清到压制……

"这么说，先生为了这鲜酪，在五天前就离开了商城？！"

"是啊，这兔子来得好不容易！我等不及看商城陷落啦。"

甲卓航一阵眩晕，这荒郊野外，南渚牧人又没有制作鲜酪的习惯，庾山子哪里来的这羊酪？只能自制，但制作这羊酪，必要四五天的时间，那么他一定早已离开商城，不知在哪户牧民处盘桓。这也就意味着……商城很有可能在几天之前就已经被吴宁边攻下，李精诚和浮明焰也就根本没有时间和必要向李秀奇发出求援的消息。那么，南渚的这支驻扎在金麦山也封住了吴宁边三镇兵力退路的部队……

甲卓航腾地一下从火堆旁跃起，颤声道："南渚和澜青联合起来设局！"

尚山谷等一时没有转过来弯，纷纷站起，道："什么？什么局？"

甲卓航把目光移向庾山子，道："先生说我们最好不要去投奔大部队，可是这个意思么？"

庾山子已经被阿安扶上骡背，此刻回头道："公子真是聪明，我就是这个意思。"

火焰在夜风中跃动，风过林间，传来沙沙声响，这庾山子话中有话，聊了半晚，全是连篇鬼话，甲卓航脊背发凉，一字一句地道："朋友，八荒神州已经燃起了烈火，你到底和我们是敌是友？！"

"你到底是谁！"伍平、尚山谷、孙百里都抽刀在手。

庾山子笑笑，道："不是敌也不是友，庾某只是一个过客罢

星野乱

了，"他忽地转头看向伍平，"伍大人，那七里香，还是要继续用才是啊。"

"什么？"伍平脊背一麻，身上似乎又痒了起来。

"刀兵不祥，诸位还是尽早上路吧。金麦山这一侧的南渚驻军，是用来切断吴宁边三镇退路的。这天下的棋局，唯有星辰左右，我们不过都是棋子。诸位前行必是赴死，是不是继续，也是庾某左右不了的。"

夜风清凉，血流在甲卓航的胸膛中急速流转，扬一依的赴约没有改变南渚的立场，扬觉动说得没错，赤研家族不可信任。此刻就算他们快马加鞭追上浮明焰和李精诚，也不过带去他们深陷绝境的消息，但分别时豪麻的手中的滚烫尚未消去，鹧鸪谷底的萤火也还在眼前。他可以选择退却吗？

"去他妈的。"这带着血腥气的危险让他一度干瘪下来的心变得饱满鼓胀起来。

甲卓航翻身上马，拱手抱拳，道："幸会，有庾先生的这一只兔子打底，就算前方是刀山火海，我们也要闯上一闯！"

幽暗的夜色中，几人纵马而去。

前方，命运的螺旋已张开利齿，闪烁的火光下，渡鸦安静地看着，影子们正向着死亡打马飞驰。

# 第三章 平武城

微风过林、浪花卷动、银鱼跃水、虫鸣滴露,种种自然的声响连同众人的话语都汇入了乌柏的耳中。前方水流终于渐缓,深林退去,宽阔的商道和河水汇聚到一处,灞桥之外,他第一次看到了青水之上的巨大石阶,再向前,是平阔的田野,在青水南岸,渐渐显出一座城池的宏伟轮廓。

# 一

　　天空深邃，星星将光芒铺满了闪烁的水面，船儿在平静无波的浩大水面上前行，两岸黑黝黝的树林中隐约传来窸窣的虫鸣，那些影影绰绰的枝叶间浮动着飘忽不定的荧光。

　　封长卿抄着他那磨得锃亮的葫芦，趺坐在甲板上，一小口一小口地抿着鸿蒙酒，他再一次喝红了脸，眼神和离开灞桥那天一样迷离。

　　乌柏则被浩渺的水面吸引，风行水上，盛夏的夜少有如此清凉。

　　灞桥在身后渐渐远去，纤夫们用双手和肩膀将他们拉上了壮阔婉柔的圆镜湖，也许明天，他们就可以抵达传说中的龙牙口了。青水奔腾，自西蜿蜒而来，一路向东，利剑一般生生劈入了济山，形成今天雄奇的峡谷。

　　终于离开灞桥了，行路无聊时，乌柏会闭上眼睛，将陨星阁中那些落满灰尘的古书慢慢重温。他最近常在默诵的，是那部《八荒寰宇志》。四百年前，初代白冠、大灵师疾声闻首次穿过泥麟、浮玉、青沼三大湖区，有感于八荒西南水系的丰沛壮阔，在书中详细地记载了三泽水系的变迁。

　　疾声闻一生博闻强识，让灵师们真正走出晴州，并奠定了灵术一脉的根基，但没有任何一本书上，提到这位一代宗师的样子。乌柏感激这位面目不清的先辈，正是沿着他当年的记载，这壮阔无垠的八荒，才得以在他的眼前一点点展开。

四百年过去了,八荒神州王朝已几经更迭,但山形水势却一如旧时。在疾声闻的记载中,眼前的这片湖水,来自青沼漫溢的青水激流,它在龙牙口东注入济山深谷,形成了这温柔娴静的湖泊,又在峡谷另一侧的狭窄的出口激射而出,携带着不屈不挠的巨力,冲积出了肥沃的落月湾。

当太阳还没有落入群山背后,圆镜湖上还可以见到鱼群跃动的时候,在封长卿喝得尽兴却还没有上头,还能扯闲篇的时候,这整船的客商、旅人、水手和伙夫已经开始大声喧哗了。乌柏自幼听觉特异,所有细碎的声响都会被他捕捉,具体而清晰,这些夜晚,那些荒诞不经的传说和历史,经过鸿蒙酒的浸泡,显得格外瑰丽曲折、动人心魄。

兴致勃勃的人群中总是少了扬归梦,她重伤未愈,常常听着听着就在那张简易竹榻上睡着了。

谈到南渚,一百张嘴里有一千个话题,但不管从哪个由头说起,今日南渚的繁盛和辉煌,似乎总会归结到暴君李高极身上。

他是济山以南第一位自立为王的君主,也是南渚四大主城的兴建者。这个多疑残暴、自负又自卑的男人,一生都活在敌人影子的包围中。在杀戮了重臣、妻子和儿子之后,他已经对所谓的忠诚绝望。他开始编制厚厚的茧壳,要把自己层层包裹。

"为什么?哪有为什么?他连自己的影子都害怕,为了不让影子刺杀自己,无论黑白,他走到那里,都有十二盏巨大的灯笼!"撑篙的水手瞪着牛一样的眼睛,说得煞有介事,激起了一片笑声。

"哎,要不是他怕得厉害,也不会请来八荒最好的工匠,一口气建起了箭炉、灞桥、平武和青石哪!"

"胡扯蛋,箭炉是他建的,灞桥是他修的,至于余下两座,和他有个屁关系!"

"你还别说,老人讲,就是这几座城,镇住了重晶之地的湿热,才保证这南渚的千年繁华啊!"

人们七嘴八舌地聊天,封长卿咕嘟咕嘟地喝着酒,酒从他的胡子上流下来,把他新换上的棉袍染得发紫,这种地方,谁也不会介意一个笑眯眯的酒鬼。

"听说,有一次夜里外出,李高极的一个侍从手中的灯笼突然熄灭,那一角的影子就杀了他!"

"净瞎说,他是被他的丞相从床上拖下来,光着身子捆上巨石,沉到海里的!"

围绕着这位帝王之死,众人又吵嚷了半天。然而吵归吵,所有人都同意,没有这个暴虐的王,就没有今天的灞桥。

灞桥城,它背临济山,有丰富的物产和矿藏,穿城而过的青水带来了肥沃的土壤,天然良港落月湾又使得它成为八荒海路贸易的中心之一。不仅如此,正北的箭炉城、西侧的平武城和南侧的青石城犹如三个巨人,各持刀戟,都拱卫着灞桥这个仪态万方、面对鸿蒙海沉思的妖娆女子。

南方的青石像传说一样遥远,西方的平武是乌柏一行即将路过的驿站。然而,在他心中盘旋不去的,却是灞桥北方那座雄冠天下的箭炉城,因为现在那里多了个紫红脸膛、曾日日在鸿蒙海骄阳下打鱼的少年。

分离只是简单的告别,但那天锋凌炼坊门口越系船抱紧乌柏的双臂，似乎依然没有松开。

越系船最喜欢比拼气力的游戏，这种游戏里，乌柏是永远的输家，但乌毛头不在乎。

这个渔夫的儿子终于离开了大海，他乱发蓬松、嘴上刚刚长出细软的茸毛，穿着拼凑起来的破烂铠甲，带着海风和激流中磨炼出来的宽阔身板，大步离去。他将渡过咆哮的淡流河，穿过金黄的扶木原，拿着能够劈断敌人骨头的厚砍刀，走上人和人互相撕咬的战场。

越系船的拥抱让他窒息，明亮的阳光下，有那么一会儿世界变得白亮一片，他失去了知觉。说实话，那一刻，他觉得越系船再也不会回到灞桥了。他说过，他是海的儿子，没有咸腥的海水和鸿蒙海中的梨子鱼，就没有越系船和越传箭。

这一次，他离开鸿蒙海太远了。

然而，当乌柏也离开灞桥，两个人隔得越来越远时，他却越来越相信，终有一天，他们还会再相见。他再没有一个这样的朋友，嘴馋的时候，会顺走老萨的酒，搂在怀里，硬逼着自己喝一口；发怒的时候，会把街头敢于嘲笑乌柏的孩子揪住，凿得满头包，打出一脸血；兴奋的时候，会搓着手掌，跃跃欲试地爬上最高的树杈看热闹，把头顶上方的孩子拉下来，一脚一个都蹬下去；沉默的时候，会把最后一点食物留给饿得哭哭啼啼的越传箭，自己消失在阳坊街的尽头；而在生死攸关的时候，也会从屋顶上跳下来，面对陌生人带血的钢刀，冲他们大吼，然后甩出一盆猪大肠……

越系船十五岁了，就像在街头打架时一样，战场上，他一定会是冲在最前面的那个。但这个不太会照顾人的愣头青，又会在乌柏带着食物到来的时候，偷偷躲得远远的，默默看传箭吃得兴高采烈，看他的小妹拉着另一个少年的衣襟，兴奋地大喊大叫。

这个人总是撇着嘴，高扬起拳头，从不肯承认自己也会软弱心酸。

那一天，他把传箭交到自己的手里，说："银子我收了，就要说话算话。你跟他去吧！"

他若无其事地大声在他耳边喊："好好混，等我来找你！"

那声音震耳欲聋，把乌柏的眼泪都震下来了。

越系船就这么走了。

船儿在湖水上轻柔前行，乌柏闭上了眼睛，躲进了一片黑暗。

越系船那么横，有什么可担心的呢？此刻，他也许已经渡过了淡流河，驻扎在箭炉城下，把手中的钢刀舞出一团雪花。

箭炉，那是一座从未被突破过的雄伟堡垒，它牢牢扼住了平明古道的咽喉，控制着西起原乡，东到白安的广大地区。在此后的一千年里，箭炉为南渚隔绝了中州连绵不断的攻占杀伐。这漫长的时光里，不是没有人觊觎南渚的繁华，但若想攻克灞桥，就必须摧毁箭炉城，渡过无风起浪、漫溢四野的淡流河，并拿下箭炉脚下的两座渡口；或者，他们也可以选择小莽山，去挑战只有振翅的鸟儿才可通过的百鸟关。

更重要的，现在，所有的敌人，都要越过不可逾越的越系船！

想到这里，乌柏心中竟然感到一丝振奋。箭炉比灞桥适合越系船,他去的,是更加辽阔雄伟的地方!

而他软弱的朋友,却走向了另一个相反的方向。

向西,再向西,就是大城平武。到了平武,就来到了济山山脉的西侧,南渚与浮玉的边界,从这里一路向北,经赤叶、过长葛,就是四马原上的永定城。他们要先到永定,再北上平明,路途漫长,乌桕暂时只知道这样多。

## 二

船夫讲,从灞桥抵达平武,唯一的方法就是沿着青水水道逆流而上,穿过漫长而险峻的济山山脉,再穿过密密层层的响箭森林。

假如旅人们的小船能够顺利穿过龙牙口,那么他们就成功了一大半,那座被茂密深林和无边无际的青沼夹在中间的城市就会出现,很快,他们就会看到平武城低矮城墙上四季覆满的青苔。

"三泽水道到此终止!"当他问船可以开到哪里时,船老大声音洪亮地宣布,用手指着烙在船首的水道地图,那个歪歪扭扭的三角就是平武。

"没人会冒险继续穿过青沼,向西进入泥麟沼泽!"这船老大姓史,已经在平武和灞桥间行船三十多年,据说也是少数几个曾经深入泥麟的水手,他油光光的脸上生着颗颗红底白头的痘子,随便说一句话,就像在嚷嚷。

"敢沿水路北上浮玉的人,都会被水鬼捉去吃掉的!"水手们嘻嘻哈哈的。

早知道!差不多有一百年没人去触碰三泽水道了。

青沼、浮玉和泥麟都是歌师唱词中鬼怪出没的地方，千百年来，这三个巨大的湖泊一直是人烟稀少的荒芜之地，青沼和浮玉泽，多少还带来了肥沃的土壤，但泥麟呢？只有泥泞和死亡。

是的，这条水道旁的人都知道，三代前，南渚王赤研享曾经发了狂，被吞并天下的野心摧毁了理智。他组建了野熊兵团，重修废弃的平武城，不仅攻下了当时浮玉的首府长葛，还试图打通三泽水系，做一条新航道。他想要用水路连接南渚与坦提草原啊！这是宏伟而疯狂的构想。航道如果凿通，便意味着坦提风马可以经水路运到南渚，然后赤研享就会成为这片潮湿的土地上，第一个在马背上横扫中州的王！

"传说都是扯淡的，扯淡！"史老大嘟嘟囔囔道。

"哎，你说，你们那位是得了什么病？"他用手肘碰碰乌桕。

他们这一行的身份，是因平明古道断绝而不得不借道返回平明的布商，随身携带的货物金帛可也还真不少，但是这队伍中的每个人都知道，其实这最宝贵的货物，是那个躺在竹榻上的姑娘。

乌桕正在想应该怎么回答，那个男人又来了。

细长的手腕和脚踝，活像两岸林中的山猿，两道稀疏的眉毛软软趴在脸上，加上永远刮不干净的胡子，这个四十多岁的男人怎么看也没有任何威胁。

可事实是，他叫张望，是个赤铁，是米容光安排来负责扬归梦一行的安全，他没什么事做，只是反复探看扬归梦的伤势。幸亏赤研弘口无遮拦，乌桕才得知扬一依即将前来南渚的消息，然而扬归梦重伤未愈，又被赤研弘激得怒火攻心，得到这个消息，伤势反而又沉重了几分。

虽然扬归梦伤势沉重，已很难再承受旅途颠簸，但显然赤研井田有更重要的理由，要他们马上上路，据说，这事关南渚世子前些日子五坊观星时对木莲的承诺。

张望只是一个前台的木偶，就像这船上的另一位北地牙商黄木安。扬家公主的命运牵动着八荒多少人的目光，他不敢想。

乌柏微微叹了一口气，谁让自己生来就耳聪目明呢？

初上青水，纤夫还没有把他们拉上圆镜湖之前，水流湍急，处处都是旋涡，商船常被冲撞得歪歪斜斜，一天总有几次被迫靠岸抛锚，上了圆镜湖，北上的船只照例要停船一天休整。

"停船一天？"张望两条眉毛绞了起来，去看身后烂醉如泥的封长卿。

"是哦，他们休整，正好享姐姐也可以休整一下，实在是太赶了。"乌柏脸色郑重，生怕张望依旧要坚持赶路。

逆水行舟，大家可以在这风景如画，明月高悬的水面休整一日，又有什么不好呢？

当船靠了圆镜湖岸，旁边陡峭的山崖小路上，除了轮换了山中水手，下船的还有派往灞桥通报的赤铁和那个北地牙商黄先生的随从。自此之后，张望和黄木安在船上错身而过的时候，都是一副狐疑的模样。

张望离开时，月已中天，封长卿喝多了，又不见踪影，自己也该睡觉了。

乌柏活动着站得僵直的双脚，向舱室走去。

星星上来之前，封长卿对他说，平武城是个好地方。"青沼的水养人，城里到处都是水一样柔美荡漾的姑娘，"封长卿吧嗒着嘴，道，"尤其是那些铺子里采药的女人，眼睛又大又亮！"他笑着笑着呛了酒，趴在船舷咳了老半天。

然后两个人抬头，就看到了无比高远通透的星空。

然后封长卿的脸色就僵硬了起来。他长久地看着那颗在遥远天穹上闪耀的血红大星。它比所有星星都要亮，像一颗红宝石嵌在那里。星算师们都知道，它一直都在，但只有熊熊燃烧的烈焰，才能让它显出轮廓。

"乌鸦的眼睛亮了！"一个水手走来撒尿，睁着惺忪的睡眼，"你们灞桥人叫它灾星对不对？"

他想拍拍乌柏的脑袋，乌柏矮身躲开了他刚刚系上裤带的手。在浮玉蛮族的观念中，黑皮肤是最好的，男人健壮，女人柔美。就这一点上来说，这个水手显然落了下风。而且，你没事拍别人的脑袋做什么呢？

水手抓了个空，打了个哈欠，而乌柏依然在对着那颗星发呆。"这是弥尘星啊！"乌柏在心里默默念叨着，"悬在八荒的永夜中，主掌混乱和杀伐的大凶之星。"

他总疑心离开灞桥的那个下午发生了什么。

离开青云坊的时候，天空淅淅沥沥下起雨来。他们把扬归梦搬上软榻之前，给她喝下了用曼陀罗和香白芷调成的稠酒。封长卿为无法缓解扬归梦的病情焦心，一路双眉紧锁。

雨水越来越大，钻进那宽敞舒适的大车之前，乌柏一直以为他们会向北通过野非门，走上平明古道。虽然赤研大公看起来并不想送扬觉动的女儿回家，但是，那确实是一条更好走的路，起码，在白安之乱之前，是这样。

车子穿过商市街的时候，道路被堵住了，长长的街道两边都是赤铁，他们站得笔直，任雨水在脸上横竖流淌，看得乌柏心中发痒。他遥遥见到一辆青牛花车在众多武士的簇拥下，来到了青华坊的门前，车外等着的荷花华盖织金绣银，被雨水洗刷过，显得格外浓艳鲜亮。片刻之后，一个身着淡绿色荷裙的女子从车上走了下来，她背影窈窕，步态沉静，不知怎的，乌柏竟觉得十分熟悉。

喧闹只持续了很短的时间，车子又可以前进了。他们在潮湿而安静的街面上颠簸着，最终来到了桥西的青水码头，上了一艘阔大平稳的平底商船。

乌柏想了很久，不知道那个从车上下来的女子到底是什么来路。直到登船前扬归梦突然从沉睡中醒来。

"我做了个梦，"她说，"扬一依来了。"

从噩梦中惊醒的扬归梦有点不大对劲，她咬着嘴唇，好像那些眼泪和她本人没有半点关系。

怎么会突然就醒了呢？乌柏有点慌张，稠酒的量明明可以让扬归梦昏睡上两个时辰，那时候，他们本应在青水之上了。

"姐姐，谁来了呀？"越传箭踮起脚，拿着手帕去给扬归梦擦眼泪，对于这个小姑娘，扬归梦倒是从来不发脾气。

"我的二姐、扬一依，吴宁边的大公一失踪，她就被他们卖掉了。"扬归梦的声音冷冰冰的。

乌柏下意识摸了摸胸口，空荡荡的，并没有那枚铁钱。

扬归梦扶着乌柏的肩膀，挣扎着要坐起来，他能感觉到她的筋脉剧烈跳动。

"她来了，我才能走。"她大口喘息着。

闪电在远方的天幕上分出无数枝桠，亮得耀眼。

## 三

乌桕一下子明白了什么，南渚需要扬家的继承人，但不需要两个。扬一依是被送来的礼物，那么，扬归梦这份大礼又将会送给谁呢？

扬归梦叹了口气，道："真倒霉。"

"对嘛，小姑娘年纪轻轻出来乱跑，把世界都跑乱了！"封长卿掀起帘幕，也钻进车内。

"可恨事情没做完！什么神医妙手，只会用那些甜得发腻的药水麻翻我！"她看看乌桕，忽然笑起来，露出了一口洁白的牙齿。

乌桕装作不明白，扭过头去，他自然知道扬归梦这一派天真后的遗憾，她是在遗憾没能在扬一依到来之前杀了赤研弘。不管怎么样，杀人都是不好的吧。想想那日的金叶池畔，乌桕还是后怕，幸好她重伤无力，否则，青云坊还不知会乱成什么样。

"雨大了就不好走了，"封长卿舔了舔落在手上的雨水道，"来，咱们要快点把小蛮子挪到船上去！"

扬归梦不再说话，闭上眼睛，任他们折腾。

侍从们抬起软榻，将扬归梦移上船去的时候，封长卿自告奋勇来替扬归梦打伞。结果只顾着看上面，一脚踩空，跌到了青水里，发出扑通一声巨响。船上几个船夫吓了一跳，倒是乌桕习惯了这样的场景，封老师喝多的时候，也常常跌进金叶池。

商船一切收拾妥当，准备掉头西进的时候，正是东南风大起。船老大面有喜色，升了帆，船便缓缓离开了青水码头，开始向着济山深湖逆流而上。然后，所有人都目睹了让他们终身难忘的场景。

隐隐的雷声并没有随着大雨消散，电光越来越近，带来一串串震动天地的巨响，还没有出灞桥，居然涌起巨浪，将整艘商船掀到了半空，青水不过是一条河流，怎么会有这鸿蒙海中也没有的大浪？

被巨浪带入半空，乌桕随着商船在上下翻滚，只见青水两岸矮小的木板窝棚被雷霆万钧的浪花拍得碎成一片，而其中的百姓草芥般被卷进雨中，甩得四处都是，人们的呼号在狂暴的风雨声中变得细不可闻。

然后是那道电光，亮白的巨剑从遥远的天际直插而下，青水像被煮开了一般沸腾起来，然后他们见到了火，是的，在大雨滂沱的夜里，灞桥燃起了熊熊大火。狂风回旋，连内舱也被撕开，扬归梦暴露在了大雨里，她依然闭眼躺在软榻上，面对浓暗如墨的天空。

没有人顾得上重伤的扬归梦，船老大趴在甲板上，死死扣住木板的缝隙，大声呼叫他的水手，人们匆忙下锚，希望能在这滚沸如汤的青水上稳住即将支离破碎的船只。当空中飞舞的碎木屑飞旋着劈向静静躺着的扬归梦的时候，是猿猴一般的张望不知道从哪里冲出来，用破门板将她护了起来。

雨势未歇，旋风又起，火焰四处燃烧，这边船刚刚落回河中，就在他们身旁，青水的洪流再次被吸到十几丈的空中，在他们周围筑了一道圆筒形的厚厚水幕，把这艘正要远行的船儿与灞桥彻底隔绝。船只横着摆了起来，船老大拼了命去落帆，但手抖得厉害，解不开绳索，便掏出了匕首，那横七竖八的刀痕道有一多半出现在了桅杆上。

然而扬归梦的神色始终是平静的,自从旋风卷起,他们小船之下的水面便被一丝丝晶蓝环绕,平静无波,这小小的方寸之间,宁静异常。

直到风暴退去,天空不知什么时候出现了那颗血红的星星,船老大这帆也没有降下来。

狂风息止后,灞桥完全变了模样。乌桕做的第一件事是去寻找越传箭,和他差不多,封长卿所做的第一件事是去寻找他的酒壶。

这时候这些海边长大的汉子们忽然记起了自己的信仰,船上突然多了许多海神的信徒。

出乎意料,商船没有致命的损伤,经过简单修补,船老大急吼吼地扬帆起航。这一次,它逃也似的离开了灞桥。

风暴毁掉了青水码头三分之二的船只,船票一下子金贵起来,人们急于离开,也就不再吝啬兜里那几个铜板。

船老大站在船头,中气十足地吆喝着,毁了那么多船,偏偏自己的船没事,不是神迹是什么?乌桕带着传箭进了客舱,见到了软榻上的扬归梦。

"享姐姐,你没事吧!"传箭上去拉住了她的手。

"重晶。"扬归梦摸摸传箭的小脑袋,疲惫而又厌倦地闭上了眼睛,唇中吐出了两个字。

弥尘在天空日夜闪烁,而世界还是惯常的模样。蓬勃的东南风猛烈吹起,让这艘颇有规模的大船如小艇一般轻快,毫不费力地把那些微小的浪花压在它坚固的身躯之下。

百升号上五根桅杆上都起了帆,船老大的嘴一直咧到了耳朵根，露出了满口黄牙。

"他妈的，开得这么快，也不怕翻了船，"张望挠挠头，"我可不会游泳，出城的时候刮大风，魂儿都吓掉了。"他走到了船头，封长卿正抱着他的葫芦在吹风。

"前路不平啊！"封长卿咂咂嘴，今天尚早，他还没有开喝。

"龙牙口的风还是这么大，"张望伸出五指，江风从他的指缝间吹过，"以前来灞桥，可不敢想象逆流回去。"

"就是就是，"船老大凑了过来，"过去呢，摆渡船只能在圆镜湖航行，过龙牙口的时候，只能下船翻山，到了响箭深林，才能换船继续走。"

"嗯。"封长卿不说话。

虽然一路上众人已经对龙牙口的险峻描述了无数遍，但是当浩大的青水在龙牙口陡然收成一束，乌柏终于面对那气势万千的奔涌水浪时，还是被深深震撼了。过了龙牙口后，水面果然渐渐宽阔，青水不仅仅劈开了济山，也同样雷霆万钧地劈开了这片茂密的森林。靠近河岸的地方，淤泥肥厚，稍远，是和河水时而并行，时而背离的南渚官道。

这一路上，开始还有零星的兵船顺流而下，落叶一般从百升号旁漂过，但过了龙牙口，便越来越少了。也许是由平武奔向扶木原的士兵走得差不多了，封长卿在一个劲儿地摇头："是不是整个南渚的士兵都穿过了灞桥？"

"扶木原这战事，一时半会儿歇不了！我这生意，彻底没得做！"原来是自称北地牙商的黄木安走来。这黄先生看起来倒是慈眉善目的，身边的仆从也像是忠厚人，但现在乌柏看到陌生人，就会想起那个眉上有疤的李子烨。如果吴宁边有人在灞桥，难道会任南渚将扬归梦送去日光城吗？

"船家，过了这段河道，就到平武了吧？"黄木安问船老大。

"是啊，赶得早不如赶得巧，这要是早几天，客官你根本就没船坐。"

"我看船挺多啊？"

"船虽多，你也用不上！早几日呀，这青水上，不管什么大船小船，全被征用了！咱们平武的野熊兵可算是一窝蜂上了平明古道。野熊们总有个十来年没能东渡龙牙口了，这回啊，扬眉吐气！"

"那白安叛军就有那么厉害？"

"鬼知道！"船老大吐了口唾沫。

"好多年没回来，现在平武的兵不少啊。"张望看看黄木安也来插话。

"那是，若是二十年前，野熊们自己都喂不饱，现如今，已经能去扶木原平叛了。"

"这兵都去了扶木原，万一这边浮玉来偷袭？怎么办？"

"不会不会，野熊兵和浮玉蛮子打了几十年，如今哪，倒是越来越亲了！你看我这船上不少伙计都是浮玉来的，这几年，平武城里，到有一多半百姓都跑道赤叶城去了，也有不少对面的蛮子跑到了平武灞桥。"

## 四

"咦？跑去赤叶做什么？"封长卿坐了起来。

"以前嘛，浮玉林中的蛮子们只会打家劫舍，加上咱们的老王曾经攻占过长葛，两家结下了血海深仇，按说这样跑去跑来本不可能。我就说嘛，那树林和大沼边上，到处是瘴疠，咱们就是不习惯嘛，这种地方，你说抢过来又有啥用？嚯！还非得去抢，病死的人比打死的都多，这人死得稀里哗啦的，没死的还不跑个精光？那些蛮子打输了跑到林子里一藏，到哪里去找？"

"嘿，我老史虽生在灞桥，却是靠着这青水吃饭的，平武和浮玉的故事，问我就对了！"船老大打开了话匣子，唾沫星子横飞，众人都让他好好说话，莫跑题。

"你说的那都是哪辈子的事儿了！后来老王不是主动退兵了吗？你就说说这人都跑到浮玉去了，是怎么回事？"

"讲讲，讲讲。"时辰差不多，封长卿又习惯性地去摸酒壶，空空的，他朝乌柏晃了晃，乌柏把眼睛一闭，装作没看见。

"说来也简单，大家风里来雨里去的，还不都是讨生活吗，你们到了平武就知道，这城边不是深林就是沼泽，没地！这草头百姓没法生活。后来啊，季无民不知从哪里请来一个北方人，一上任，就号召大家去那边开荒，管你人是从哪里来的，只要独自开出的地，啧啧，免除九年的赋税和徭役，九年！开始还没人信，等到后来真的免了几年，就都一拥而上了。"

"浮玉人种地？"张望有些错愕，"你可不要乱说，我就是在平武长大的！"

"那你多久没回去了？"

"这⋯⋯"

"浮玉泽大，里面都是鱼，林子多，松果和猎物也多，种什么地！"封长卿也哼哼唧唧，"这些人，建个长葛城，都盖得跟个窝棚似的!"

乌桕白了封长卿一眼,心道,好了,这下所有人都知道了,你也是个不清不楚的。

在场的其他人面面相觑,不知这话从哪里接起。

"哎,我不是说了吗,这地呀,都是临近各州百姓跑过去种的!"船老大大声道,"官家不抽税啊,不去不是傻子?若是咱们南渚,别说九年,就是免了九天,官家都觉得被打劫了!听说木莲还有人往这跑呢,跨山跨海的最初这消息一散,平武城郊外农户就跑了不少,后来凡是有私过边境的,抓住一律砍头,这也挡不住,砍头也跑,真是他娘的!"

"我知道这个人,从肥州来的,可不简单!"黄木安有意无意走到封长卿身边。

封长卿看他过来,张口便道:"有酒吗?"

黄木安笑嘻嘻的,真的从身后摸出一个麻叶袋来。

船老大道:"你说对了,这人一来,长葛就跑了一大批贵族!"

"什么意思?他们有钱有势,跑什么!"

"哎,不跑怎么行!季无民对这个姜潘言听计从,胳膊拧不过大腿啊!以往浮玉的贵族是没有徭役也不纳赋税的,这家伙取消了所有封地,统统改为俸禄,只吃饭不干活,不但没钱,还会被没收家产,送到湖畔去垦荒捞虾!这不跑怎么得了,他们跑到灞桥寄食,还是一样吃香喝辣的,但若是留在浮玉,可能家产和脑袋一起,都保不住了!"

"哦!"听到姜潘这个名字,封长卿落的耳朵竖了起来。

"还不止这些呢!浮玉盛行一时的决斗也没了,以前这些蛮子不服就打,打死拉倒,现在如果私自斗殴,不管有没有道理,一律重刑流放。前些年那么多跟着浮玉稻拥来的流民，都是这么被赶跑的！"

这许多故事，乌桕都是头次听说，但阳坊街满坑满谷的浮玉流民，乌桕是见识过的，这些人尽是些破落贵族和无赖乡民，打起架来，倒都是一把好手。

"哎呀，不说不知道，现在细细一想，好像确实是这么回事，十年前，是没有这么多浮玉人来南渚。"

"互通有无好嘛！以前的长葛，几个有钱人？南渚繁华，银子谁不想要？人回不去，只要银子回了，家小便过得好，能赚银子回去的，浮玉也按例赏地的！何况，也有不少南渚人跑到浮玉去了，你怎么不说说！"原来一旁也有浮玉来的，倒是不高兴了。

"说过了呀！为啥往浮玉跑？可以吃饱饭啊，不用交税，干活干得好季公还有赏！"

"还有一点，外乡人愿意去浮玉参军，现在的浮玉，不管是不是本地人，只要有军功，就真给官啊！什么世家王族，如果不上战场不抡刀片子，还真就升不上去！你说说，咱是在野熊兵窝子里吃糠咽菜，还是去浮玉拼一下比较好？"

"野熊兵是活得差了点儿，但当边兵没啥危险嘛！"封长卿已经喝了起来。

封长卿向来对自己的过去绝口不提，乌桕倒是问过他，那地图上被三泽水环绕的，到底是个什么所在。封长卿道："什么所在？浮玉季氏的公爵都是捡来的，一个鸟不拉屎的地方，朝承露都懒得多看它一眼。你说是什么所在？"现在看他容光焕发的样子，难道他去过那个鸟不拉屎的地方？

"哎，谁说野熊兵活得差！现在可了不得！您这是有多久没出过门了！"

"老兄这话说得是！李侯治下的平武城，可不是以前的样子咯。"

"以前野熊兵什么鬼样子，老王在位的时候还好，就是他搞起来的吗。那时候，南渚四大名将，三人都在野熊兵中，其他英才就更不计其数。这平武城自李高极建城以来，就没那么风光过。"

"风光啥，那都是从灞桥、桃枝调来的精锐，人家来自啥地方！还不是希望通过军功再往上爬一爬？只要有仗打就有机会！这开始打蛮子也打得蛮开心，连长葛城都攻下来了，浮玉王都成了俘虏，被我们南渚王剥皮抽筋了。啧啧！"

"南渚王。"封长卿喃喃自语，自从木莲立国，老王之子赤研夺领爵受封、主动退位，南渚已经太久没有王这个称呼了。

"赤研享国主进攻浮玉，可不是为了抢他们的地盘。"

"不是不是，老王是想打通三泽水道嘛！"

众人聊得热闹，乌桕便远远趴在船边，看着江水泛着白沫，打着旋儿流过，等远处的声音——飘来。在众人的喧哗声中，水浪不断击碎在乌黑厚实的木板上，发出砰砰的闷响，好像一条不快的大鱼，在和跃动不居的青水频频击掌。

"三泽之中，浮玉与青沼互不联通，泥麟又是人畜难近，从古至今，想要往西边探个路，也不知死了多少人。所以老王才起意挖出一条河渠来，打通青沼和浮玉，不过浮玉王肯定害怕，死活不同意嘛！"众声喧哗中，还是船老大的嗓子比较亮。

"他妈的，然后老王就打得他不同意也不行！水上行船多快！又不用爬高就低，假如打通水道这件事真能做成，我们可是赚翻了！"

众人笑末代国主异想天开，船老大嘴里却啧啧有声，发出遗憾的叹息。

微风过林、浪花卷动、银鱼跃水、滴露虫鸣，种种自然的声响连同众人的话语都汇入了乌柏的耳中。大多数人都看过这船头烙刻着的浮玉和南渚水系，而乌柏在陨星阁中，见过比这个更加详细百倍的舆图。此外，阳坊街上关于老王赤研享攻占浮玉的传说也实在太多了。

浮玉虽荒凉，却是南渚的西北屏障，大泽深林、群山环抱，恶劣的地理环境，阻断了坦提草原和南渚之间的贸易交流，也隔绝了刀兵。千百年来，如果想要和坦提草原、熊耳、阳处数州交通往来，都要途经澜青，一大圈绕过来，几乎穿过整个中州。而中北诸州，又最是忌惮南渚的壮大，因此，雄才大略的赤研享终其一生，也无法得到可以纵横平原的西北良驹，便也终究无法北出箭炉，逐鹿八荒。

通过水路打通坦提草原到南渚的航线，确实是个异想天开的想法，但是，谁又能否认这异想天开中的勃勃雄心呢？

## 五

"老王厉害！"

"这些年，阳处、木莲、肥州、澜青这些中部大州之所以能有源源不断的金帛入账，一直压着我们东南各州，不就是凭借了交通地利、坐地起价才富起来的么！"

"就是，就是。"众人点头。

"要我说，一步领先，是天下英雄，走得太快，可就容易掉到沟里了！今天的浮玉，密密麻麻都是人的吃穿用度都不用发愁，如果来凿水道，没准就成功了。可是一百年前有啥，啥也没有！把一群过惯了好日子的公子哥，派驻到荒郊野地，去大树林子里抓人挖渠，这可就是开玩笑了！"

"有道理！"

船老大被捧得飘飘然，又道："你们知道吧，老王的死和这水道开凿也有关系，那可不是一个两个人反对他，整个南渚都在反对他！唉，他也够狠，谁敢反对，立刻杀掉，弄得没人敢说话。用了一个吴国的河工，又狗屁不是，东边筑了坝，水就改到了西边，西边再筑一个坝，水又流回了东边，这济山厚不厚？青水都能给它劈开，你弄些石头草袋有什么用啊！"

"兄弟说得太过了，那白腾的治水功夫是一流的。在旧吴，凤旅河直上宁州的水道、柴水与安水的通渠，那可都是他主持建造的，听说这青水穿城的改造也是他主持。没有他，恐怕灞桥也要年年受灾。"看船老大贬低旧吴的著名工匠，便有东来的客商来更正。

"能工巧匠，不犯错了？我跟你说，这三泽水道开凿不成，还是浮玉地广人稀，没有民夫服役！本地人性子又执拗蛮横，正面打不过，就背后捅刀子。这样不断骚扰，还能筑渠？拖到老王手里没了钱，这工程就算白搭了！"

"所以说啊，这老王攻占浮玉，势如破竹，是英雄造时势。可后来一心一意一定要贯通三泽水不成，这可就是时势困英雄了！"

星野乱 105

船老大话头刚歇，这边黄木安马上总结，这一段话出口，众人又觉得有些道理，便纷纷点头。

"跑题了，跑题了，刚才明明在说两州百姓跑来跑去的事，你们说人都跑到浮玉去了，那最近这许多兵又从平武去了灞桥，难道都是从石头里蹦出来的？"有人起哄。

"对，倒要问问你们，平武城的李秀奇，这人到底怎么样？"封长卿这一句话出口，众人忽然都收了声。

他奇道："怎么回事，怎么都不说话了？"

他瞪着眼睛把众人看来看去，还是船老大道："这位老哥看起来没跑过平武这条线，为了你的舌头着想，且把嘴巴管得严一点才好！"说着，他看着张望，仿佛在说，你怎么这样不小心，什么样的人都带。

张望一愣，道："这平武眼看就要到了，李侯主政平武二十余年，有什么故事，我也想听听。"

旁边有人奇怪地看了张望一眼，小声嘟囔："奇哉怪也，在灞桥经商，居然也有不知道李秀奇的。"他只是嘴唇微动，众人没有注意到他在说些什么，只有乌柏，把众人的悄声细语照单全收。

船老大道："说不得说不得，李侯在前些时候整顿野熊兵，发过一令，妄议平武军政者，要拔舌头的！"

封长卿笑道："难道真有人被拔了舌头？"

他说完这话，没有一个人回应他，他双目茫茫，把众人扫了一圈，道："我知道了。"

"老哥，你喝醉了吧？"船老大探头探脑地环顾了四周，停了片刻，才小声道，"李侯是易安老大公在位时提拔的，后来洪烈世子不是暴亡了吗？李侯牵扯到这桩公案，这舌头是能乱嚼的吗？"

他这几句话细得如蚊子叫一般，惹得众人都把耳朵竖了起来。

"诸位，这是什么新鲜事！你们不说，有的是人说！现在我们在水上，就这么多耳朵，你怕什么！你去灞桥的茶馆听听，说书先生就差满城讲了！"黄木安发了牢骚。

"什么话！这话在南渚讲没有问题，要是在平武被人听了去可就不得了！"

"讲讲，讲讲，李侯怎么牵扯到这桩公案了？"

"诸位可不要出去乱说，"船老大见大家都点头，咳了几声，才道，"大伙儿都知道，这野熊兵从建立以来，就是大公和世子的私兵，别的不说，校尉一级的将领任免，都是大公和世子直接决定的。我们李侯，本来就是青沼之畔的一个猎户，生活实在过不下去，才顶了人家的名额，做了野熊兵。"

"当个兵还要顶名额？"

船老大在掌心啐了两口唾沫，伸长了脖子："老王当年刚刚去世，反对屯兵平武的声音就一窝蜂全都冒了出来！刚刚即位的赤研夺大公年纪太小，什么也不懂，摄政的恰是当年极力反对进军浮玉的李家。他们呀，为了收拢人心，就调野熊兵大部东进，守卫平明古道及白安镇。那真叫一个天下大乱，老王没了，谁愿意留在这蛮荒的青沼边上吃鱼啊！"

"李侯留下来了？"

"他也谈不上留不留，倒是因为野熊大部被调走，才有机会进了野熊兵！当年跟着老王来到平武的，都是南渚精锐，灞

星野乱　107

桥、桃枝都是好地方，老王一死，谁还愿意在这鸟不拉屎的地方待着？看到有了机会，自然哭爹喊娘都要求东调，平武的军镇就渐渐荒废了。但也不能都走，谁来守城？所以大家就开始各找门路，其中有些有钱无势的，没有别的办法，就花钱雇用人来代为服役。本来呢，这野熊兵的挑选一向是颇为严格的，但由于跑的人实在太多，尤其是公卿贵族带头跑，青华坊里也就只好睁一只眼闭一只眼了。"

"自此以后，农民、猎手、山人，甚至浮玉蛮子为了一口饱饭，也都名正言顺地进了野熊兵。这风气一开就刹不住，凡是野熊兵中混得好的，都走了，到了十几年后，竟然成了惯例，不知哪个天才拟了一个官价，美称代役税，钱官家收走，缺找穷苦的百姓来顶缺。你说这平武的治理，是不是一塌糊涂！"

"咱们李侯呢，就是顶缺顶进去的！他自以为运气好，顶了一个卫官的缺，稀里糊涂去报到才发现，名义上是个百来号人的头头，实际上不过有二十几人还在罢了。"

"当年确实是这样的，"有人插话，"我家里也有东奔的野熊兵，我离开平武的时候，大约还有这个制度，别说猎户还会舞刀弄剑，就连握锄头的老农顶了都尉的，也不罕见。"

"这位兄台，你当年若是不走，岂不是也位列公侯了？"黄木安打趣，众人便跟着哄闹了一通。

那人倒也不生气，慢吞吞道："位列公侯未必，死掉倒很可能，好像你们不知道后来的赤叶之战一样。青沼畔的树林里都是死尸啊！我哪里就有那么好的运气？"

"这话不假，"船老大道，"李侯进了野熊兵，不过七八年间，赤叶之战就打了起来，死的人就多了去了，棕熊大人也好，李侯也罢，也都是从战场火速提拔的新将官。我老父亲那时就在李侯帐下，听说那时候野熊的统领，下面也不过两千多人。平武太穷，除了吃公饷的野熊兵，几乎养不起营兵。后来李侯受命节制平武野熊，所有兵力加起来，也不到一万。战事初起，前任的几场惨败下来，野熊兵一听说还要打，呼啦啦先跑了一半，剩下的不是在家种田打猎、仓促间无法到位，就是查无此人，平素都由下面的军官领了空饷。这样一支军队也能够打退季无民的三万大军，简直闻所未闻！"

"这，人数也太悬殊了点儿。"封长卿挠头。

张望却道："那时候我在灞桥，大街上西进支援的部队塞了满坑满谷，就拜这青水所赐。部队行动慢如蜗牛，等到援军到了平武，季无民已经丧了锐气，退回了长葛城，而李秀奇的部队，也只剩下了不到三千。"

"正是！"

# 六

船老大提及当年，脸上尤带自豪神色："老大公看到一个编制三万的平武行营，先是两场大败，最后能够出战的兵士竟不足五分之一，那叫一个勃然大怒，将平武城守以下，一路砍头砍下去，单野熊兵中，就有一半以上的卫官被连坐，也是李侯忠勇正直，所部浴血奋战，全始全终，便被老大公从都尉连升三级，提拔成了都统，成了镇守一方的大将。"

"你们说说，一个猎户，居然在短短的几年间，坐上了平武城守的高位，位列公侯，会有多少人看他不顺眼？是不是？"

这船老大颇会说故事，连乌柏都承认，他这起承转合的讲法，比灞桥街市上说书的陈二先生也不遑多让。

"哪有轻轻松松的公侯，要我说，这李秀奇没那么简单，背后一定有人！"不知道谁在人堆里面说了一句。

船老大回过头来，先把每个人都看上一遍，道："这话倒也没错，他背后还真有一个人。"

"你这话不要越说声越小啊，到底在说些什么！"船老大嘟嘟囔囔，最后几个字谁都没听清。

他看众人注意力够了，才轻咳一声，道："诸位可要听仔细，我这故事，可是过命的交情才有得听的。"

"快讲快讲！"

"李侯的能力，谁敢否认？不然在野熊兵中能升那么快？本来他慢慢再熬个十年八年，也一样能镇守平武，至少拜个伯爵，这多稳妥！老大公把他连跳三级，一手提拔了起来，临时坐镇平武，也倒罢了，但偏偏有人看中了他，他年纪轻轻竟被封侯，这就出了大问题了！"

"那就是洪烈世子了，"封长卿打了个哈欠，"这故事不稀罕，满灞桥传得都是，洪烈世子在外为质多年，初回南渚，身边总要有得力的助手，老大公放手让他去选人，理所应当嘛！你刚才也说，野熊兵是世子私兵，后来烂成这样，想必洪烈世子也看不过去，不用一个有背景、手段强硬的人，想扭转局面，也难！你说得清楚！我全明白了！"

"原来是这样！"张望也道，"听说洪烈公子死后，李侯曾经卷入大案，被擒到灞桥，下狱十个月，想必也是遭到嫉恨的缘故了！这就是他的大劫了吧？"

周围长跑平武商线的几位纷纷点头，七嘴八舌道："都说李侯和洪烈世子之死有牵连，只怕是有些害了洪烈世子的人，也想除掉他才是真的！"

"算了算了，散了散了！"白卖了半天关子，话却都被别人抢了去，船老大恼了起来。

"散就散！"

"不过看样子，这李秀奇还真有些功夫，不但没有被打垮，还能把平武经营得这样好！"

"厉害厉害！"

众人只顾闲聊，日已中天，前方水流渐缓，深林退去，宽阔的商道和河水汇聚到一处，平武真的就要到了。

瀰桥之外，乌柏第一次看到了青水之上的巨大石阶，再向前，是平阔的田野，在青水南岸，渐渐显出一座城池的轮廓。

乌柏向扬归梦的舱室走去，适才听到的许多故事，他还要慢慢琢磨，捋出个中线索。

听来听去，在南渚和浮玉经过近百年的反复争斗后，浮玉开始任用肥州人姜潘，屯田开荒，聚民生利，而李秀奇则凭借一场惨烈的胜利，趁着赤研洪烈辅政短短的一年时间，迅速巩固了自己在平武的地位，修城治兵。浮玉公季无民和平武侯李秀奇总算棋逢对手，彼此无隙可乘，两州迎来了长久的和平。也正因为这样，南渚在平明古道被战火中断的今天，才有另外一条商线可以维系同外州的物资交换。

要不是越系船就在野熊兵棕熊部中，乌柏也不会这样用心来听这些故事。现在看起来，在李秀奇麾下，那个能打敢战的越系船，也很快就能够脱颖而出吧！

故事已经听过了，更要紧的是，到了平武，就有青沼中的黑玉鱼籽、平武郊外的黄米核桃可吃了，传箭一定会喜欢的。

清风撩人，乌柏心下轻松，走起路来步子也轻快了许多，进了内舱，发现扬归梦已经坐起身来。她的脸色依旧苍白，不过嘴唇多少有了些血色，整个脸庞显出一种玉石的质感，此时微微蹙眉，不知道是身体不舒服，还是遇到了什么烦心事。

"你这样不行呀！"扬归梦是个任性急躁的脾气，这时候却轻声细语，"去，拿他试试看！"

"试试看？试什么东西？"乌柏满头雾水。

越传箭转身，见到乌柏，没有像往常一样笑着扑上来，而是和扬归梦一般皱着眉头，突然跳起来对着乌柏的腹部就是一拳。

乌柏虽然不通格斗，但是毕竟比越传箭要大上好几岁，胡乱伸手一拨，把越传箭这拳荡了开去，笑道："好你个小丫头，原来跟人家学坏！"他伸手去捉她的衣领。不想小传箭的小手抢先伸出，挡住了他的手指，脚下又是一跃，乌柏这一捉毫无成效，两人还是一般距离，丝毫没变。

这一来一往，乌柏也起了好胜之心，心道，越系船我是死活也打不过，但你一个不到七岁的小姑娘我也对付不了，这可真是白活了！他又纵身扑了几扑，每次都被越传箭险险避过，也是这船舱之内空间狭小，乌柏怕撞翻了桌椅，或者冲撞到扬归梦，不免有些束手束脚。但这样的结果显然让他大为错愕，这才几天的工夫，一大一小两个人儿便混得这样熟，难道在扬归梦的指导下，越传箭也要胜过自己了？

他忽然理解了越系船的心情，捉不住小丫头，做哥哥的难免威风扫地。乌柏定了定神，看定越传箭的眼睛。越传箭虽然学得新招数，但毕竟还是个小孩子，下一步想要做什么，先自眼神泄露了出来，乌柏接下来这一扑，她便再也逃不开，被他一把捉住，举了起来。

越传箭憋了半天的笑声终于发了出来。

他手一松，越传箭落下地来，居然稳稳站住了。

扬归梦却不高兴，道："他是个聪明人不假，但是也是你思虑过多，才露了行迹。他再滑头，只要你心神专一，只有克敌制胜的念头，他也就胜你不过。还有，他方才是你的敌人，你那轻飘飘的一拳是在做什么？"

越传箭冲乌柏吐舌头。

扬归梦抬起手指，指着乌柏，道："这个小笨蛋机灵得很，若有一天，也有人教他打架格斗，你就糟了。还有，他们这些占星卜卦的，都会些旁门左道的功夫，你遇到他，如果不能占了先机，错过机会，就只有挨打的份儿了。"

乌柏听了扬归梦的话，不禁愕然，传箭这么小，又是个姑娘，扬归梦是有多无聊，居然开始在病榻上传授起她技击格斗之术来了。

"那我不想打他嘛！"越传箭嘟着嘴。

"什么想不想的，只要出了手，就一定要有胜负。不把心神放稳，就不会有制胜的机会。你心境清明，动作才能够够快速、精准、舒展随意。有人告诉我，这样的时候，你心里想什么根本不重要，神志无法干预你的身子！也只有这样，在危险的时候，才可以爆发出你意想不到的能量！记住了，任何想法都会给动作造成负担。让心跟着动作走，很多时候，选择的机会只有一次!"

越传箭皱着眉头,睁着亮晶晶的大眼睛。

"听懂了吗?"

"不明白!"越传箭脸咧嘴一笑,"毛头哥哥!"她窜了过来,乌柏顺势抬手一举,就要把她举过头顶。正在这时,越传箭一拳出手,砰地打在他的鼻子上。

"哎呀,你这个死丫头。"乌柏捂着鼻子蹲下,眼泪已经被打了出来。

"哈哈,传箭真乖!"乌柏回头看看扬归梦,她高兴得很。

"我骗你的,我听懂了!"

"你今天好好想想,明天我教你新的!"

乌柏是见识过扬归梦的身手的,又狠又准,动魄惊心,只是她动手之时,也远远没能做到她所说的精专唯一、排除障碍,因为她每次出手,都想把对手弄死。

乌柏揉揉鼻子,又回想起扬归梦适才对越传箭说的话,不禁暗自摇了摇头。

"享姐姐,歇会吧,平武就要到了!"乌柏把越传箭拽到身后。

越传箭在他身后拉他,道:"进了城,我想吃包子!"

乌柏一把把越传箭摁了回去,此行能带上传箭,多亏了扬归梦。见面的第一眼,扬归梦就认出了这个阳坊街上的小姑娘。

传箭这么小,和这恣意妄为的梦公主走这么近,到底是好还是不好呢?

他一回头,发现越传箭满脸幸福,嘴角的口水又要流下来了。

## 第四章 蝶双舞

此刻，陨星阁地面赤红，巨大的黑玉碎裂成为几块，黄金和白银被热力融化，流淌在星盘上原有的细若发丝的纹路上，玄铁制成的十二大主星则仿佛被一股巨力抛散开去，深深嵌在黑玉星盘之中。陈振戈睁大了眼睛，星盘上的赤柱石鸟已经碎裂，那一线幽深的孔洞上，一颗玄铁星珠还在缓缓转动，发出吱呀的声响。

# 一

落月湾的涛声日夜不息，一场飓风，使得青水暴涨，灞桥城内火光熊熊，遍地狼藉。

最近的一段时间，街谈巷议，都在说南渚近些年不敬海神，导致天怒人怨。也有流言，说是赤研大公不应杀掉白安伯，激起兵变，更不应该征调全州兵力，进军白安。

"唉，这转眼都快到七月了，平明古道上还乱着，这生意看来是做不下去了！"一个愁眉苦脸的中年男人口中喃喃，正带着一家大小对着巨大的犬颉雕像下拜。

祭祀海神是南渚厉禁的行为，若是在十日前，也没人敢冒着杀头流放的危险做出这样的举动，而眼下，这片荒凉已久的所在，已经汇聚了越来越多朝拜祷告的百姓。

千年来，这栩栩如生的海兽雕像一直是灞桥的象征，它高达十余丈，由整块巨大的黑金石雕成。这种石料产自八荒极西的熊耳，不知是哪家有如此精工，更不知是谁有如此神力，将它千里迢迢搬运至此。它在落月湾伫立了不知道多少年，人们为它修建庙宇，又重被毁弃，这犬颉若真是神祇，想必也会莫名其妙吧。

海风强劲，吹散了香炉中缭绕的青烟。它的目光冰冷阴鸷，龙头鲸背，豹尾狮身，脚踏万顷波涛，一对气势凌厉的翅膀冲天而起，由鸿蒙海中的无数鱼儿穿梭织成。此刻，在它峥嵘的额角之上，正落着一只气定神闲的小鸟儿，给这画面带来一丝人世的气息。

陈振戈身着便服，两手握在背后，拿一把黄竹制成的相思折扇，正抬头仰望。

此刻，他所在的位置，正是原来灞桥海神寺所在地。如今，这座遥望落月湾的古寺只剩断壁残垣，碎裂的金砖缝隙遍生青草，残缺的白玉石柱上爬满青苔。唯有这一座犬颉雕像还完整伫立，依旧望着苍茫大海。

足下，是碎裂的红色砖块；眼前，是苍茫无垠的大海；远处的落月湾中，波涛怒吼，雪白的海浪击打在礁石上，撞得粉身碎骨，激起漫天的水沫。那些平日里繁忙来往的牙船、楼船，此刻则大多静静停靠在海湾中，在风浪里微微起伏。

他默然停留了一会儿，叹了口气，又复前行。

八年前，遥远的日光城爆发了震惊天下的朝堂之乱，这一场大乱卷入了大量灵师，也由此毁灭了八荒的异神信仰。然而时光未久，即便赤研家已拆掉了海神寺，它昔日的宏伟辉煌却依旧停驻在人们的记忆之中。

那一年，陈振戈只有十二岁。在遥远的日光城，朝氏王族父子相残，太子朝守义在晴州灵师蛊惑下起兵反叛。虽然叛乱以朝守义兵败自杀、朝远寄另立太子结束，但这一场变乱的血腥和激烈却震动了整个八荒神州。

当年，举起反叛大旗的朝守义，指责父亲朝远寄为小人蛊惑，盲信火鸦，使八荒生灵涂炭，而自己则是千年轮回的海兽之血，要拯救世人于水火之中。这一事件直接导致木莲王朝对晴州灵师展开大规模的清洗，并严厉禁止了八荒所有的异神信仰。

借着木莲清剿叛军的机会，南渚大公赤研井田也亲自下令,拆毁全境的海神寺,所有教习、灵师均被遣散。

小的时候,这里香火旺盛,庙前热闹非凡,跟着家人来这里郊游朝拜、吃吃喝喝,是陈振戈的一大乐事。然而不过数年间光景,往日繁华早已无处寻觅,那一点点童年的快乐时光,也已尽数没入荒烟蔓草之中。

该来了。

陈振戈整整衣襟,为了今日,他做了精心准备,皂领的纯白中衣外罩一件淡黄软袍,一身都是宁州云锦织成,那些银线低调地在内里的中单上绣出了翠竹万竿,在海风鼓动下,隐隐约约地在袍袖的缝隙间飘出,华贵中又带着几分雅趣。

果然,不一会儿,扬一依挽着赤研弘的手臂,从海神寺后转了出来,陈振戈识趣地后退几步,站在人群之中,赤研弘目不斜视地大步走了过去,他身旁十余个赤铁护卫,铁桶般将两个人簇拥在中间,那个随同扬一依来到南渚的小侍女,果然被孤零零地远远隔在扬一依身后,正脸色铁青地咬着嘴唇。

"小丫头。"陈振戈笑嘻嘻的。

那个姑娘警觉地回头张望。

"你叫靳思男吧?"陈振戈缓步走出,正在靳思男前方,中间只差几步距离。

"你?"靳思男显得有些意外,陈振戈今日的穿着打扮和他当日朝服在身、英武挺拔的样子又是不同,她明显愣了一下。

"当然是我!几日不见,礼数都没了?必得再和你喝一杯了?"陈振戈是在取笑她当日被扬一依拉来敬酒致谢时手足无措的局促模样。

这话说出口,靳思男果然脸色微红,蹙眉瞪了他一眼,但还是放慢了步子，弯腰道："给陈公子见礼了！"

陈振戈哈哈大笑，道："好，不过光见礼还是不够，这次也巧，我来问问你，你有没有和，呃，我们的弘公子说，我已经把你收在身边了啊？"

他这话一出口，惹得旁人纷纷侧目，赤研弘的侍卫们知道陈振戈是何等人物，都装作没听见。前面的赤研弘则走得大步流星，倒是扬一依惦记靳思男，回头观望，等发现是陈振戈正缠着靳思男说话，就微微一笑，把头又回转了过去。

靳思男见扬一依微笑不语，心中松了一口气，不再紧赶慢赶地追随扬一依的步伐，慢了下来，和他并肩而行。

"公子不要打趣我。"

"咦，我这个人再认真也没有了，哪里有打趣，你忘了？"

陈振戈饶有兴致地打量着这个姑娘，这当然是拿她打趣，他陈振戈也是故意的。

那一日，赤研弘一行大步从他身边走过，他只看到这个女孩不声不语，恨恨地望着赤研弘的背影，被雨水和泪水冲花了脸，她的两只手交替落在自己的脸颊上，清脆有声。

直到他擎伞走过去，想叫她起来一同进坊，不料她梗着脖子，就是不动。

昏暗的天色下水汽氤氲，雨水细线一样从伞沿落下，一只青花油伞就像一座小小的城池，把两个人隔绝在另外一个世界。这世界之外，是层层叠叠的华盖锦缎，南渚显贵们只想快点进入温暖的大堂，对他们真是并无半点兴趣。

女仆、婢女，陈振戈见多了，到了这个年纪还不懂事的，少有，只能说如果不是脑子有问题，一定便是和主家的关系不一般了。这一次扬一依远嫁南渚，贴身只带了这一个侍女，也不由得他不另眼相看。

越是与众不同，越是有趣。以陈振戈的身份，这世间女子也见得多了，并不差这姑娘一个，他一时忍不住，就开起玩笑来，道："如果那死胖子再欺负你，你就报我的名字，就说我已经把你收在身边了。他就不去惹你了！"

果然，她停下抽打，微微肿起的双颊上多了一丝红晕，恼道："大人开玩笑，什么叫被你收了？"

"哪，你们的公主不是已经嫁给弘公子了？"顿了片刻，他又补充，"你进了灞桥，早晚留不住身子，这时候还赌气不去服侍主人，更是危险。为了免着娴公主将来麻烦，还不如跟着我。"

果然，她霍地站了起来，气鼓鼓地跟着自己走进了青华坊。

陈振戈当日的玩笑当然是逢场作戏，就是不知道小姑娘今天是不是要把糊涂装到底。

"你！"

他当头走去，耳朵却留心后面动静，她虽不说话，脚步却靠了过来。

陈振戈心中微喜，看来这小丫头还蛮伶俐。他把扇子拿到身前，啪地张开，轻轻扇了两下，回头，正对上靳思男羞恼的脸，道："今天正巧我也来这海神寺闲逛，咱们便一同走上一程，先混个大伙儿脸熟，好方便我名正言顺地把你要过来！"

"公子请自重，你那日帮我，我念你情，没承想今天又来戏弄我，可见你也不是什么好东西。我一公主的贴身侍女，是说什么也不会离开公主的！"

陈振戈点头道："也好，那我就问娴公主要你好了，我想她性子这样随和温厚，最愿意成人之美，想来也不会不答应！"

靳思男眉毛一竖，低声道："你若是认真，就算我家公主答应，我也不会答应，你硬去把我讨来，我也不会跟你，大不了我自己了断是了。"

陈振戈似笑非笑地看着靳思男，道："你可要想好，你家公主是个好人，但你家的老爷可是生冷不忌，你跟着娴公主，早晚被你家老爷得了手，这样可好？"

陈振戈这几句话说得靳思男别过头去，适才见到他面上的那一点欣喜立刻了无踪迹。

她换上一副拒人千里之外的语气，道："到你那里去，还不是一样，给谁糟蹋都是糟蹋，我一定要跟着我家二小姐。"这句话说完，两个眼圈竟然微微泛红。

陈振戈一愣，心道，说说就要哭，看来是受了不小的委屈，难不成已经被赤研弘那个混蛋给糟蹋了？才几天的时间，这赤研弘有了国色天香的扬一依，还不至于耐性差到这个程度吧？！

靳思男这边眼泪还没落下来，陈振戈的表情已经变了数次，她本来聪明，略一思忖就明白了他还在胡说，一下子又哭不出来了，后退一步，声音更低："以前以为大人是好人，今天看来也是个混蛋！"说着拉开步子就走。

陈振戈却越来越觉得这个丫头有趣，果然是扬一依的身边人，全然没有那些自小为奴的丫鬟一畏缩之态，反而带有点扬家姐妹的英挺气质。

此刻，他见她气鼓鼓地要离自己而去，又不好追，便在后面道："丫头，我今天找你可是有正事的，你看，你家老爷把娴公主看得密不破风,真是连说句话也不能够,你这一走,你家公主可就真变成了笼中的小鸟儿了。"

他这话一说出,靳思男果然又停下步子,回转身来道:"大人有什么就说吧,不要拿我们小丫鬟寻开心就是。"

"一起走走嘛,你家公主想必也有很多疑问,我可以给你们讲讲故事,"陈振戈伸出了一只右手,掌心向上,举在靳思男面前,"全当奉送,分文不取!"

## 二

靳思男想了半天才明白那是什么意思,犹豫了一会儿,终于伸出左手,放在了他手中,陈振戈倒是毫不腼腆,伸手就把她略显冰凉的手握了个结实。

"大人,有什么话要我带给公主么?"靳思男先是左右看了一眼,才低低说出这句话。她的手小鱼般一跳一跳,似乎找到个机会,就会一滑而出。

"不急,我们随便聊聊不好么?"他的手里加了几分气力,靳思男的手瘦弱纤长,却并不柔弱,他能感觉到她指肚微微隆起的茧子和手腕中蕴含的力量。

"你们服侍娴公主,还要干粗活吗?"陈振戈的惊讶不是装出来的。

"不是,我右手握刀。"靳思男说得轻描淡写,显然,她知道在陈振戈这种行家的眼前,有些东西是隐瞒不过去的。

"可这是左手。"

"我的左手,牵马缰。"说着,她手上微微用力,往回一抽。

陈振戈由她把手抽走，他见过的漂亮姑娘没有一千也够八百，但握不住的手还只有这一只。以往，他只要握住某个姑娘的手，这姑娘便恨不得把脸也贴过来，而这次这个小小的婢女，居然三番五次想要逃走。

"嘿，牵马缰？"陈振戈摇了摇头，嘴角的笑意越来越深。原来握着陈公子的手就像牵大马，这姑娘一语双关，回答了问题，还不忘讽刺自己。聪明，另外，她这手上的功夫也非寻常，纵然不是刀马高手，也大半十分精熟，这扬一依身旁的人，还真有些意思。

"没话说？"他一扬眉毛。

"说就说！"靳思男皱起眉头，"这边风景真好，海也漂亮，但是这寺庙就太残破了，这房子都塌了，僧侣也不见半个，怎么又有这样多的人来到这里？"

"这是海神寺呀，庙堂是拆了，就是不想让大家再来。不过南渚人的海神已经拜了上千年，又怎么会说禁就能禁得了呢？木莲拜火，八荒禁异神，咱们也就乐得顺水推舟了。"

"嗯，明白，"靳思男抬头看那冰冷的海兽雕像，"想必它也是不大听话，得罪了大公吧。"

陈振戈哈哈大笑，这小丫头颇有见识，一点就透。她常年在扬一依身边随侍，如此反应和见识倒也应该，只是扬一依作为吴宁边的继承人，八成也不是真的如平日里表现的那样，柔弱温婉、与世无争吧。

他有意试探，道："人们不能在这里祭拜海神的时候，就挪到了心里。如今，一则战乱长久不息，二则天现异象灾祸，大家心里害怕，心里的神又走了出来，海神就这样重新回到世间了。"

陈振戈伸手遥指东方："比如，你们一路行来，也曾路过的扶木原，白安的叛逆卫曜就是以海神的信仰为号召，来反抗大公的。"

"走了这一路，如果是我，也要跟着卫曜的！"靳思男说话倒是干净利落，毫不犹豫。

"哦？"陈振戈收起扇子，看了看左右，"你倒是不怕人多嘴杂。你一个女孩子，人都没见过，也要跟着他？"

"跟着公子，我就不怕，"靳思男道，"我没见过他，但是见识过赤铁军呀，怕白安乱军怕得掉了魂，又残忍得很！我们来灞桥的路上，路过紫丘，在那里驻守的将官，为了抢几担烧焦的粮草，杀得百姓尸横遍野。这种事情，我想那卫曜应该是做不出的吧！"

陈振戈沉默了片刻，道："这事我知道，无论在哪州哪府哪座城，哄抢军粮都是死罪，这个，恐怕也怨不得陈兴波。"

"也许吧，但是听说那里是扶木原的粮仓，即便粮仓个个冒烟，那些堆成小山的粮食都烧成了焦炭，单只剩下的仓底，也够饥民们度过荒年了。都说南渚丰饶，怎么会让那么多手无寸铁的百姓，饿到要抢官家的粮呢？"

"话不能这样说，如果乡民已经生了反叛的心思，举起了刀枪，再吃得饱饱的，是不是就更有力气来打打杀杀了呢？连你都这么喜欢卫将军，大家都投奔过去可怎么得了。"

陈振戈这里嘴硬，眉头却不自觉地皱了起来。

他远在灞桥，箭炉行营向来报送的都是叛军不支，即日便可克服的消息，眼下听靳思男这样说，不仅叛乱将平的消息毫

星野乱　125

无根据，那些浴血奋战、连破敌营、斩敌数百上千的数字是假的，恐怕连死去的敌人都是假的。

若是砍下平民百姓的头来充数，自然比冒险与白安野熊对垒厮杀轻松得多。这个消息他平日里从逃入灞桥的商旅处多少知道一点，但却从来没有人像靳思男这样直接。是了，又有几个平民百姓敢于在他这个南渚显贵、陈穹世家的少公子面前乱嚼舌根呢？

陈振戈心中有事，步子不觉快了些。

靳思男本是和扬一依一起出游，此刻身着叶绣短衫，下身则着月白长裙，行动不便，这时风起，她肩上披帛飘动，一时落在后面。

"开始，我还以为你和他们是一样的人！"靳思男的声音从身后传来。

"哦？现在，我和他们哪里不一样了？"陈振戈恍然一惊，回过头去。

"公子的眼睛里，相信我，多过那些专门给你们讲故事的人，"靳思男笑起来，"你自己都不信的时候，你的话里就没了力气。"

纷乱的思绪还在陈振戈脑中萦绕，这几句话。让他不由得再一次细细打量起这个少女来，平素里，从没见过她说话，她所有的光芒，都淹没在了扬一依暗影中。岂不是和自己站在赤研恭身边差不多么？

她的额头光亮明润，有个小小的美人尖，两条眉毛淡淡的，嘴角总是微微抿着，带出一丝倔强。这样的女孩，第一眼看去，不是一等的美人，但是和她接触越多，反而越觉出她的单纯可爱来。此刻她是一个小小婢女，衣着服饰都透出小心和谨慎，不但色彩朴素暗淡，样式也简单纯粹。但即便如此，也能看出她到底是大家出来的女子，素衣搭配合体，却又别有一番风致。

年轻的姑娘哪有不爱美的？她嘴角也上了极淡的胭脂，若有若无，长发略微有些卷曲，一丝不苟地盘在脑后。

陈振戈的目光最后落在了她黑发中那只黄铜簪子上。这簪子是灞桥眼下极流行的结条钗，两条交相盘旋的铜线，头上绕出轻巧的一枝，落上一只蜡嘴雀。南渚繁华，女子的金银首饰也品类繁多，极尽奢华，此刻靳思男头上这支，只能说是坊中的一般货色，这铜丝掐得虽细，却不够匀整，蜡嘴雀虽然也俏皮生动，但手法匠气太重，一笔一画无不是坊间最为流行的样式罢了，那小鸟儿褐色的眼睛用黑曜石填上，切出的棱角颇为混乱，显得呆板无神，簪子和蜡嘴雀的接头处，也看得出做工粗糙。

陈振戈心中暗叫可惜，如若让她好好打扮一下，不知又会是怎样一番光景。

"哈哈，姑娘玲珑剔透，我们就是一路货色可也说不定。"陈振戈走到靳思男身边，想要伸手去拉，却又觉得不大合适，刚才他一把扯过靳思男的手，却是没有考虑那许多。

无论是流苏巷的姑娘，还是公侯家的小姐，他陈振戈一向也都是想搂就搂，想抱就抱，似乎从来没有这样迟疑过。

"那天下大雨，你怎么会回转身来？你这人看着有人被无故欺负，便要来打抱不平么？"靳思男的声音放低的时候，别有一种轻柔温软。

陈振戈看着她的眼睛，明亮透底，心中不觉一动，收了脸上笑容，张了几次嘴，最终却说："那是陈公子我好奇心重，又无聊得紧呢。凡是漂亮女子，我都惦记呀。"

靳思男定神看了陈振戈一会儿，道："你在撒谎。"

"我不撒谎，我也是权贵人家的少爷，而权贵人家的少爷都差不多，"片刻之后，他又恢复了陈家公子的熠熠神采，"你们大安城里这样的人物怕也不少吧。"

靳思男摇头道："那才不一样，有些人天生是恶的，生在贫苦之家犯小恶，生在权势之家犯大恶；而有些人，譬如我们的梦公主，虽然生性顽皮，喜爱打闹，却从来不做恶事，这跟是不是权贵之家出身有什么关系？再譬如你们的恭世子，我们的娴公主，这两位虽有傲视天下、权势无双的家庭出身的世子公主，又何尝不是一等一恭俭谦让的好人？"她顿了一顿，"还有些人，明明不是恶人，却偏偏喜欢装恶人，好像没人说他不好，就很没有面子一般。"说出这句话的时候，她的眼睛一直看着陈振戈。

陈振戈只把折扇轻摇，哈哈一笑。

两人边聊便走，不知不觉已经离开海神寺的废墟。

往日通往落月湾的商路，现下已经冷清萧索，船只也大多抛了锚。这夏日的海边，一时竟显得格外清冷。

"公主去看船了。"靳思男遥望。

远处，往日穿梭来往的牙船随着海水缓缓起伏。赤研弘和扬一依被众人簇拥着，攀上了码头，引来无数人围观。

"我看娴公主一时半会回不来，我们但去走走无妨。"

海鸟啸叫着从两个人的头上飞过，他带着靳思男走上了沙滩。

## 三

"你，觉得娴公主和恭世子都是天下第一等的好人吗？"

"那是自然，娴公主温柔善良，恭世子谦和细心，这两个都是世界上一等一的好人。"

陈振戈望着遥远的大海，嘴角微微带上一丝晦涩难明的笑意，道："我给你讲个故事吧。"

"你倒是说呀！"陈振戈半天没说话，靳思男有些急。

"话说从前，长葛城有一个小姑娘，她从来没有见过大海，每天缠着每个她认识的人问大海到底什么样。她特别想知道，真正的大海和浮玉泽相比究竟有什么不同。"

陈振戈将手背在身后，缓缓行走。"终于有一天，她来到了灞桥，我便带她去看海。那天她非常兴奋，但是错过了好时辰，来到海边时，正是午夜潮起的时分，我劝她天明再来，但是她太兴奋了，等不了，真的等不了。"

"后来呢？"靳思男很好奇。

"后来呀，我和她就走在这里，恰好那晚无星无月，海水狰狞地咆哮着，浪花像怪兽的巨掌，拍在那些嶙峋的尖利石块上，抬眼望去，海面上只有些混沌不明的幽光，仿佛整个世界都被倾倒一空。那种黑暗和黑夜不同，海水的呼吸澎湃浩荡，压抑又恐怖，让人感觉空前渺小。然后，她就被自己期盼已久的大海吓哭了。"

靳思男愣在那里，没有说话，也许是不知道说什么好。

"如果你想听，还有后来，"陈振戈的语调淡淡的，"再后来，她被人害死了，就抛在了这茫茫大海中。"

他回过身来,看着靳思男,道:"所以,没人敢说自己了解海。而人,是比这变幻莫测的海更难了解的东西。"

　　靳思男脸色发白,勉强挤出了一个笑容,道:"你这是做什么,不是说随便聊聊么,却在这里吓我!"

　　"你怎么把鞋脱掉了?"陈振戈低头,看到靳思男手中提着她的麂皮靴,赤脚走在沙滩上,青色的细沙零零散散粘在她雪白的脚趾上。

　　"我这双鞋子蛮好,湿了水,就穿不得了。"靳思男的脸红了,有些不好意思。

　　陈振戈摇了摇头,拉起了靳思男的手,这一次靳思男没有挣脱,他想说,这样粗糙的鞋子,你只要愿意,想要多少,便有多少,但是他没说,只是说:"我来帮你提。"

　　靳思男惊讶地看着陈振戈接过鞋子,顿时感到慌乱,忙道:"大人、不、公子,这怎么使得!"

　　靳思男说着便要往回抢,不料陈振戈却一把捉住她另外一只手,边走边道:"我听说你们吴宁边,男子和女子之间,没有那么多眉目传情、打情骂俏,若是看上了,抢过来就是了,是这样么?"

　　靳思男不知道想到了什么,飞红了脸颊,道:"吴宁边虽带个边字,却也不是蛮荒地带,大人真是想多了。不过,哪里的女子不喜欢直率英武的汉子呢?"

　　陈振戈道:"这也好办,凡是乱世中的英雄,哪个不是威武雄壮的呢?"

　　他把那双麂皮靴放在旁边的石头上,从怀里掏出一支银钗来。道:"来,送你件小礼物。"

"啊?!"靳思男显得十分意外,但她的目光一落在那钗子上,便再也移不开了。

是啊,天下又有几个女子能舍得这样的好物件呢?

陈振戈举起这钗子,给靳思男细细观赏。

这银钗来自朱雀,也因此冠绝八荒。双股钗的头花上,斜斜挑出两根极细银丝制成的弹簧,在弹簧的顶端,再连接两只银丝结条的蝴蝶。这绕成蝴蝶的银丝,其细如发,就连蝴蝶儿翅膀上细微的斑眼纹路都空灵剔透、栩栩如生。一只蝴蝶,用薄可透光的翡翠薄片嵌入身体,另一只则用琥珀嵌入,而两只蝴蝶的翅膀,都用鸿蒙海中的紫螺钿拼合,严丝合缝,异常轻纤。在日光下举起它,流转的光华变幻出无穷色彩,整个蝶儿周身都流溢着朦胧的光晕,海风轻送,钗头花朵轻轻摇颤,两只蝴蝶便绕花翩翩、振翅欲飞。可谓是巧夺天工。

"大人?"这次靳思男的语调中三分惊叹之外,更带三分失落,"大人,这钗子太过贵重,不是我用的。"

"这有什么贵重不贵重,戴在最合适的人头上,它便最贵重!"陈振戈不理靳思男,伸手将那钗子插入她的头上,再把那蜡嘴雀的铜钗拔了下来。

他把这粗糙的钗子在手里掂了掂,本来准备丢进大海,但想了想,对靳思男道:"这钗子也好得紧,你也收好!"说着便把那铜钗放在了靳思男的手中。

她的手在微微发抖。

靳思男随着扬一依归去,回青华坊的路上,陈振戈满腹心事。

那纤细修长的手,有着寻常女子没有的力量,在盛夏时光里,带着点冰凉。

他一路怅然,若有所失,慢慢走进青华坊中。

刚刚迈入赤研恭的东莱阁,就迎头飞来一个鎏金白玉笔筒,他下意识向旁边一闪,那笔筒当的一声砸穿了窗子,那窗格上昂贵的七彩琉璃稀里哗啦碎了满地。他眉头一皱,果然,又一声脆响,一个耿州青瓷的杯子被掼到地上,碎成粉末。赤研恭面无表情,撅起下巴,正在找寻其他可以用来砸烂的器具。见到陈振戈进来,他哼了一声,又拾起多宝格上一颗夜明珠,这珠子赤红浑圆,明亮的颜色一层层地透了进去,内里又带着点黝黑,里面丝丝缕缕羽毛样的金芒在不停缓缓回绕。这等成色的夜明珠,整个南渚怕也难找出第二颗。

陈振戈叹了口气,果然,他这口气还没叹完,赤研恭又把这珠子猛地掼在地上,鸿蒙海中的巨蚌,润泽千年才生出的绝世明珠,就这样化作一缕烟尘。

赤研恭大踏步走回,整理衣摆,端端正正坐在了他的铁木椅上。桃枝的千年铁木,温润如玉,坚硬似铁,赤研坐下之后,胸口的起伏慢慢停止,渐渐恢复成了那个温俭恭良的南渚世子模样。

"又是赤研瑞谦?"陈振戈走到赤研恭身侧的椅子旁,也坐下,碎裂的瓷片被他踏在脚下,咯吱作响。

"不是。"赤研恭端起面前的茶碗,陈振戈闻到了白吴名茶翠林甘露的淡雅香气。

陈振戈也不追问,笑道:"我见到了扬一依,果然不简单。如此境遇,她在众人面前依旧神采奕奕,仪态万千,想必赤研瑞谦已经嘱咐了你堂弟,不要打她的脸。"

他按住赤研恭从桌面推过来的茶盏,轻轻拿起,吹开杯中刚刚舒展开的毛绒叶片,呷了一口。

赤研恭没有耐心,这翠林甘露虽用的是济山石云泉的活水,但差至滚沸,火候不足,不能完全泡出茶叶的香气,可惜了这上好的泉水。

赤研恭亦喝了一口,他适才肝火甚旺,此刻并未完全平复,不慎吸到嘴里的茶叶被他用力嚼着,都翻卷着咽了下去。

"也见到那个婢女了?"一口清茶下肚,赤研恭的声音也变得慢慢悠悠起来。

陈振戈摇了摇头,道:"世子,我还是没想明白,这一个小小婢女,有什么要紧,那日要我冒雨去迎进来,近来又特要我去关照。"

赤研恭道:"怎么不要紧?那扬一依不远千里从大安来到灞桥,身边只这一个侍女形影不离。那日雨中,你也见到了她对这女子的怜爱,那份愤懑和焦虑,瞒得过赤研弘那个草包,又怎么能瞒得过我?"他又是一口,喝干了碗中茶,把茶杯一推,陈振戈便起身给他添水。

"虽然还不知那女子到底是什么身份,但她和扬一依的关系绝不寻常,这还不是你说给我的?"

陈振戈举起茶盏,茶盖在青瓷杯口轻轻刮擦,发出细细声响。

扬一依初到灞桥那一日,自己受命去接起雨中长跪的靳思男,把这个姑娘情状跟赤研恭一一如实说来,到底是对还是错?赤研恭是大家眼中温良俭让的南渚世子,于是绝大多数人忽略了他有个阴鸷刻薄的父亲。只有从小和赤研恭一起长大的

星野乱　133

陈振戈能够见识到南渚世子狂暴阴郁的一面。

赤研敬庶出、年纪小、不成器。赤研井田是早做好了让赤研恭即位的准备的，这份苦心也包括让他和陈振戈一起长大，而陈振戈背后，是为南渚世代镇守青石城、在军界最有实力的陈穹世家。

因为明白赤研井田的意思，陈穹早早就令陈振戈与赤研恭相伴游戏，形影不离。然而笼罩在赤研恭头上的巨大的阴影，却没有因此消退半分，这个影子，就是他的伯父赤研瑞谦。

赤研瑞谦当年扶持幼弟上位，在此后漫长的岁月中，与赤研井田共揽南渚朝政，跋扈已久，连赤研井田都对他退让三分。赤研恭已经十九岁，在其他州，十九岁的世子已经可以呼风唤雨，最少也可以参知政事了，只有南渚，整个朝堂被赤研两兄弟安插的亲信挤得满满当当，即便赤研恭有心，没有父亲的首肯，也难以培植起自己的势力，除了在陈振戈这一派一起成长的南渚重臣子嗣面前稍有放肆，赤研恭已习惯了夹起尾巴做人。

严格来说，赤研恭是个合格的世子，他勤奋读书，熟习刀马，用心政事，也多次被赤研井田派出历练，他没有贪财和好色的恶习，对亲近的臣僚和下属也算公道，赏罚分明，但这只是在他是恭世子的时候。偶尔，他也会变成另外一个赤研恭，这个人连和他一起长大的陈振戈都会感到陌生，这个赤研恭十成十是大公赤研井田的儿子，阴鸷、残忍、不择手段、冲动而嗜血。

就扬一依许婚南渚这件事来说，赤研恭并不在意扬一依美貌与否，他在意的是凭空多出一个大宗的"嫡亲"弟弟。本来应该嫁给他的新娘跑掉了，新的新娘嫁给了赤研弘，这也不要紧，赤研弘喜欢女人，不管多少个，多么美貌，他都乐于双手奉上。但这个女人不同，她身上流淌着东部大州吴宁边的宗室血脉，背后是足以更改八荒格局的强大势力，她和赤研家的结合，代表了赤研家族挺进中州的无限可能，这样的结合难道不是少主身份的赤研恭才应该去承担吗？

赤研瑞谦和赤研弘是什么意思？！

## 四

赤研恭面色阴沉的时候，陈振戈总是悚然心惊。他们幼年一起玩耍，赤研恭最喜欢玩的游戏就是"明君和贤臣"，在游戏中，他要当八荒神州通达开明的英睿国王，而陈振戈也乐于成为那个开疆拓土、横刀立马的威武将军。然而随着赤研恭年岁渐长，这个敏感的游戏已经很久都没有玩过了，直到后来，连提都不能提。

他不是怕伯父赤研瑞谦，他怕父亲赤研井田。

赤研井田对待这个儿子已堪称仁厚，但刻薄的人永远无法意识到，他所谓的宽容，依旧让人如芒在背。

赤研井田最近一次训斥赤研恭，正是由于扬一依进入灞桥这件事。这一次赤研恭做得太过分，竟然在不通知赤研弘的情况下，私自诓骗米容光和他一同前往青水长亭迎接扬一依。甚至怕不保险，更是一路迎到了灞桥远郊，直到在路边不知名小店中遇到那个略显狼狈的外州女子。

"告诉你不要去惹他们！掌嘴。"赤研井田暴怒，陈振戈不敢说话，也没有抬头。他知道赤研恭此刻一定抖得像片叶子，不是出于恐惧，而是由于愤怒。

赤研井田从不亲自动手,打赤研恭耳光的侍卫再三鼓起勇气,才敢去抽打这个未来的大公。陈振戈根本不去看他,他知道在赤研恭的心中,这个人已经死了。

他缓缓放回茶杯,赤研恭还在等着他的回答。此刻他的脚底,那些碎成粉末的青瓷仿佛还在吱吱咯咯地响。

不知道为什么,那个小婢女的身影竟在他心中萦绕不去。呸!不就是个女人么,这样的女人,流苏巷中随便挑出一个,都比她明艳照人。他这样开解着自己,话出口来,却变了模样:"世子,想通过一个婢女得到扬一依,这太冒险了,即使我能掌控这个女孩,扬一依也未必肯就范。毕竟闹出丑闻,对两州之盟也没有什么好处。"

"丑闻?你不知道淫荡是贵族的专利么?"茶已经续过数次,不应再泡,赤研恭却不管它,继续大口喝着,陈振戈也就继续添水。

"世子?"

"看到那娴公主温柔矜持的样子了吧,那都是假的。那天惩罚那个小婢女的时候,如果她手里有刀,第一个杀的就是赤研弘。"赤研恭冷笑。"这样的女人,屈居人下的时候温婉可人,一旦大权在手,不知道会有多凶残。"

"世子,她在吴宁边的时候,风评非常之好,我细细打听过了。"

"哼,就算在吴宁边,想必她也当不了家,否则她来南渚做什么?猎鲨追逐血腥,乌鸦最爱腐肉,她何尝不是嗅到了鲜血和权力的味道?"

赤研恭叹了口气,道:"振戈,你的性子,就是太温良了。

连带着你们陈家,都是这样。这样的女人,我不去找她,她也会来找我,因为在内心里,我们其实都是一样的人。除了我赤研恭,还有谁能收服得了她呢?"

"因为世子和她都是一州的继承人?"

"错了,因为,我们都是,一样的人,"赤研恭说得很慢,好像怕陈振戈听不清楚一般,"你也知道。比她漂亮的姑娘我见得不少,但让我心动的,还只有她这一个。"

赤研恭拿茶盖轻轻敲击着茶盏,微微闭眼。谁也不会想到这个儒雅公子竟会有如此非分之想。

"那只簪子你给了扬一依么?"赤研恭嘴角泛出一丝笑意,"她就算再有城府,也还是个小女孩,她对我是有好感的不是?"

"那支步摇,我给了那个婢女。"

"哦?"赤研恭意外地看了看他,"是吗?那只头钗来自朱雀名匠之手,宁州最好的工匠也打不出的巧工。单是那双蝶的两对紫螺钿翅膀,就价值连城。"

"没错。"

这本来是赤研恭为扬一依准备的礼物,为什么自己却拿了出来,戴在那个丫头的头上?

他等着赤研恭的暴怒降临,不料赤研恭只是端坐椅上,继续喝茶。

"蛮好。"陈振戈一杯茶尚未品完,赤研恭的杯中已是寡淡如水。

"以后你要对她更好一点,小女孩都是很好骗的。那个荡妇迟早是我的,我需要她的帮助。这样的女子,那个草包配不上。"他说着话,伸手抄过旁边桌上一件薄如蝉翼的素青褒衣,细心地折叠着。

陈振戈僵坐椅上，细细品咂着赤研恭话里的滋味。看着那件云锦的兜布，渐渐变成小小的一方，被赤研恭收在怀里。

"嗯？猜猜这是谁的衣物？"赤研恭看到陈振戈疑惑的眼神，咧开了嘴角。

"世子玩笑了，今天为什么这样生气？"陈振戈匆忙转换了话题。

"哼哼，这帮蠢货帮我找来一个山民，号称可以唱南渚所有的野歌。"

"然后？"

"他居然不会唱扬一依那天唱给我的那一首，"赤研恭微微出神，嘴里荒腔走板地轻轻地哼了起来，"青橘果甜涩心儿焦呀么，俊俏俏个哥哥，怎么还不抬手把我来摘？"

他看着陈振戈，温和地道："你知道，我不能让东莱阁被下等人的血染脏，所以我给了他二角黄金，让他们送他回家了。"

赤研恭慢慢眯起了眼睛，他的笑容也是金色的。

"之前那件事，你说得对，我放弃了，午后我去青云坊看大公，你也过来？"

陈振戈站起，点头执礼，道："好。"

他看着赤研恭走入屋外明媚的日光中，世子很爱院中小池里漂亮的锦鲤，此刻他就坐在池边被晒得温热的黑邙石上，看水中的鱼儿悠然来去。

陈振戈奇怪，不知赤研恭对扬一依的欲望从何而来，陈振戈从未见过赤研恭对女人有这样的狂热。细细回想，幼年的赤研恭热情开朗，而稍稍懂得世间的险恶之后，又变得过于阴郁，他极度聪明，在人们面前保持了谦和温厚的形象，但陈振戈知道，这种无时无刻不在的伪装让他十分辛苦。在人们目光不及的阴影之中，还藏着一个更加残暴扭曲的南渚世子。

陈振戈叹了一口气，大公对恭世子的偏爱人人皆知，恭世子上位南渚大公也只是早晚的事。他也真的想劝劝赤研恭，莫说他坐稳了世子的位置，就算他只是个公子，只要能过得开心，不是就很好？心中何必装着那许多东西，纠结什么该是自己的，什么不能让给旁人。但这些劝慰他永远没有机会说出口了，眼前的这个人，早已经不是他的朋友。

他渐渐也明白，既然生在王侯之家，便注定要在疑忌血腥中度过一生。所以当赤研恭从日光城回来，试探地问他，青石能否无条件支持他的一切举动时，他毫不意外。只是他不知道赤研恭所谓的一切举动，到底是什么？去劫了扬一依来做世子妃吗？

他理解赤研恭，这些权力和金子铸成的血肉，进则光芒万丈，退则无底深渊，绝没有一条散漫自由的道路可走。

他自己又何尝不是这样呢？

陈家世代经营南渚四大主城之一的青石，那里藏着陈振戈的童年。

青石城坐落在青沼枝蔓出来的秋叶湖畔，一边是波光粼粼、鱼虾肥美的万顷波涛，一面是青沼润泽的肥沃田野。其北方，有南渚第二大良港桃枝；向南，则是风景瑰奇、神秘莫测的边镇红豆，穿过红豆，就到了三泽水系中最为原始的泥麟沼泽所在地长州。所谓的长州公爵，不过是当地的淳族蛮王，每年与青石殷勤交好，维持着世代的和平。

如果可能，他愿意快快乐乐地做青石城的公子，挽一个美丽的淳族姑娘，在青沼泛舟放歌，在桃枝把玩精巧的朱雀器物，在红豆喝加了椰汁的短尾羊奶……但是他不能够，兄弟三人里面，聪明机灵的他被送到了灞桥。那时世子赤研洪烈已死两年，老大公赤研易安重病不起，南渚局势十分微妙，赤研瑞谦正拥兵自重不可一世，而赤研井田则悄悄开始了夺嫡的准备。

四大主城中，青石最早表态，祖父陈穹最终决定把宝押在赤研井田身上。于是，陈振戈进了青云坊，和公子赤研恭一起，成为了坊主周道最后的学生，那时他九岁。

在灞桥的陈振戈，不再是青石那个无忧无虑的少公子，他明白了很多在青石学不到的道理，譬如，要如何与世子的公子相处，那个比自己还要小一岁的急躁孩子，天真而脆弱，时常失控地喊叫。而也同是孩子的自己，不仅仅走路要永远慢世子一步，不仅仅要压抑自己对华贵精美物什的期望和渴盼，把恭维话变得发自肺腑，赤诚得自己都会感动，他还要学会听出那些弦外之音，看穿那些貌似甜蜜实则虚伪的笑脸。他有孩子天真的外表，却要有一颗由于恐惧和忐忑而提前衰老的心。

爷爷告诉过他，哪怕他只是一个孩子，他嘴中一句不够妥当的话，也许就会给家族带来灭顶之灾……

他每年会回一次青石，这是他童年最期盼、最快乐的事，但是随着时间一年一年过去，他发现，儿时的那座充满神秘和诱惑的古老城池变了。和繁华喧闹的灞桥相比，变得低矮、土气、令人厌倦，青石田野里的麦浪褪去了它们漂亮的金色，而那些儿时让他惊艳的胸脯鼓鼓的淳族姑娘，只不过是些皮肤粗糙的山民农妇，哪怕在他华贵的床上，也浑身僵硬、笨拙不堪。

他的兄长振羽晒得黝黑，每日匆匆忙忙，协助父亲处理政事，每次见他的亲切渐渐变成了礼貌式的夸奖，甚至对这个远在暴风眼中的弟弟，还带有几分疏远和戒备，而他的小弟振甲已经魁梧健壮，杀过人，上过战场，不再是小时候那个摔倒了要哇哇大哭，喜欢抱着乳母不撒手的奶气孩子了。

总之，一切都变了，除了一同来到灞桥的小妹可儿和德高望重却垂垂老矣的祖父，他似乎已经没有亲人，而青石也不再是他的家了。

赤研恭面带笑容，把手中的豆蓉糕丢入池中，满池锦鲤都聚了过来，争相抢食。院子里偶尔有仆役和侍女经过，都会被这温馨宁静的画面感动。恭世子未来一定是个仁慈又宽厚的君主吧！也许，南渚的大多数百姓都在这样想。

陈振戈站起身来，也走到小小的鲤池边。他用手揉了揉自己的脸颊，这张因为负担太多虚伪的表情，而显得格外僵硬的脸。

## 五

锦鲤们飞快地争抢着食物，又闪电一般退开，搅乱了一池清水，就算是鱼儿，长期生活在这样拥挤的池塘里，性情也会发生变化吧？

陈振戈也拿起一块豆蓉糕，掰碎，丢入池中。这十几年，他已经渐渐明白了自己的身份和地位，也逐渐学会去遵守和利用游戏的规则。就在不久前，陈可儿在青云坊中学习，遭遇赤研弘的毛手毛脚。陈振戈大怒，佯作不知赤研弘卷入其中，把他周遭的几个纨绔子弟打了个半残，骄横跋扈的赤研弘也怒不可遏，意欲报复，但是赤研瑞谦约束了自己的儿子，他还不想让陈家下不来台。

是的，他知道自己会毫发无伤，此刻的他已经是南渚世子最好的伙伴和忠实的同盟者，恰好世子对弘公子一家，很有意见。

而且，他背后还有远在一隅，但实力雄厚的青石城。这次南渚倾力调兵扶木原，唯一没大动的，就是青石的兵力。这时候的陈家，就像坐在火山口上，但也可以反过来说，陈家就是那个火山口，整个南渚都坐在陈家的摇摆不定的天平上。

青石的那些面孔虽然陌生，但却是他的血亲、他的坚盾，而他，将在这座谎言和利刃搭建的城池中，为了他们的利益血溅五步。

鱼儿想要填饱肚子，必须选对方向，慢了一步，不仅吃不到食物，还永远挤不进分食的圈子。

既然恭世子想要一个女人，那么就给他个女人，又不是什么稀罕东西。不管这个女人是谁，有什么样的身份和地位，赤研恭想要的，自己便抢来给他，谁挡在这路上，自己就杀了谁，因为这个人会是将来的南渚大公，他会把所有人，包括陈振戈自己的生死，都捏在他的手心里。

日光照在水面上，点点金芒跃入陈振戈的眼底，他定定神，收了这些乱七八糟的心思，该离开了，赤研恭有午休的习惯。

他下午还要去青云坊，赤研弘这个年轻的侯爵依然在坊中读书，扬一依也常去随侍。固执的赤研恭依然在寻找机会去接近扬一依。

"振戈，我有话问你。"他正要走出东莱阁，却被赤研恭叫住。

"世子请吩咐。"最近赤研恭的心思转变极快，连陈振戈也摸不透他到底在想些什么。

"那个小丫头有没有提及扬一依近日的起居？"

"一切如常，不过四五天而已，娴公主似乎对前方的战况并不挂心，也不打听。和我们想象的不一样，她每天都很贪恋那张回雪流霜，当然，也很可能是赤研弘不愿意放她下这华贵的软床。"

"对战况漠不关心吗？"赤研恭把一把鱼食全部扬在了池塘中，鱼儿们纷纷争抢，水花四起。

"是，很会做人，我看她倒是很明白自己为什么来南渚。"

"嗯，那匹马呢？哦，叫阿团。阿团怎么样？"

"她近日都在二大公府上居住，足迹不过青华坊、青云坊，今日去了一趟落月湾，目前看来是用不上马，她也几日都没有去看阿团了。"陈振戈想了想，补充道："不过她的小婢女倒是每天都会去看，又怜又爱的，照顾得颇为周到。我问她为什么，她又不说具体的缘由，只是笑。"

"你看，这就是你能帮到我的地方，她的贴身婢女每天都要去照看一匹马，交给马夫就好了么，女孩子怎么懂这些？看来她很喜欢阿团。所以是不是也在想着我？"赤研恭表情认真。

"也不完全是这样，那个丫头是懂马的，会使刀。"陈振戈右手开了又合，犹豫了一下，还是把靳思男的小秘密说了出来。

赤研恭侧头，道："有意思，从来我想要得到女人，对她们笑一笑就行了，今天有了难度，倒也有趣。我听说有贵气的女子最难降服，一是有所依凭，二是不会惊惧。你说说，我怎么才能把她搞到手呢？"

陈振戈早就习惯了赤研恭的说话方式，答道："那自然是去掉她的依凭、陷她于惊惧了。不过，这确实有些不大好办呢。"他说话留有余地，隐隐地有些害怕赤研恭所指的依凭，是靳思男。

"她背靠整个吴宁边，这个依凭很快就会消失了。"赤研恭双手交错在身前，两个大拇指在交替回环。

"使她惊惧更好办，现在赤研弘已经快把这一步帮我们完成了。我们只需要在他身后，轻轻推上一把。"

赤研恭用这样的语气说话的时候，一般心中已经早就想好了怎样去做，陈振戈也懒得去追问，他们两个之间，他一向是个忠实的执行者。

"世子需要我做什么？"听得赤研恭没有特别针对靳思男，他心中暗自松了一口气。

"那个丫头好一点，还是阿团好一点？"赤研恭没头没脑地说了这样一句。

陈振戈马上紧张起来："公子？"

"哦，对，小丫头还要给你留着。"赤研恭的眼神似笑非笑，好像看穿了什么，陈振戈和赤研恭相处，很少有这样如坐针毡的时候。

"唉，她千里迢迢，不顾尊严，委身下嫁给一个白痴，其实也是为了自己的家与国，这一份苦心我怎么不懂？若是我，恐怕还没有这份勇气！不过，我现在很想知道，当她发现，正是她的的勇敢举动，让吴宁边南线仅存的精锐之师，以飞蛾扑火的姿态全部灭亡时，会有怎样的心情呢？"赤研恭脸上神色严正，带着悲悯和不忍的神色。

这是赤研恭第一次谈到定盟后的战局，陈振戈的耳朵和全身的汗毛一起竖了起来。

和赤研恭问答很危险，世子喜欢信口开河，让人不辨真假。近些年来，不熟悉他的人，以为他每时每刻都在和身边的朋友和臣属推心置腹，只有陈振戈知道他是何等反复无常。

陈振戈当然很想知道此刻前线到底发生了什么，但十几年的灞桥生活，他早已经学会闭紧自己的嘴巴。

"我们不休息了，现在就去青云坊。"赤研恭的兴致很高，语气轻快。

"世子，这个时候坊中还在休息。"陈振戈抬头，日正当空，大中午的，强烈的日光把世界变得明亮滚烫，他还没有吃午饭，想必赤研恭也在饿着。

"不要紧，我们悄悄地进去，不会打扰他们。占祥和封长卿都离开了，周先生很寂寞倒是真的。"赤研恭忍不住眉宇间跃跃欲试的神色。

"好！"

赤研恭已经走在了前面，陈振戈也不便多说些什么。

他何曾关心过老迈的周道的寂寞？由于陈可儿在青云坊中读书，陈振戈几日前还专程问候过大灵师周道，赤研恭却正经有些时日没见过他的师父了。在没有亲自将扬一依迎入灞桥前，他每天都在青华坊的宴席上与臣僚推杯换盏，体贴流连，早就将他老迈的师父忘了个干干净净。直到扬一依经常出入青

星野乱　145

云坊，他才忽然记起还有这么个人。

"我还以为你很想知道在花渡将会发生什么。"赤研恭伸出舌头，舔舔嘴唇。

陈振戈就知道，赤研恭已经习惯了隐藏秘密，但他真的缺少耐心。这些日子，陈振戈一直在留意前方的战报，他知道李秀奇率领南渚主力已经屯驻原乡，并在箭炉分出了他最精锐的棕熊部挺近金麦山，与此同时，澜青的商地已经毫无悬念地在浮明焰和李精诚的猛烈攻击下陷落。如今，距最后一批赶往箭炉的野熊兵离开灞桥也已经过了不短的时间，对于六百里外的花渡，想必有些事情已经不会更改。

陈振戈道："我知道，世子和大公对吴宁边南线的孤军是有考虑的。"赤研井田不在的场合，他提及这对父子，一定会把儿子放在前面，这样和赤研恭沟通起来方便得多。

"嗯，你也知道吴宁边来的这些北地蛮子，是有多么的凶残和狡诈，那个李子烨居然以突袭杀使为手段，胁迫我们和吴宁边定盟！我倒是挺喜欢他这疯劲的！"大热天的，赤研恭的语气森然，让人浑身发冷。

陈振戈微微皱眉，李子烨火攻卫成功，这样荒唐的念头，随便想想，都会骇人听闻，而那个李子烨竟然把这个疯狂的念头真的付诸了行动。

然而此刻，他听到赤研恭如此轻描淡写，突然想到，以大公赤研井田的褊狭，在扬觉动不知所终的情况下，这件事情上他居然没有任何讨价还价的行为，就默认了吴宁边的举动，此后，占祥和封长卿又先后从青云坊中消失，一同消失的还有扬觉动的小女儿扬归梦。这一连串的举动有没有联系？如果真的有，赤研井田又在下怎样的一盘棋？这些动作是不是都大有深意？看不懂的东西越多，他就说得越少。

"进军白安，不过是个幌子，大公几乎将半个南渚的兵力都投入到了箭炉和原乡，投入到了两州定盟最主要的核心战场，他这次出兵花渡出奇地坚决，似乎和过去保存实力、伺机而动的作风颇不一样。"陈振戈的话语中带着疑惑，人们大多数都不知道，赤研恭其实早在半个月前就已经悄悄回到南渚，出使日光城的南渚世子，已及时在决策的关键时刻出现在南渚大公的身旁。

## 六

赤研恭脸上露出了怅惘的神色："没有十足的把握和胜算，那个老家伙怎么会动手？"

看陈振戈没有反应，他又道："就在我回来之前，他还在犹豫不决，可是这世上的事，是经不起'犹豫'这两个字的啊。"

"扬觉动这个人不简单，浮明焰和李精诚据守柴城和毛民，像两把铁钳，紧紧合上了我们北进吴宁边的大门，尤其是那个李精诚，老练又狡猾，本来是万难诱他离开巢穴的，幸亏他有个喜欢冲动的蠢笨儿子。"

赤研恭展开了他那清秀的眉毛，笑眯眯地看着陈振戈："我从青水顺流而下，带来了北方的承诺，占祥和封长卿又逆流而上，把承诺和利益还给我们的北方朋友。这样不是很好吗？"

他称自己的父亲为"老家伙"，让陈振戈觉得今天赤研恭说得有点多。他似乎正在下一个极大的决心，去搞一些匪夷所思的大动作。

赤研恭的眼睛看向天空虚无的深处，道："没错，那一天，李子烨这只孔雀翘着华丽的尾巴跳舞的时候，忘了盖住他的屁股！那天晚上，他发疯一般烧死了驿馆中的所有人，但那里面并不包括永定侯卫成功，他那时正在青华坊。而现在，卫成功大人恐怕已经回到平武城了。"

原来如此，卫成功未死，李子烨的壮烈便成了愚蠢，永定的五万兵马有备而来，这一盘，吴宁边输定了。与南渚定盟的前一日夜里，卫成功居然还在青华坊。不到最后一刻真是猜不到赤研井田的心思啊。

接近青云坊，赤研恭的步子越来越快："商地会陷落，浮明焰和李精诚为了他们心爱的大安城，一定会向西急进。在他们后方，澜青在短期内无法结集足以威胁他们的力量。而按照盟约，李秀奇会带着我们的军队，按时出现在花渡，只不过，和他一起出现的，还有卫成功和他永定城的五万大军。"

"怎么样？我都想为老家伙鼓掌了！人生中有多少激动万分的时刻？我真想出现在李精诚和浮明焰的眼前，看看现在他们两人的表情到底是什么模样。"赤研恭嘴角的笑意带着三分残酷。

"听说这次赤研星驰要充当前锋，他这个人有时候就是搞不清状况，他的副将应该还在箭炉，我们要不要……"

"要什么？你以为是老家伙让他做这个前锋的吗？"

"难道是二大公？"

"振戈，是我啊，是我！"赤研恭指着自己的鼻子。

"现在不光我们惦记他，就连日光王朝守谦也远远地惦记着呢。他总说要效忠我,也要拿出些动作来吧?"

陈振戈恍然大悟地点点头:"世子是想试试他的忠诚,只是,把他放到刀锋上,那个李秀奇舍得吗?"

赤研恭诡异地笑了,道:"宝刀快马,终于沙场一试,这次,这样好的机会,不试试怎么行呢?"

轰的一声。青云坊方向一声巨响,打断了两个人的谈话,两个人都愣住了,他们都曾经是青云坊中出类拔萃的学生,此刻,他们的目光不约而同望向了高悬空中的那颗猩红的大星。他们太久没有抬过头了。

"走快些。"赤研恭一挥衣袖。

平时,他必须走在赤研恭的身后,但有可能面对未知的危险时,陈振戈的脚步就必须快上那么一点点,当他一只脚踏进陨星阁,忽地发现,坊中所有的学官几乎都聚集在了这里。而肥胖的赤研弘正暴跳如雷。

"你居然为他求情!"他面目狰狞、气喘吁吁。

陈振戈冷眼看着赤研弘,最近他很喜欢穿着他的明光甲,甲胄代表着勇气和权力,作为南渚的侯爵,虽然他还从未上过战场,但是他至少在床上征服了吴宁边,他已经成功地把扬一依反复压在了身下。

陨星阁中,每个人都是一脸匪夷所思的表情,顺着他们的目光,陈振戈马上就发现了为什么,陨星阁中那金线银轨、玄铁为星的巨大星盘居然碎裂了。

陨星阁的地面是熊耳黑玉铺就,这种石头非金非铁,寻常斧凿,不能动其分毫,传说世间唯有鸿蒙海中的重晶和落月谷中的烈焰可以将其雕刻铸融,因此,这千年的星盘才会被称为神迹，因为没有人知道那些金银的星轨和可以移动的星野到底是如何制成的。

然而此刻，陨星阁地面赤红，巨大的黑玉碎裂成为几块，黄金和白银被热力融化，流淌在星盘上原有的细若发丝的纹路上，玄铁制成的十二大主星则深深嵌在黑玉星盘之中，仿佛被一股巨力以一点为中心，抛散开去。陈振戈也注意到了，那一点上，原来的赤柱石鸟已经碎裂，一线幽深的孔洞，被代表弥尘的那颗玄铁星星覆盖，它还在那里缓缓转动，发出吱呀的声响。

"把你的手举起来！"赤研弘高声叫着。

在众人中央，有个穿着麻布衣衫的少年，面色苍白，被侍卫们夹在中间。他面色苍白，仿佛在忍受极大的痛苦。听了赤研弘的这句话，他闷哼一声，举起了右手，陈振戈和其他人一样，看到了那焦黑的手掌，掌心的皮肉发出难闻的气味，皮肤已经脱落，血肉模糊。

"还敢说不是你！说！南山珠哪里去了！"赤研弘大声咆哮，仿佛没有看到走进来的赤研恭和陈振戈。

陈振戈想要说话，赤研恭却拦住了他，他的注意力一直在站在赤研弘身旁的扬一依身上。

"把他的手筋也挑断！"赤研弘下令，"他妈的，你个贱种！居然把我们南渚国运所系的千年圣物搞坏！前一次算你运气好，有赤研星驰帮你说话，现在他在外打仗，看谁来救你！老子今天就要弄死你！"

陈振戈皱着眉头，这时候他才发现，这中间的少年被两个身强力壮的士兵提着，两条腿软绵绵拖在地上，裤管和麻布鞋已经被鲜血浸透。根据赤研弘的话，刚才想是赤研弘当众命人挑断了他的脚筋。而此刻又要继续施暴。

"星盘通天，能者居之。"那少年口中有血沫，嗓子嘶哑，声音断断续续，显然在忍受极大的痛苦。

"这么有种？谁告诉你的？"赤研弘眯起了牛一样的眼睛。

"乌……柏。"那少年咬着牙说出了一个含糊的名字。

"没听过。把他的手筋挑了，然后把牙齿都敲掉！"

陈振戈感觉自己就要崩溃，无怪赤研恭说赤研弘是个白痴，他和赤研恭都曾是青云坊中的学生，这陨星阁中的星盘，岂是谁想破坏就破坏得了的？且不说是不是眼前这个少年所为，即便是，这少年不是天赋异禀便是有高人指教，这星盘一般灵师点亮都困难，更别说运行它、毁坏它了。另一种可能，如果这少年真的有摧毁这星盘的能力，他赤研弘现在在这里大呼小叫要将他折磨致死，如果他真的出手反击，他赤研弘岂不是要横尸当场？而且不管是不是这少年所为，在世家子弟云集的青云坊中用这样残忍的手段来立威，恐怕只能造成更大的反感。

他们二人来得晚，本在人群之后，而众人的注意力又都被场中吸引，是以并没人留意他们。眼看那军士抽出匕首，走向那少年，陈振戈便犹豫是不是出面阻止，先看向赤研恭。不料赤研恭嘴角带着笑容，只是盯着扬一依看，仿佛此刻场中的一刻都与自己无关。

"侯爷，这样不妥当。"扬一依伸出手，那军士停下了脚步。

"哪里不妥当？犯了死罪，就要惩罚！"赤研弘眯起眼睛，"你和那赤研星驰倒真是一般心思。"

他沉着脸左右走上几步:"刚才你不要我一刀了结他,我答应了,现在又想如何?"

"不急,且看她。"赤研恭示意陈振戈不要妄动。

这个角度,他们只能看到扬一依一个窈窕的背影,她深吸了一口气,道:"他犯了错,自然应该受到应有的惩罚,我是劝侯爷不必心急,我们理应将他交给有司论处,这里是八荒贮藏古老经典的圣地,如果沾染血腥,也不妥当。"

赤研弘脸色一下沉了下来,道:"我就是个急性子,你说我处置不当?!"

扬一依说了半天,赤研弘只听到了"不妥当"三个字。有人当面忤逆他,他极为不爽。

"我是本朝侯爵,在秉公处理公事。你不过是我的夫人,作为一介平民,就是这么和重臣说话的吗?!"赤研弘的声音越来越高,在空旷的陨星阁内嗡嗡作响。

那少年满口鲜血,喉间轰轰作响,想说什么却又含糊不清。

扬一依看了看那少年,抿紧了嘴唇,一撩长裙下摆,慢慢跪在了赤研弘面前,道:"大人,这人死罪,但念在这里是大公灵修重地,不宜动用刑罚,还请侯爷三思。"

陈振戈大摇其头,扬一依虽是吴宁边的公主,确实在南渚又没有爵位官职,赤研弘故意说出这样的话来折辱自己的老婆,令人十分不耻,但碍于情理,旁人也无话可说。此刻的扬一依语调温柔,态度谦卑,一下子成为众人同情关切的对象,不声不响间,已胜过那个血肉模糊的少年,这个吴宁边的女孩子,真的不简单。

"侯爷……"一旁的陆兴平看了扬一依一眼,嘴里刚犹犹豫豫吐出两个字来，赤研弘大步走上前去，啪地抡了他一个大嘴巴："你是什么东西！"

赤研弘走回扬一依身前，昂首站了一刻，这才伸手。

扬一依把手搭在赤研弘的手上，缓缓站起，脸上笑容虽在，但是脸色已变得十分难看。赤研弘哈哈一笑，扯过她，在她脸上印了一记湿吻，道："夫人，你总是心太软，你刚才说的话毫无道理，我不接受！"

他回身又道："来人，把他手筋也挑了！"

没有人注意到极细的金属摩擦之声，陈振戈已经走到靳思男身边，用力从身后抱住了她，左手捉住她的左手，右手把她已抽出两寸的薜荔生生压回了刀鞘。

这边赤研恭已经分开人群，走了进去。

"恭世子在，他不会有事的。"陈振戈在靳思男耳旁温柔地小声说着，他的气息撩动了她的头发，靳思男依然气得浑身发抖。

她用力挣开陈振戈的拥抱，转头把嘴唇凑到了陈振戈的耳边，她的声音颤抖，却像刀子般尖锐，她说："我要你杀了他。"

他把她搂在怀里，轻声说："是你要我，和'杀了他'么？"

## 第五章 百花溪

"斥候，吴宁边的斥候进了村子！"士兵的长嚎引得赤铁们纷纷侧目，杂乱的脚步声在四周响起。丁保福拿出在山中狩猎的全部本领，飞快地在巷道中奔跑着，点燃他能接触到的每个柴堆。火光、惨嚎和吴宁边大军来到的消息迅速在赤铁军中蔓延，戴承宗从火星纷飞的街巷中奔出，神色狰狞，不断地转换着马头的方向。

# 一

"差不多了，走吧。"

"大人，我是猎户，会骑马，可以去刺探军情。"城墙下，丁保福忽地站了起来。

"王八崽子！不要命了！"

他话音未落，便被保头一把拽回了队伍中，然而那队士兵却停了下来。

"刚才是谁？"统领这一队青骑斥候的军官打马回旋。

"刚才说话的那个人，出来！"

丁保福奋力一挣，保头松开了手，他冲出了队伍。

"是我，我会骑马！"

"本地人？"那军官上上下下把他细细打量。

"他一时糊涂，会骑什么马，抬个木头也稳不住呢，嘿嘿。"保头也站了起来。

军官的马鞭伸到了保头的鼻子前："没问你！"

"你是哪里人！"

"我是百花溪东百花村的猎户。"

"会骑马？"

"会！"

"给他一匹马，跟我们走！"

"军爷、军爷，他这走了我们少了人，这鹿宕可如何是好！"

那军官一扬马鞭，保头不敢阻拦，眼睁睁看丁保福翻身上马。

青石甬路到了尽头,马蹄清脆的叩击变成了低沉的闷响,城门慢慢开启,一股混杂着草末和牲畜腥膻的晨风扑面而来,白亮的光线打在脸上,晃得人睁不开眼,丁保福深深吸了一口气,牢牢握住缰绳,扑进了城门外浩大广阔的世界中。

他算计得没错,他真的可以离开花渡镇了。

自从残兵带着商城陷落的消息来到花渡,这个素来安稳的军镇就一步步陷入了混乱之中。大家都知道商城已经陷落,也风传敌人就在赶来的路上,但毕竟还有好几百里,吴宁边的人就那么不要命,要打到花渡来吗?

坐镇花渡的是青骑统领徐前大将军,威震四马原,他们真的有胆来讨无趣?

当一切都是未知数的时候,略等于什么事都没发生,百姓们还是照旧过着自己的生活。

丁保福是为青骑都尉赵长弓送狐皮的,和其他人一样,他也并不关心遥远的商城发生了什么。一是远,再说了,那里本来是人家吴宁边的地盘,这边发兵强占了几年,这次人家抢回去,和花渡的百姓有什么干系呢?但是他没想到的是,也就在他进城的这一日,皋兰全军溃败的消息传到了花渡,皋兰是百花溪东侧的重要军镇,突破了皋兰,意味着吴宁边的铁蹄就要踏过百花溪了。于是徐前大将军一声令下,花渡的城门就牢牢关了起来。

丁保福非但回不去百花村,还被就地强征,拉去修鹿宕。他们这些从四里八乡来到花渡赶集办事的乡民,被保头们领着,从早到晚挖地埋桩,一队一队坐在墙根下喝冷水啃干馍。

从清晨到黄昏，斥候们打马急匆匆穿过城门，附近村镇的丁壮们则在兵士们的驱赶下，三五成群地汇聚到这里，丁保福掐指计算着离开家的时间，越算越是不安。百花村在百花溪的东岸，离皋兰并不远，正是敌人大军突来的方向，花渡如何募兵他是知道的，可是这么多天过去了，却没有见到一个来自村里的熟人。

像蚂蚁在心中爬，等不了了，一定要想法子回村。

青骑都尉赵长弓就是村里的叔伯，但是此刻他被扣在城下，没法找他帮忙。

他这几日看斥候们总是出去的多、回来的少，心里渐渐有了主意。

早几年，他想过加入青骑，混口饭吃，然而，也只是想想罢了，用赵长弓的话说，一个村里的猎户，想要吃上平明城拨来的军饷，真的没那么容易。

但是现在不一样了，大战将起，士兵们的脑袋都拴在了裤腰带上。他和伙伴们搭建鹿砦的空闲，就蹲在城门口数着，出去几个人，又回来几个，斥候回来得尤其少，还有几次，只有识途的老马空落落地跑回来，那马背上的人，却不知哪里去了。

"硬挤进来干吗，嫌死得不够快？"丁保福身边的斥候眼窝深陷，胡茬拱出了脸颊，对他低声耳语。

"你们三个一组，东侧，百花溪东南三十里！天黑回报。"这一队的卫官在分配任务。

听到这个指令，身旁那个斥候面上一下子失去了血色。丁保福顺着他的手指数过去，发现自己没在这一组。

星野乱

"我去，我想去！"他把手高高举起来。

那卫官奇怪地看了他一眼。

"那你去吧，你们三个一起去。"

一句话的事，问题解决了。

"他不问问我叫什么吗？也不做些嘱咐？"

"你叫什么都没关系，"同组的胖子挺直了身子，"东路斥候从来就没有回来过。"

"走吧。"

除了同情的目光，他们什么都没有。

向东的道路丁保福再熟悉不过了，一路上，他都在想着如何摆脱同组的两个士兵，然而没走多远，胖斥候就带着三人偏离了通往百花溪的大路。

阳光明媚，他们打马在绿草如茵的漫坡中上下奔驰，很快，就看到了大片半青微黄的麦田。

随着地势的起伏，翠绿和金黄在他们眼前缠绕交错，热风拂面，斥候们不知不觉已经汗流浃背。胖斥候首先放慢了速度，然后，三个人就都被埋在了麦浪之中。

"看不见了吧。"这微胖的斥候翻身下马，开始窸窸窣窣把身上的铠甲卸掉。

"你做什么！"另外那个斥候惊诧道。

"做什么？你装什么糊涂！妈的，老子是轻骑兵好吗？怎么莫名其妙就变成了探子？斥候不够用，就让我们去给那些王八蛋塞牙缝！"他抬脚一甩，军靴便飞了出去，转身从怀里摸出一双草鞋穿上。

"现在不脱，一会儿便是靶子！"胖斥候没好气道，"现在四马原上乱成了一锅粥，花渡的斥候去一个没一个，去两个没一双！还有这样的，"他侧目看了丁保福一眼，"这他妈的只要会骑马，就能来凑数，你还真想去打探消息？"

"违、违抗军令，是要杀、杀头的！"另外一个斥候开始结巴起来。

"杀吧，杀了老子，也得先抓到老子，现在这么多人拥入花渡，都想找个安稳位置，谁他妈认识谁！"他嘴上嘟嘟囔囔，手上可是一刻不停，一身的甲胄顷刻间就被他脱了个稀里哗啦。

"再会了兄弟！"话音未落，微胖斥候再次翻身上马，打马就跑。

"你、你回来！"

另外一个斥候还在磕巴，丁保福也不犹豫，向反方向策马狂奔，把那个目瞪口呆的斥候远远甩在了身后。

没想到机会来得这么快，太阳越升越高，空气中火烧火燎的，连呼吸都辣嗓子，他兴奋的心情随着一路颠簸低落下来，不知道村里怎么样了。

越接近百花溪，越是安静。丁保福弃了马，小心翼翼地在麦田里穿行，不过七八天工夫，四马原上待熟的麦子已经七零八落，东一块西一块，被割得支离破碎，可是，这还没到麦收时节啊？！

午后时分，终于来到了百花溪西侧的密林中。进了林子，他就像回到了家，在密林深处，他留下了一把长柄猎刀，还藏着父亲留下来的铁线弓，他拿了家伙，把仅有的木箭都带上了。猛灌了一肚子水之后，他看到了角落里那一身厚皮衣。两层皮子被生牛筋牢牢捆扎在一起，这是猎人们自制的防护。

星野乱

他犹豫了一小会儿，天气太热了，穿成这样，也未免太过招摇，不管怎么说，他只是一个猎户，所谓的敌人，应该不会为难一个百姓吧？他最终还是放下了皮衣、猎刀和弓箭，只是带上了一把随身的匕首。没什么可以准备的了，七八天的时间，他脚上的麦秸草鞋早就穿破了，他从包袱里翻出一双蒜紫草的鞋子，想了半天，还是没舍得穿，又小心地收在了怀里。

这鞋子，是村里的小妹专门打给他的，麦秸编成的草鞋只适合乡民和农夫，唯有结实的蒜紫草鞋才是猎户们的最爱。想到迟清溪，一丝微笑挂上了他的嘴角。

她在花渡生活过，见过世面，自己认得的几个字，也是她父亲教的。如今他们年纪差不多，再攒些钱，就娶她好了。他摸了摸口袋里的几角碎银，有些犹豫。

她是附近最迷人的女孩，也因为她性格里有混不吝的一面，见到男人就会讲些让人脸红心跳的话，偶尔有男人提来几斤粮食或者一两块腊肉，她便将人迎到茅屋的后房，赶出她的哑巴小妹，然后，房间里就会传来竹床咯吱咯吱的晃动声。

这时候，满村的男孩都会偷偷去趴墙角，每次当屋内的声音戛然而止后，这一大帮偷看的半大孩子便会鹧鸪般扑棱棱炸起，四散逃窜，而那屋里的汉子则会骂骂咧咧地打开窗子，丢出他们的烂草鞋和砍柴刀。这种时候，迟清溪都会站在窗前，对孩子们"草鞋妹、猪肉妹"的喊叫充耳不闻。一边梳着头，一边笑。

丁保福没去过迟清溪的窗下，他只是远远看着，他和那些男孩不一样。

而迟清溪以前也不是这样的。

丁保福的父亲是迟家老太爷的学徒,他还没死的时候,每年都会有那么几次,带着丁保福走上几十里,去花渡镇看师父。那时候,迟清溪还是个粉嘟嘟的小姑娘,在自家铺子里吃米糕、玩风车。她从小就开开心心的,人又很大方,对泥腿子丁保福来说,那时候的迟清溪,像天上掉下来的瓷娃娃,只消坐在那里,身上就自然发着明亮的光。

如果人永远都不会长大就好了。

## 二

从上游潜过百花溪,村子就在眼前了,溽热无风,几缕炊烟笔直地升上天空。村子里鸡鸣狗吠,一如往常。

丁保福松了一口气,四马原上,百十个村落,百花村这么小,没人会在意吧?

还是不对,人都哪儿去了?等他摸到迟清溪的草屋前,发现门外拴着两匹健壮的骏马,马上鞍甲兵刃一应俱全。

他阴沉着脸,匕首从袖管里滑落到掌心。

"什么人!怎么没有被编在队伍里?!"

房门吱呀一声打开,走出来两个青骑士兵,打头的戎装在身,拖后的,则一边走一边整理着散乱的中衣。

青骑是花渡的营兵,里长早就说过,一旦花渡下了令,粮食和牲畜都必须弄到花渡去,而所有十五岁以上的男子都要自备铠甲兵刃,即刻入伍,这时候,青骑的卫官们就会来到村子,训练乡民了。

看这两个人对村子熟稔的样子,他们到百花村也有些时日了。

"问你呢,做什么的!"那士兵把腰带系好。

"草鞋烂了,要换新的。"丁保福指指脚下,那黑黝黝的几根脚趾正从草鞋的破洞里伸出来。

房门再次打开,迟清溪出现在门口,几天不见,她瘦了些,嘴唇带上一层深紫色,见到丁保福,她就笑了。

"鞋坏了,也不早些来,我早些给你补好,你好快回去!周老三那个人,说不上什么时候就不耐烦了呢!"

"村子里的猎户,刚从林子里回来。"迟清溪指指丁保福。

那两个士兵狐疑地打量着一番,最终还是上马离去。

"没占我的便宜,他们给钱的,"看两人打马离开,迟清溪收了笑容,问,"上次那双蒜紫草的呢?"

丁保福想了一会儿,从怀里摸出了一直藏着的草鞋。

蒜紫草在四马原上到处都是,一丛丛生长在石缝之间,淡紫色的长茎,叶片阔大,草皮光滑,质地极其坚韧,新鲜的草叶锐利得像刀片一样,农人们若是不小心踩进蒜紫草丛,常会被叶片割伤。然而若是蒜紫草被制成芒鞋,却轻便、坚韧,被水浸湿后不会收缩变形,穿得时间越长,便会越贴脚。不过就算经过干燥,揉搓和反复捶打,编一双蒜紫草的鞋子,也不是一件容易的事情。

丁保福看着迟清溪把鞋接过去,咬了咬嘴唇,道:"四马原就要打起来了,我攒了些钱,我们一起走吧。"

"上次还没收口呀,来,把脚伸过来。"迟清溪没有答话,丁保福只得伸出脚去。

"不收口不妥帖,不怪你没法子穿。"她灵巧的双手在丁保福的脚上穿梭不停，迟家草鞋的最后一道工序，是在试穿者的脚上完成抽绳和收口，做最后一次大小调整，这样编出来的鞋子才会和脚完全贴合。

她薄薄的猪皮手套已经破旧了，露出的指肚上都是磨硬的皮肤，偶尔一个不小心，依然会被干燥的蒜紫草叶划出血痕。

看他不说话，迟清溪又道："好了，穿起来看看，贴脚不？"

"我们现在就走，你的草鞋，我可以穿一辈子！"他的声音中带着期盼。

迟清溪用手背擦去额头上的汗，笑道："对对对，我编的草鞋，穿得再久都不会坏。"

他努力说出的话，迟清溪一直避而不答，丁保福明白她的意思，他们当然都知道，最好的草鞋也不可能穿上一生一世。

他相信自己可以带着她逃出去，他差不多是四马原上最好的猎手了。他并不魁梧，却像狐狸一样机敏、豹子一样安静，像鹰隼一样准确有力。父亲在世时，十几年来带着他在河畔林间不停穿梭，父亲不在了，他便独往独来于花渡、秋口、平明之间。他能成为一个好猎户，来自打小对猛兽的敬畏和尊重，来自百花溪畔孤独的密林和平原上起伏的麦浪。

但是还有迟清溪得了怒症的父亲，还有她不能说话的哑巴妹妹。这样四个人，要怎样穿过战火燃烧的四马原呢？

八年前，大公徐昊原在全州绞杀晴州灵师，父亲带着丁保福匆匆赶到花渡的时候，迟家已被一把火烧成灰烬，迟师公葬身火海。父子俩只用一架推车，就载回了怒极攻心、神志不清的迟家公子和那一点剩余的家当。总是笑嘻嘻的迟清溪六神无主，她抱着再也说不出话的迟花影，跟着父子俩来到了这个偏

星野乱　165

僻的村落。

还好,她天生乐观,大家都喜欢这个待人热情又不扭捏的女孩。她的眼睛很快又明亮了起来。

父亲觉得愧对师公,一直照顾着迟家,打到野兔和鹌鹑,他总会叫丁保福第一时间送去迟家。而他羡慕迟清溪会写字,她教他读书,他便拼命地学,那时候她的手还细嫩,水葱一样泛着青白色的光。

她笑着的时候有两个深深的酒窝,真是漂亮。

有那么一两次,迟清溪大方拉过他的手,摸他指肚上的硬茧,自顾自道:"哎呀呀,可真是了不起,你可是一个百发百中的猎户啊。"丁保福紧张地把手从她的手掌中抽出去,一溜烟就跑得不见了踪影。

她的手也巧,秋天一到,早起割来的蒜紫草都有满满一仓,不知道什么时候,就都变成了人们脚上的鞋子,蒜紫草鞋耐穿,那些嘻嘻哈哈的汉子们穿不坏,有了钱照旧会往她这里跑,但是丁保福偏偏再没有去过。三年前,花渡和永定的骑兵曾浩浩荡荡渡过百花溪,澜青掠取商城的那一场大战,永远地带走了四马原上的老丁。

那个冬天出奇的冷,整个四马原都覆盖着一层薄薄的积雪。十四岁的丁保福带着好不容易打来的猎物去花渡卖,花渡的商人看他小,压价压得厉害,他便又走上两天两夜,一路去了秋口,秋口的商人并没有好到哪里去,他咬咬牙,就一直走到了平明城,草鞋穿烂了,两脚都是血泡。

究竟是大城,平明的铺子多,店大不欺客。一个月后,丁保福终于带着银子回到了百花村。但是迟清溪,已经变成了人们口中的猪肉妹了。

这之后,他打猎愈发狠准,也没人再敢欺负他,他照旧将换来的粮食送到清溪家,却不大和清溪说话了。

前些日子,里长骑着他的骡子在附近的村落间奔走,带来了商城陷落的消息,他知道那个地方。但商城怎么样,丁保福没有放在心上,人家订好了的狐皮,他还是要送到花渡去的。

离开百花村前,他再一次来找她。从花渡买来的皮靴穿烂了,已是盛夏时节,他想问问,去年秋天的蒜紫草还有没有。

不巧得很,正好有个醉了酒的汉子踉跄从屋内出来,他躲闪不及,被撞了一个趔趄,虽然在同龄人里已经算是健壮,但是他确实还只是个少年。

这一撞让他摇摇的,心里的话便再没有出口。

听到有响动,过了好一会儿,迟清溪才从房内走了出来,内里的白衣和外面的粉衫缠在一起,头发也梳得草率,当她发现来的是丁保福的时候,却开口笑了。

"你好久没来了!不声不响的,就猜是你!"迟清溪很高兴。夏天衫薄,她的衣襟虚掩,饱满的胸脯一跳一跳,好像有两只小绒兔就要冲破衣衫。他忽然觉得眼前的姑娘有些陌生,也许只有眼睛,她的眼睛,还和小时候一般明亮。

丁保福的眼睛有些干涩,点了点头。

"哎,你等等不要走。"她转身回到屋内。

"这么久了,每次都是看一眼就走,也不知道到底合适不合适,"过了片刻,她拿出一双已经打了大半的草鞋出来,道,"你先比比看。"

这草鞋油亮精细,丁保福迟疑着蹬上,很合脚,他惊讶道:"这是谁的草鞋?你还是留着,我就走了。"他回身一摸,竟然摸了个空,他心思重重地出来,本来给迟清溪提的一只野兔都忘了拿。

## 三

"你每次跑什么,要是坐下来量一量,早就穿上了!"她不由分说,拉着他坐下,把留好的绳头抽出,把他的破皮靴,甩到一边。"都说皮靴结实,哪比得上蒜紫草!"

他的脚底板又厚又硬,大热天的,味道也不大好。迟清溪却毫不在意,一边哼着歌儿,一边调整着绳子和鞋梁,她的手飞快而灵巧,只一小会儿,这只草鞋的护带和兜帮就都织起来了。

她原来一直这么快快乐乐的呀,这双鞋改了又改,也不知道做了多久了,丁保福看着草鞋一点一点地接近完成,心里不是滋味。那股酸麻冲上头顶,他没等到鞋子编完,便飞快地站起来,道:"清溪阿姐,我去花渡送几张皮子,你等我回来。"

"嗯,好。"迟清溪并没有抬头,依然聚精会神。

"我走了啊,你等我啊!"丁保福撒开腿就跑起来。

"哎,哎,还没收口呢,怎么又跑了!"

跑出村子,他心疼脚上的鞋,就脱下来塞到了怀里,急匆匆往花渡赶,但万万没想到,这一去,便困在了那里。

今天,她小心把最后一根绳子抽紧,剪断了草茎。两个人却都愣着没有动。

还是迟清溪长出一口气，抬起头来，道："青骑已经进村了，大伙儿都被编练在了一起，你独往独来没牵挂，不要再往村子里走，赶快跑吧！"

她把手放在他的脸上，捋了捋他纠结的乱发，道："要小心啊，千万别死掉。"

对，村子进了青骑，他不离开，便要有个归属。

迟清溪轻轻抱了抱他。他第一次离她这样近，她的手指温热、身子软软的，带一股淡淡的香气。等到他反应过来，想要把她也拥在怀里时，她已经松开了双手。

"听阿姊的，快走。"

"那，我走了。"丁保福看着她笑。

迟清溪又拉住了他，道："哎，我忽然想起来了，有些东西你也许会用得上！"说着，她钻到屋子里，又喊，"我提不动，你过来一下啊！"

丁保福终于走进了那扇低矮的茅屋，一张宽大的竹榻上堆着一床被子，墙上挂着制作草鞋的脚版、麻绳、铁钩，矮桌上有几样吃了一半的小菜和半坛粗酒。直到迟清溪的声音在屋子角落响起，他才发现，茅屋的一角，还开着一扇半人高的小门，他弯腰穿过小门，是另外一间小小的木屋，甫一进门，忽地有什么东西在嘀嘀作响，把他吓了一跳，等他适应了昏暗光线，这才发现原来是个枯瘦的男子，正靠在床榻的一角，瞪圆了愤怒的眼睛，一丝涎水正从他的嘴角缓缓滑落。

"别理他！"迟清溪弯下身子，用力从床下拉出一个布满灰尘的红漆木箱。

丁保福对这木箱还有印象，这是师公的东西，当年一起从花渡拉回来的。

他们合力把箱子打开，光线透进室内，空气中灰尘翻动，一身精工细作的灰色铠甲露了出来。

"你留下做什么？"周老三瞪着丁保福。

"不是要守村吗？你们又留下做什么？"

"你个憨包！你以为我们愿意留下！"周老三瞄了瞄远处的士兵，"这下可好，还自投罗网，想走也走不了了！"

"别听他胡扯，没人走，都等着地里的粮食呢。"董大力用力往地上啐了一口。

"现在大伙都往花渡跑，就没听说有跑去了还要回来的！青骑老爷们的话，现在打仗了！"

"兄弟，我知道你为什么不走，"董大力冲他挤挤眼睛，递过来一副弓箭，道，"你会射，给你拿着吧！"

丁保福没有说话，接过弓来掂了掂，分量不轻，这是青骑的马上弓，拉起来趁手，却只配了一支响箭。

日已西斜，村里的这些男人排成一条线，蹲坐在村南的房檐下，阳光斜斜地正慢慢往麦子的叶片上爬。

"妈的，好饿，让我们蹲在这儿，他们在村里吃香的喝辣的！"周老三骂骂咧咧，撸了一把生麦粒在慢慢嚼着，麦子收获还要几日，大家有力使不上，就坐在这太阳根里发牢骚。

丁保福和大家不一样，他坐在高处热烘烘的石块上。

守在这里的，大多是村里的丁壮，一个下午，男人们都在七嘴八舌议论着花渡来的官爷。这一队青骑共二十余人，把全村的男人圈了名字，便匆匆离开，只留下四个士兵，催促村民去把牲畜和粮食运往花渡。百花溪本来离花渡已颇有距离，村子更在溪水的另侧，军镇的严令到了这穷乡僻壤，未免有些松懈。农人们心疼未成熟的粮食，磨磨蹭蹭地不愿下地抢割，几个士兵几次催促未果，也就睁一只眼闭一只眼了。

谁说这一次，就会真的打起来呢？

"也不知婆娘们饭做好了没，这都好几天了，屁动静也没有，按照老爷们的说法，这村子早该给马蹄踏平了！"

"家里的拖拉，外面的就拖拉，要我说，这种时候，没成家的最好，一个人吃饱全家不饿，拍拍屁股，想跑多远就跑多远，"董大力斜眼看着那头坐在树下乘凉的老汉，笑嘻嘻道，"黄叔，你说是不是？"

丁保福也回过头，青骑还真一个不剩，把全村男人都拉来了。

老黄总有六十上下，皮肤黧黑，花白胡子，一口牙齿残缺不全，但身子骨还算硬朗，腰间总是挂一把崩了口的旧柴刀。按年纪，可以算是丁保福的爷爷辈了。

他是村里的老鳏夫，年轻时候曾经去北方打过仗，据说早上三十年，也曾是村里姑娘们的追逐对象，不过时间久了，人们对他的过去经历也就渐渐模糊了。

此刻天气燥热，他斜倚着树干，张着嘴巴，几乎要睡着了。

"哎！说你呢！"董大力拾起一块小石头丢了过去，正砸在老黄的脑门上，他哎哟一声。

"来了么？来了！来了！"老黄猛地起身，他门牙掉了两颗，说话漏风，这两句话被他说得含混不清，大伙儿都笑了起来。

"老头子糊涂了，来个屁，我们在村子南头，他们要来也要从东边来才对。"董大力笑骂。

老黄脾气好,平日里诸人对这个老鳏夫并不客气,已是欺负惯了。

他们此刻正无聊,那四个青骑士兵带着大部分壮丁都守在村子东边,他们这些老弱病残被那个姓元的秃头士兵安排在村南警戒,名义上虽是巡逻,但实际上与发呆无异。

这里什么都没有,只是一片片一望无际的麦田,麦子的叶片一点点染上了黄,眼看再过几天,就会变成一片金色的海洋。在这里守着即将收割的麦子,可远比在村东头的官道上吃土幸福多了。

丁保福看老黄还有些迷糊,走过去道:"黄叔,这里也没什么大事,要不您回去歇着吧。"

"哎呀,今年麦子长得真好,这时候要割了运走,下一茬,就没有这好收成咯!"老黄摸摸脑袋,望着随风微微起伏的麦浪。

"就你老头子知道!大伙儿不也都在这里盼着?盼了这许久,没黑没白地在这地里翻腾,还不就是为了这一口?再挺上几天,等麦子割了打了场,咱们带着粮食,躲到哪里去都不怕!"

"是啊,咱们天天侍弄庄稼,累得骨断筋折,偏偏城里的大人老爷们想法多,这敌人还不知在哪里,便要毁掉这数百里麦子,他们倒是来种下试试!"谈到花渡的军令,众人又是一通牢骚。

"小福子,小福子?"老黄眯起了眼睛,捉住丁保福的手渐渐握紧,"有麻雀在偷吃麦子啊!你放一箭,把鸟儿们赶跑。"

丁保福悚然一惊，竖起了耳朵。

他自负机警，为何还是没有听到半点动静？

他并不觉得老黄在胡说八道，老黄年轻时，也是敏捷的猎手，论狩猎的经验，能比过他的不多，而论到真刀真枪的厮杀，他更是村里唯一上过战场的那一个。

丁保福从地上拔起那唯一的哨箭，他知道，这哨箭是青旅之间互通消息的暗号，他禁不住向村东方向看了一眼。

也不知怎样，老黄一句话后，他的心慌得厉害，就像每次面对林中猛兽，脊背上自然升起一股寒意来。他的目光掠过眼前这片麦浪翻滚的平原，虽然村里有一队临时拼凑起的乡勇，但对于正规的军队来说，这样的乌合之众根本没有一战之力。

"射吧！"老黄的声音就在耳边。

晚风驱赶着麦浪翻滚，窸窸窣窣的声音不绝于耳，在第一只鸟儿飞起之前，丁保福的手指离开了弓弦。

箭上的竹哨过风，发出了尖利的叫声，远远传了开去。

"他妈的，你在干什么！这箭不能乱放啊！"周老三满脸通红地从地上弹了起来。

然而还没等他回过神来，哨箭飞去的方向，便扑棱棱飞起一群鸟儿来，所有人都看着那些黑色的鸟儿，听到了刺耳的呀呀叫声。

"乌鸦！怎么会有这么多乌鸦？"

老黄一把扣住了丁保福的手，在他耳边哑声道："人不少，别作声。"

在麦浪深处，传来一连串战马的嘶鸣，随后百花村民们目瞪口呆地看着一队士兵从麦田中突然出现，几个农夫的柴刀还

星野乱　173

没握稳当，就已经被急速冲来的战马团团围在了中间。

## 四

这些士兵们身着昂贵的钢甲，腿裙、抹额和缠腿的布料都是深红色，主官的盔缨也是火一样的貂子毛。弓已拉满，面对着雪白闪光的枪尖，众人粗陋的武器便再也握不住，跌落尘土，只把后背紧紧贴在了大树上。

完蛋了，不是青骑！对面的士兵一个个面无表情，此刻舒卷开来的长旗上写着一个大大的"戴"字，丁保福想要松开这没箭的弓，手却完全僵住了。

那马背上的军官抬起了手，纷乱息止，他眯起眼睛，道："你们是不是吴宁边的探子！"

"不、不、不是，我们都是本地的乡民啊！"周老三和董大力平时凶巴巴的，这时候全都哑巴了，把头摇得拨浪鼓儿一般，只有老黄一张四处漏风的嘴，在结结巴巴地解释着。

这不是青骑，在花渡的这几天像一道霹雳闪过脑海，这些日子，这样装束的骑士频繁奔入花渡城。这些人的马从不避人的，那马蹄溅起的石子乱飞，打在城门山，噼啪作响。

大伙听闻这些人哪里来的，保头便一口啐在地上："在四马原也这么嚣张，他妈的赤铁军有什么了不起，要他们帮忙？！"

赤铁军！是了，这是南渚的赤铁军！

徐前下给整个四马原的军令，反复催促麦子要赶快收割，来不及收割的也要全部烧掉。他要防备的究竟是谁？

那军官道："这么说，你们都是本地人？"

几个乡民忙把脑袋点得鸡啄米一般。

他笑了,看着丁保福:"那这弓是哪里来的?"

"这、这跟我们真的没关系。"老黄用手指着村东的方向,吭哧了半天,周老三实在憋得受不了,抢过话头,道:"回大人,村里只有花渡派来的四个兵,人都在百花村的东头布防着呢。"

"哦,原来是这样,"那军官盯着丁保福不放,"你,刚才射出响箭的是你?很机警啊,你是不是斥候?"

"大人,这孩子,是村中的猎户,"老黄赔着笑,"这个,我们大伙都能作证的,喂,小福子,还不快把弓交上去!"

丁保福举起了手中的弓,道:"只有那一支箭,已经放了。"

对面的兵士哄堂大笑起来。

那军官骑着马绕着丁保福走了一圈,终于把目光投向眼前这乱糟糟的一群乡民。

"你们不用害怕,我们是南渚赤铁军,是关声闻将军的下属,军纪最是严明,绝不会骚扰平民百姓的。"他顿了顿,对丁保福说道:"你,过来,手伸出来!"

丁保福不知他要做什么,只好走了过去。

那军官挥了挥手,便走过来一个士兵,从怀里中掏出一锭银来,举着让大伙儿都看了看,放在了丁保福手中。那军官道:"你既然是个猎户,想必对这里很熟,我们初到澜青,正缺一个向导,这银子你收好。"

这举动让乡民炸了锅。虽然这银锭不大,却已经够一个普通乡民的数月生活了,众人不由得都有些眼馋,尤其是周老三,看他眉宇间的神色,是后悔刚才不够积极,错过了如此的好机会。

星野乱 175

"大人，百花溪水不大，但河道枝蔓，实在不好走，我们都是本地人，您这大军，一个向导怎么够，再雇上一个两个也是好的，我也可以！"

"我也行。"

"我也行，我们都愿意。"几个年轻一些的，怕失了机会，都喊了起来。

"好啊，我们先进村，见过你们的里长和守军，只要你们能帮我把全村的人都召集起来，一样有银子！"

"这是小事，小事！"周老三把脖子梗得笔直，拍着胸脯。

倒是董大力在一旁碰了碰丁保福，小声说："他们要把大伙儿全部叫到一起做什么啊？"

丁保福当然也不知道，他还在看着手里的银子发愣。看样子，南渚的军队应该是青骑的友军，但他们平白无故到农人的村庄里来做什么？

"看样子他们还算客气哎！"董大力又用手肘点了点他，"喂，你这银子，今年不愁了吧？啊？"

"花渡的税官也客气啊，少收你一个铜板了没，还不是要吊起来打？"老黄在一旁小声嘀咕。

这里是个小村落，约有五六十户人家，二百来人，大多数都是农人。

从稻田到村口并不远，这一队赤铁军一半是骑手，一半是步弓手，总约有百余人的规模，只走了片刻，晚风便带来了灶上的米香，到了晚饭时分了。

丁保福连吞了几口唾沫，肚子咕噜噜响个不停，一天的奔波，他早就饿了。花渡打桩时候发的半个干馍还在怀里，这时候也不敢拿出来吃。

村里的部分人家已经去花渡送粮了，但还有不少人留了下来，他此刻最担心的，就是迟清溪。不是吴宁边的士兵就还好，他只能在心里暗暗期望，这些赤铁军是友非敌。

为了银子，周老三和董大力格外热情，有问必答，有没有话题也要扯上几句，赤铁军的士兵受不住他们的聒噪，不得不偶尔回上一两句话。但丁保福是个猎人，猎人遇到有利爪尖牙的野兽时，绝不会因为它看似和善而放松警惕。那些士兵杀气腾腾，完全没有和他们聊天的意思，而且，那个花渡的斥候说过，派往百花溪东侧的斥候就没人回来。这到底是什么意思？

他深深吸了一口气，不管眼下这些陌生人怎么客气、阔绰，他们已经带着闪闪发光的兵刃，闯进了本不属于他们的百花村。

到了村口，赤铁军将他们这些人分开两组，周老三、董大力和几个乡民引着兵士向村子外侧绕去，丁保福、老黄和其他人则和大多数兵士一起走上土道。村头那只老白狗远远望见老黄，晃着尾巴，扯开嗓子汪汪地跑了过来。

那军官眉头一皱，道："射！"

丁保福还没来得及说话，旁边一个步弓手的弓弦已响，这一箭距离虽远，但这人用的是枣木长弓，力度足够，准头也佳，白狗被这一箭贯穿腹部，一声哀鸣，翻倒在地，挣扎着想要爬起，然而很快，它的颈部再中一箭，终于倒下，渐渐没有了声响。

丁保福心里很不是滋味，这白狗在村里吃着百家饭，怕也有十几年了，年纪已经大了，腿脚也不好，它常年在村口的梧桐树下晒太阳，不管见了谁来，都会摇起尾巴欢迎，此刻竟不由分说被射死在树下。这些人现在射狗，一会儿会不会射人？

旁边有人连续咳嗽了几声，他回头看去，老黄整个脸都绷起来了。

老头生气了，从小到大，他从没见过老黄生气。

父亲说过，当年大公徐万里应日光王的征调，北上讨伐叛乱的霰雪原，历时三年，辗转大半个八荒神州，那些从百花村走出的兵士，只有老黄安然回乡。和旁人不一样，老黄年轻时候的故事，父亲从不当笑话来讲。

他心下忐忑，摸了摸腰间，硬邦邦的，从不离身的匕首还在。距离有些远了，留守村中的青骑听到自己的响箭了没有？

"别乱摸。"老黄一把抓住他的手，在里面丢了几粒麦籽。蜡熟的麦籽水分很多，嚼起来一股甜香，总算让他心里稍稍安定了一些。

要进村了，谷仓上稀稀落落冒出几个黑影，探头探脑。距离太远，模模糊糊看不清楚是谁，丁保福正要放开嗓子打招呼，那边却嗖地射出一支箭来。这箭力道不足，歪歪扭扭，毫无准头，悄无声息地落入了路边的草丛之中，接着就有一个发抖的声音在高喊："站住！站住！不要过来！"

该死！是张德，他种田的本领是一流的，但是刀都没摸过。看来他们有准备了，如果那个秃头青骑够聪明，现在应该带着大伙儿转身就跑。

"你们是谁！别过来！"

这箭虽然射歪了，但至少表明了抵抗的态度。

不待召唤，赤铁军的钢刀纷纷出鞘，长弓开处，几只利箭破空而去，准确地扎进了张德的身体，他便像个稻草人一般从谷仓上滚落了下来。

丁保福整个身子都僵住了，他妈的，他们杀人！

"杀人啦！"

对面已经乱作一团。再不跑，就没机会了。丁保福矮下身子，趁赤铁军的注意力都在前方，正想拔腿，却被老黄一把拉住，这一犹豫间，已被后面士兵一脚踢中膝弯，扑通一声跌了个狗吃屎。

那军官大踏步走来，俯下身来捏住了他的脸，道："还说你不是斥候？若你那箭只是普通哨箭，他们怎么会知道我们要来这里！"

他的手极其有力，丁保福的下巴几乎被他捏碎了，疼得说不出话来。他抻着脖子，眼看着几个乡民抢出来，想要拖回受伤的张德，却一个一个都被利箭射倒在地。接下来，一些七零八落的箭矢也从村子里的土墙后射来，只是和赤铁军的长弓相比，既无力量，又无准头。百多人站在这里，那些箭矢连个衣裳角都没擦到。

"步弓手压住！骑兵准备！"那军官把手一松，丁保福的头重重磕在地上，眼前的金星还没散去，又挨了那军官重重一脚。

那军官穿着坚硬的皮靴，这一脚正踢在丁保福的眉骨，他头嗡的一声，眼前立即白茫茫一片，眼前的一切全都消失无踪。这一脚踢得着实不轻，他嗓子发痒，咳了一声，发现嘴里咸咸的，不知什么时候口中满是鲜血，鼻子中也流出两行，滴滴答答落在地上。

星野乱　179

## 五

难道要死了么？他心中茫然，小时候和父亲一起打猎，父亲说过，受了皮外伤固然危险，但还有复原的希望，若是伤了脏腑，却最是致命。此刻他眉骨破裂，口鼻中却毫无来由地涌出鲜血，不由得身上阵阵发凉。

一瞬间的眩晕好像有一天那么久，等眼前的影子渐渐重新出现，赤铁军的骑兵们已经拔刀在手，准备冲击了。这一刻的丁保福，脑子里全都是迟清溪的样子，他使出全身气力往前一扑，用右手抓住那军官的靴子，喊道："大人，村子里没有兵！"

那军官低头看了他一眼，哼了一声，把手里正准备上弓的一支箭掼了下来，噗地透过他的掌心，把他的右手钉在了地上。丁保福从未有过这样剧烈的疼痛，浑身抽成了一团，用左手握着右手腕，大声喊叫了起来。

"大人，"老黄在一旁口齿不清地说，"麦子，麦子！"他说得急了，有些喘不上气来。

那军官眉头一皱，道："你说什么？什么麦子？麦子怎么了？"

老黄回头，指着身后那广袤无垠的麦地，道："头还是青的，很快就会都熟了！村里的人不多了，都死了，麦子没人割！"

那军官一愣，看了看连成片的无边无际的麦田，略一思忖，道："给我围死！没有我的命令不要杀！但也一个都不许放跑！要快！不能让吴宁边抢先！快！"

士兵们山呼海啸地答应着，马匹箭一般地冲了出去。

没人再搭理被钉在地上的丁保福，老黄慢慢挪到他的身旁,小声道:"忍着点儿。"

说着,他伸手用力,把那插入泥土的箭拔了起来。

"啊。"丁保福紧咬着牙、满头大汗,利箭穿过手掌,稍稍移动都痛得钻心。

"刀拿出来。"

丁保福勉强跪起,左手忍痛在腰间摸索,还没等他摸到,老黄那柔软瘦长的手已经从他腰间拔出了匕首。只见他捏住箭杆,飞快地用匕首在木杆上转了一圈,然后握住箭尾一抖,这箭杆便咯的一声从中折断。老黄把匕首探入断木的纹理,用力削上几次,所有碎木和分叉便都被削掉。

"看前面。"他低声说。

丁保福茫然抬头,看着赤铁军的马蹄翻起泥土和草皮,冲进村子,接着便是一连串的惨叫和惊呼。他的眼皮肿胀了起来,像有千斤沉重,胸中像塞了一块大石,总想呕吐,就在这时,老黄用手拍打他的脸颊,他刚刚张开嘴,口中马上被塞入了一块粗糙的麻布。

"咬着。"老黄言简意赅。

他刚刚合上牙齿,右手掌心就是一阵剧痛,像一把钢锯劈开骨肉,紧接着便是凉丝丝的风。他紧紧咬着老黄塞进他嘴里的衣襟,缓缓抬起右手,那支利箭已经被拔出,他的掌心多了一个血肉模糊的窟窿。

老黄把肩膀顶在他的腋窝下,拉起他的左臂,右手攀住他的腰间,用尽全身力气拽着他。

"用力站起来!"

丁保福满嘴血沫,把牙齿咬得咯咯作响,他只感觉双腿像灌满了棉絮，一丁点儿气力也使不上，可是老黄的肩膀好像有无穷无尽的力量，老黄简直不像一个六十多岁的老人，生生把他顶了起来。

扶人的人和被扶的人刚好调换了过来，他们缓慢地挪动着，赤铁军已经冲进了村子，一处、两处，村子里冒出了滚滚的黑烟。

希望迟清溪没事，她留给他的温度还没有散去。

老黄的手有力地托着他，丁保福感到腾云驾雾一般。

"真是的，老了老了，也不得安生！"

老黄嘟嘟囔囔，嘴里依旧含混不清。

战斗只象征性地进行了一刻，马上就告结束。农夫们还没等到骑兵冲过谷仓就一哄而散，四个青骑士兵，只剩下一个元秃头，当他发现身边所有人都在四散奔逃，也只好放下了手中的刀。

这些赤铁毕竟是真刀真枪淬出来的，跑得快的农夫都被箭矢穿在了地上，余下的人也就只好老实认命，被两面包抄的士兵带回村子中央。

面对装备齐整的士兵，农人们都不自觉地缩起了脖子，身子也佝偻起来，没有麦子的打谷场空空荡荡的。

那三个跑了的青骑也被捆了回来，按倒在地上。

老黄扶着丁保福，周老三和董大力脸色苍白，他们四个人站在赤铁军一边。面对着依旧留在村里的百十号人，显得十分尴尬。

太阳依旧很大，晒得每个人都汗津津的。对面的乡民们大都低着头，但他们的目光充满了畏缩和愤恨。

他们害怕这些全副武装的士兵，但是把愤恨的目光投向了这几个带路的村里人。

董大力一脸惶惑，他嘴巴已经肿了起来，适才他一个劲地絮絮叨叨，这些官爷真不是来抓人，误会了，大家都误会了！结果被赤铁军的士兵听见，兜头就给了他几个大嘴巴，打得他满口鲜血，牙齿松动，再也不敢说话了。

周老三则一直看着地面，不知道在想些什么。乡民们的眼神，一样在他身上穿出了无数窟窿。

只有丁保福和老黄处境稍好，众人都看到浑身是血的小福子是被老黄拖回来的，看样子小福子是好人，还反抗过，这才是真的没办法啊！

黑铁塔一般的元秃头被捆成了一个粽子，此刻与其他三名青骑一起，就跪在人群和赤铁军中间。

"要杀就杀！先报上你的名字！哥哥我死了好去找你！"元秃头脸上同样高高肿了起来，显然也没少挨大巴掌。

"你叫什么名字？"那军官脸上的法令纹更深了。

元秃头对那军官怒目而视，大声道："我叫元振家，是花渡行营徐前大将军帐下青骑都尉！"

丁保福一愣，这人看起来个性憨直，要不也不会傻乎乎听从命令在这里坚守，但看服色，不过是个什长，此刻倒是自己给自己升了官。

那军官点了点头，道："好，我是南渚赤铁军副帅关声闻将军麾下，飞鱼营校尉戴承宗。"他背着手来回踱了两步。"怎么说呢，我们是友军，你既然是个军官，且说说徐大将军的部署吧。"

元秃头往地上啐了一口带血的唾沫,道:"姓戴的,我已经知道你的名字了,等着老子变成鬼去找你!"

戴承宗有些意外,嘴角露出一丝笑意,旁边一个士兵长刀出鞘,抵在了元秃头的后颈上。

"不忙。"戴承宗抬起一根手指,先在额头上抹了抹,然后伸出去从对面这群百姓面前划过,绕回到这几个青骑士兵身上,对着元秃头边上的那个比画了一下,道:"把他杀了!"

"别杀我!别杀我!我什么都告诉你们……别杀我!"

两个赤铁军充耳不闻,上前把他按在地上,一刀插进背心,这士兵身子抽搐了一下,嘴里再没有了声响。场上一片寂静,他张着嘴,眼珠渐渐变得灰白,一副不可理喻的蠢样子,血从那毫无生气的躯体下流了出来,慢慢聚成一摊。

"干什么!"元秃头猛地一挣,从地上弹了起来,大叫,"你们这帮狗娘养的!怎么回事!怎么回事!"

戴承宗并不说话,又伸出手指,在众人面前游走一圈,回身却命人拉出了周老三和董大力。等这二人被拖出人群,他命士兵把刀交到他们手里,指着剩下两个青骑道:"你们两个,去杀了他们!"

董大力拿着刀的手一直在抖个不停,眼泪和鼻涕流了一脸,道:"大人,大人,这是怎么回事,这不行啊。"他正在那边磨叨,周老三却半张着嘴,脸上肌肉抽搐着,大步走上前去,揪起士兵,把他一刀穿胸而过,在惨叫声中,他又缓缓把刀抽了出来,鲜血便喷了他一脸,他大口喘着气,用手囫囵抹了抹脸上的鲜血,走了回来,把刀还给了身旁的士兵。

众人都被眼前的一幕惊呆了,戴承宗道:"做得好!"

周老三面色狰狞,眼睛看着远处,站得笔直,不知道心里在想些什么。

董大力见周老三毫不犹豫地杀了人,马上崩溃,那刀再也握持不住,当地掉在了地上。戴承宗招招手,便有士兵上来把他和那名青骑士兵一起砍死当场。

这边元秃头张大了嘴巴,转眼之间,四人横死当场,他被惊得目瞪口呆,竟是一句话也说不出来。

## 六

"元都尉,且说说徐大将军的部署吧,我这个人,没什么耐心。"戴承宗在众人面前走来走去。

"徐、徐将军下令,坚壁清野!"元秃头的嗓音有些嘶哑,"凡花渡行营属地麦田,一律提前收割,运回花渡,无法及时收割的,全部焚毁。"

"哦,你们也知道我南渚大军北上了吧?不知道徐将军是否有所布置啊?"

"徐将军说,不管是吴宁边,还是南渚,夏稻不能留下一粒!"

"那,为何你们给我们留下这许多啊?"戴承宗望向村外,仿佛那随风起伏的无边麦浪已被他尽收囊中。

"麦子、麦子就要熟了,早割下来,舍不得!"五大三粗的元秃头竟然哭出声来。

戴承宗点点头,转过身来,朗声道:"大家忙了一年,都辛苦了,粮食啊,什么时候都是好东西。只是当下战事十万火急,我们奉命北上,也是军令所系,迫不得已。只有再辛苦大家，把附近的麦子全部抢割下来，即刻送走，我们呢，会代为晾晒。这样吧，就给大家一夜时间。每人定量两石，到黎明时分，凡是能够凑足此数的，就可以返回花渡。"

"可是，麦子还没熟啊。"人群中，有人嘀咕了一句。

戴承宗绷着脸，充耳不闻，道："天明之前，还没收上来的麦子，就一把火全都烧了吧！"

再没有人说多余的话。

"你，"戴承宗指着周老三，"负责监督大家抢收麦子，少了一个人，要你一根手指。"

兵士们不用多说话，众人纷纷跑了起来，抢得一刻是一刻，两石麦子！简直是开玩笑！但是这些士兵无比凶恶，收不上来，又未免死路一条。

这边元秃头已经崩溃，便如刚才的董大力一般，鼻涕眼泪流了满脸。

戴承宗却走了过去，弯下腰割断捆着他的绳子，把他拉了起来，还拍了拍他的后背。

"元大人，你这是做什么！唉，不要怪我心黑手狠，要我说，贵方徐大人的心，也实在是太软了。"

此时士兵和乡民都已四散开去，反而没人来留意衰弱的老黄和受伤的丁保福。丁保福走不动，两人便躲到一边，继续看戴承宗表演。

"徐大人爱民如子！"元秃头抹去眼泪，两眼都是血丝。

"元都尉，不是我说他的坏话，把这样金灿灿的粮食留下来，给远道而来的敌人，不就跟把自己的脑袋往刀下伸是一样的么？哎，我们一路北上，看着这一路的麦田渐渐变成金色，若是徐大人不知道吴宁边即将西进也就罢了，既然知道大战迫在眉睫，还在四马原留下这许多粮食，你说说，这不应该啊！"

"你！你们！吴宁边的影子还没见到，你就先杀了这许多人！"元秃头双拳紧握。

戴承宗却哈哈一笑，道："我们是澜青的朋友，不是敌人，但是这个消息，越少人知道越好！元大人，你还是没有搞清楚利害关系，如若徐大人令行禁止、军法严明，这些粮食岂不是应该在几天前就已送到花渡，归仓入库了？我们又怎么会在这小村子见到各位呢？想必是百姓们不愿意遵命行事，而爱民如子的诸位，也不好勉强，是吧？"

他这一番话说得元秃头满脸通红，不知道如何作答。

村子里每个人都清楚，里长嚷嚷着大家尽快割了麦子撤到花渡，起码也有十来天了，但是大家都拖着不动，总想着战争没有那么快来到，然而就算是真的来到了，和平民百姓又有什么关系？麦子马上熟了，现在割了，岂不可惜？

戴承宗还在缓缓踱步："风景好呀，好风景，百花溪是个好地方啊。这也不怪你们，八荒处处都是一样的，扶木原上，几十年未见刀兵，大官小吏也是生出许多毛病。若是不兵荒马乱一场，早晚会腐烂垮塌吧。"

"哎，我也想做一个太平将军，搏些宽仁的美誉。我也不想杀人立威，"他走回元秃头身边，"只是，如果不死人，这百十号百姓又怎么会出了死力，去为我们抢割麦子呢？你说对不对？"

丁保福愣住了，戴承宗的话仔细听不无道理，只是个中冷漠却让人浑身发凉。

"打仗嘛，总是要死人的，不过眼下，麦子更重要些，这些

星野乱　187

百姓，在我手下还有活路，万一落到吴宁边的暴匪手里，那就一个都活不了了。你没听说么？有大批的乌鸦一路跟着浮明焰的花虎么？"他又放低了声音，小声道，"听说呀，浮明焰最喜欢用人的头盖骨来装酒，而李精诚喜欢用人的腿骨做笛子，现在啊，商城已经只剩下满城白骨了！"

"哎，你们徐大将军，就是不知道我赤研大公的一片苦心啊！"

想说的都已说完，他转身离去，元秃头已经听不到他的感慨了，他被旁边的赤铁军抹了脖子。

一片昏沉中，老黄把丁保福拖回了家中，天慢慢黑透了，第一支火把燃起之前，他已沉沉睡去。

一觉醒来，已是星斗漫天。

他晃了晃昏昏沉沉的脑袋，挣扎着起身，觉得身上似乎轻快了些，他的右手已经被捆扎妥当，透出一股草药的苦味，依然火烧一般疼痛。

屋子里无灯无烛，老黄一个人坐在门口的柴禾堆上，嘴里嚼着白天从地里薅下的麦粒。

"黄叔！"丁保福挪了过来，"现在怎么办？"

老黄从口袋里掏出干馍，抛给丁保福，道："你的馍，我吃了一半，不敢生火，将就着吃点吧。"

丁保福接过干馍，嘴里的咸腥还没有退去，他咳了几口，又吐出些凝固的血块。

从正午到现在，他过得做梦一般，根本感觉不到饥饿，此刻这又冷又硬的馍馍放在手中，胃里忽然翻江倒海起来。他又干呕了好一阵子，终于闻到了粮食的香气，三口两口把那干馍塞了满嘴。

"再喝点，"老黄指着床头的大瓷碗，里面黄澄澄的，是村中的粗劣麦酒，"觉得自己不行的话，就多喝点，一会儿还要做事情。"

丁保福感觉到身体像一个空空的皮囊，什么都能装得下去，吃了馍，又把碗中的酒喝了个干净，还意犹未尽。村酒辛辣，像在体内燃了一条火线，他整个人都燥热了起来。他略有了些精神，才想起老黄说的话来，道："黄叔，你刚才说要做事情，做什么？"

老黄把手中的麦粒都丢进嘴里，拍打着双手，站了起来。夜色已深，这是一个没有月亮的夜晚，只有一颗不知什么时候出现在天际的暗红星晨，在火一样燃烧。

老黄慢慢走近，丁保福才蓦然发现，他的身上黑黝黝的，穿着一身皮甲，他本来枯瘦的身子在这紧身甲胄的包围下，竟然显得颇为英挺，他的腰上挂着一把方头长刀，玄色刀壳上嵌着红色的条纹，背后还有一把长弓。

"黄叔，您这是？"

虽说有过一些模糊的传说，但从丁保福记事开始，老黄就一天赶一天地老去了。在村里，鳏夫老黄从来都好脾气，而眼前这个人，一头花白的头发用青巾扎在脑后，长长的胡子也已经削短，平日略显混浊的眼中发出锐利的光芒，每走一步，身上刀甲摩擦，便会发出细微的哗啦声响，怎么看，也和那个窝囊的农夫老黄扯不上关系。

"你吸一口气，看看有没有气息不通和隐隐作痛的部位。"

丁保福如言深深吸了一口气："没有。"

星野乱

"好，"老黄举起双手，转了个圈儿，道，"看看怎么样，三十六年前，我打着一身补丁去花渡投军，三年后，就是穿着它回到了这里。"

"好极了。"他惊讶得不知道说些什么好。

老黄咧嘴，露出一口黄牙："这么多年，都锈了，好歹还能穿。"

"黄叔，我知道你在想什么，他们人太多，我们这样，会不会害了整个村子？不是明天傍晚，他们就可以走了么？那个姓戴的说的。"

"那是和我们这些乡巴佬开玩笑的。大军远征，粮食就是武器，乡民就是兵源，外来的军队，死伤的士兵没法补充，捉来的百姓，便是最好的肉盾。"他叹了一口气。"眼下还没开战，就算他们不需要新丁，也不会把我们留给吴宁边的。"

丁保福咬着牙，慢慢伸缩着他的伤手："村民都死了，就没人给他们运粮了。"

"他们这一队，是前探打游击的轻骑，另有专门负责粮草的辎兵还没到，现在他们远离大营，还需要我们，再过上几天，现在的劳力，就会变成包袱了。"

他整了整身上的皮甲，道："现在，我去杀了那个姓戴的，你去找周老三，领着大家逃吧。"

"我也去！"

# 七

"这些兵上过战场，难搞得很，不出点意外，我们一点机会都没有。总要有人来把局面搞乱,你不懂这个。"

"我了解野兽,懂得如何狩猎。"丁保福咬着牙。

"比起这些人,野兽也算可爱了。你是个毛头小子,我已经这么老了。我现在只想死在这里,一步也不想多走了。"老黄叹了口气。"吴宁边的军队也好,南渚的赤铁军也罢,打起来之后,死的都是小民。战场上杀起人来,更没有什么对错,现在不跑,就是傻!"

"我不走!"

"好,"老黄点头,道,"人若还在,有个念想,一会儿乱起来,你就去找迟家那个小姑娘吧。"

丁保福心中一紧,道:"先杀了他们,我会去的!"

老黄摇头道:"这么不省心,你这身装扮,一刻也撑不过去的。"

"我也有甲!"

丁保福几乎是跳下了床。咬着牙从床下把迟清溪送给他的大箱子拖了出来。

这箱子年头甚久,但机栝还灵活,星光微弱,映出了箱子中那沉默的甲胄。

"啊!"老黄伸出手去,把那套甲反复摩挲了好几遍,露出一脸不可思议的神色,"这样好的铠甲,你哪里得到的?"

"迟家的!"

"这,是日光城的精甲啊!"老黄拎起箱中的青色鳞甲,抖了几抖,铠甲沉默着,没有发出半点声响。

"能穿!"老黄抚摸着上面的锈迹,"你看,这里本该是护心镜,为何用这黑家伙?你来看,这是个虎头吗?"

星野乱　191

老黄像个好奇的小孩把这甲翻来覆去地看。

丁保福凑上前去,那圆护的金属爬满了花纹,果然依稀勾勒出了一个斑斓的虎头形状。

老黄歪着头又看了半天,还是不能分辨,道:"总是好甲胄,穿上就是了。"

丁保福此刻满脑子都是迟清溪的身影,也顾不上什么好甲胄坏甲胄,他第一次穿甲,还多亏了老黄,费了半天气力,才把这套略显沉重的铠甲紧紧套在了身上。

"没见过,没见过,这上面到处是可以调节的关窍。"

"是吗?"丁保福左右动动,感到这甲胄妥帖异常。

按老黄的话说,这是具装甲,整个身子都在甲具的防护之下。丁保福各个部位都被这甲胄依次收紧,整个人不由自主地挺了起来,灵台清明,呼吸顺畅,进入一种极其敏感的状态。他受伤的右手似乎也不那么疼了。

没有理由再耽搁了,老黄抽紧了甲胄的最后一根皮绳,两个人在漫天星光下潜出门去。

赤铁军的火把断断续续,连成一道长龙,好像整个百花村都被点燃了。在灯火的最通明处,大概就是这一支赤铁的机要了。

丁保福清楚,戴承宗的生死才是关键,此刻,还是先跟着老黄摸到了村里祠堂。

离着祠堂还有十几丈的距离,前方已经是火光闪烁,火把把这一条街巷照得灯火通明。远远的,他们见一名将官模样的人,正在和戴承宗争执着什么。

这村子他们再熟不过,从临近院中穿过附近的空宅,便贴近了祠堂的院墙，两个人缓缓蹲在墙角，抬头便可看到空中烈烈飘扬的旗帜。这一次，长旗上多了两个火红的大字："赤研"。

"星驰将军，我们已经尽了最大的努力了，你也看到了，这方圆数十里的村落，连士兵都跑得干干净净，我们想说话都找不到人啊！况且，这满地的粮食，如果不处理，落在浮明焰和李精诚的手里，就算棕熊切断了他们的粮道，又有什么意义？将军如果拿这个来指责我们，那就恕戴某无理了！"

丁保福从柴草的缝隙中望出去，见戴承宗对面一个赤甲的将领脸色铁青，正用手指轻轻叩击他的刀鞘。

"找不到人？那几个青骑士兵是谁杀的？征粮是缁兵营的事，你们飞鱼营游骑兵跑这么远做什么？还有，赤铁和中军主力正在百花溪西侧布口袋，关声闻的命令是让你们清场，而不是让你们一路烧杀淫掠，还从渡溪跑到这里！如果你们在此处和吴宁边前锋相遇，怎么办？！破坏了大军部署，你该当何罪！"

"中军主力？野熊兵也配？！我们早就知道，不管再怎样努力，就算把脑袋别到裤腰带上，星驰将军对我们也是不满意的！"戴承宗同样一脸愤怒，显然对那人的说法并不认同。

"放肆！以为我不知道！你们趁着花渡兵力薄弱，和野熊兵在四马原竞相抢粮，你忘了我是谁？！就算今天关声闻在这儿，你们的所作所为，也没处解释！"这青年抬手，啪地给了戴承宗一个响亮的耳光，"如果不是大战将起、用人之际，我今天就应该把你斩杀当场！"

戴承宗踉跄了几步，几乎跌倒，咬牙切齿道："我们不争不抢，饿死吗！另外，不用麻烦你，只消关将军一句话，我立刻拔刀自行了断！但是你今天在这里如何公报私仇，滥用兵权，扰乱军心，会通过千千万万士兵之口，传遍整个南渚！"

他的声音越来越高，在夜空中远远传了开去。

"你！"那男子强压住怒火，道，"好，你们就这样折腾！军饷粮草上克扣野熊兵的也就罢了，知不知道，如今这四马原上的百姓，见到赤铁军都跟见到魔鬼一般？！你在前面恣意狂奔，知不知道在后面，野熊兵和龟甲营已经动了刀子了！如果百花溪一战不能速战速决，拉锯起来，你们这烧杀奸淫会带来什么样的后果？想过没有？！"

"哼，野熊兵一群乌合之众，凭什么和我们争抢。倒是将军你够义气，替我们争了个前锋。前锋意味着什么，你不知道？现在是我们要冲锋陷阵，还不能提前享受一下吗？！我只知道我飞鱼营这样做，第一，不会给吴宁边留下兵源和粮食！第二，会坚定我们是他们盟友的错觉！再说，死一些澜青的贱民有什么要紧！就算在南渚，我也照杀！"

"你！"

"徐前自己的兵都撤了，我们凭什么流自己的血，来保护这些乡巴佬！吴宁边的人大家都见过，说实话，一旦开战，我不知道我们能有几个活着回来！刀都架到兄弟们脖子上了，脑袋都给大将军你拎在手里了，大家享受几个乡野农妇，算什么罪过？！"

戴承宗的眼睛闪亮，手也紧紧捏住刀柄。

火把燃烧，灰色的飞沫飘飞在夜空中，那青年将军胸口起伏，显然是愤怒已极。

过了好一会儿，他终于还是翻身上马，道："浮明焰和李精诚随时可能来到，你们好自为之。这一点粮食，和李侯精心布置的战局相比较，你也该知道孰轻孰重，出了意外，谁都保不了你。"

戴承宗则半跪行礼，道："恭送赤研星驰大将军！"他把声音有意拉长，倒是没有半点恭敬的意思。

"嚯，脾气都够大的！"老黄摇了摇头，道，"刀拿好吧。"

丁保福双手都惯于用刀，眼下把刀换到左手，把随甲得来的小盾装在了右腕之上。

"你，"老黄舔了舔干裂的嘴唇，观察着士兵的动向，"一会儿我绕到祠堂后面，先攻击守卫，等他们乱起来，你再出去，先放火，再取人。"

丁保福点了点头。

老黄略一停顿，又道："两个人终究是成不了气候的，把他们搞乱，我们就算达到目的。从这一刻起，你我就是吴宁边的斥候，先一步来到百花村，大军在后。明白了么？"

"吴宁边斥候？"丁保愣了一下。

"你没听到刚才那人说吗？他们现在最怕的，是和吴宁边的人兜头相遇。这乌漆墨黑的，他们相信就好！等火烧起来，我们的机会就来了。"他擎刀在手，道，"你还能不能放箭？"

"可以！"丁保福举起剧痛的右手，甩了甩。

老黄叹了一口气，道："算了，我去引开他们的注意力，你能跑多远就跑多远。村里人，能带走几个固然好，如果不行，你就自己逃吧！"

他不再给丁保福说话的机会，从背后抽出准备好的火箭，猫下腰，消失在街道的暗影中。

丁保福也摸了摸身上箭支，这是早就准备好的，箭头的麻布浸了猪油，只怕烧不起来。

只过了片刻，第一支火箭划破了黑暗，祠堂后身的烈火熊熊燃烧起来。

街面上的十几个兵士立即纷纷出刀，呼喝道："有人偷袭！"正惊疑不定之间，"啊"的一声，一名士兵被一箭封喉。

已经走远的戴承宗匆忙转身，一脸惊愕。

"怎么回事，是谁？为什么斥候没有回报？！"

黑暗中，火箭一支一支射将出来，每次的发出位置都不一样，忽高忽低。老黄的箭十分精准，目标只有两个，或者是手持火把的士兵，或是四散的柴堆草垛。七八支火箭射出去后，赤铁军的队形已经大乱，四处火焰熊熊。

"找到了，在这边！"一个赤铁军狂喊，人们向老祠堂后面包抄而去。

## 八

一个赤铁军浑身着火，惨叫着推开柴门，轰地倒在门内，他在地上滚来滚去，把整个院子都引燃了。

"他娘的！"不能再迟疑了。

火光映红了丁保福的脸，他闭上了眼睛，深深地吸一口气，翻身跃出了矮墙。

和千百个等待猎物的孤独时刻一样，他压低了身子，在街巷黑暗的角落里快速奔跑着，父亲的话又在耳边响起："捕获猎物，第一要紧的，是耐心。只有找出猎物的弱点后，才能战胜它！"他抹了一把脸上的汗水，随着呼吸不断晃动的街道终于慢慢平稳了下来。老黄说得没错，这些游离于主力之外的南渚赤铁，最紧张的就是吴宁边的军队突然掩杀过来。

既然他们点亮了火把，那他们最害怕的就是黑暗。

他咬咬牙，悄悄来到正在向前探头探脑的一个士兵身后，一刀割断了他的双脚脚踝。他不要这个士兵悄无声息地死去，他需要凄厉的惨叫和这惨叫中夹杂的无尽恐惧。

那个士兵惨号着倒下，在他转过身来之前，丁保福刚刚好可以说出那句"吴宁边问戴将军好"，他对那戴承宗无比愤恨，这句话说出来真是声色俱厉。

"斥候，吴宁边的斥候进了村子！"士兵的长号引得赤铁们纷纷侧目，更多人围过来了。丁保福拿出在山中狩猎的全部本领，飞快地奔跑着，点燃他能接触到的一切。

火光、惨嚎和吴宁边大军来到的消息迅速在赤铁军中蔓延，戴承宗从火星纷飞的街巷中奔出，却只是不断地转换着马头的方向。一声尖锐的呼哨划破了夜空。是老黄，为了吸引赤铁军的注意，他放了响箭！

丁保福看到越来越多的士兵潮水般向响箭射来的方向围了过去。

"在这里！在这里！快！"

又是一只响箭破空而起。

"来！"老黄牙齿漏风，这一声喊叫照例有些含混，却撕心裂肺。

汗水流到眉骨的伤口中，一阵阵跳跃的刺痛，不知道是不是错觉，远方隐隐传来沉闷的鼓点，大地也跟着微微震颤起来。他来不及细想，汗水和赤铁军喷溅的鲜血一起迷住了他的眼睛，他飞速地奔跑、再奔跑，每次出刀，都有一个赤铁军倒下，四面火光中，似乎没有人注意他的存在。

很快，麦田方向也传来了惨叫和呐喊。

"杀掉！都杀掉！撤退！"戴承宗喊了起来。

丁保福心头一紧，偷袭了六七个士兵，他已把浑身的气力全都用尽，持刀的手也抖个不停。如果不是有这一身甲胄，他已经死了好几回。当那些士兵发现他们的刀被这黑黝黝的盔甲咬死的时候，都会极度惊诧，生命之于利刃，差的，也仅仅是这么一瞬间。

"踏破长河！"老黄的呼喊嘶哑又混沌。

长夜幽暗，这是，老黄留下的最后一句话。

"踏破长河吗？"

"嗯，当年我们一起在霰雪原，旧吴那些兵们战前总要这样喊。后来，扬叶雨他们也是喊着这句口号，灭了旧吴的。"老黄咧嘴，"一会儿我喊起这个的时候，代表我没救了，你再不跑就没机会了。"

"带着他们走，能走一个是一个，但一定先救自己！"老黄言犹在耳。

丁保福抹去眼中的泪水，默默在心中也低低和了一句："踏破长河！"

他咬紧牙关，拼尽全身的气力站了起来，脚步踉跄。

就算救不了自己，他也要救下一个人！

汗水泪水和血迹都流进了眼里，迟清溪的小屋越来越近了。远远的，一个士兵正狼狈地拉扯着自己的衣服，而他的身下，一个瘦小的身影正死抓着他的衣物不放。

他不知道哪里来的气力，浑然忘记了右手的疼痛，搭箭开弓。

猎户的箭画出了一道漂亮的弧线，准确地贯入了猎物的身体，那个赤铁军被钉在了木篱笆上。然而，为什么这样安静？并没有他急切盼望的惊恐的叫声，难道？他不敢想下去。

直到飞奔进去，一脚蹬开那士兵，他才发现，尸体下压着的，是迟清溪的哑巴小妹，缩在角落里瑟瑟发抖。

"你姐姐呢？"他一时着急，忘了她是个哑巴，晃着她的肩膀。她和平日一样，只能发出啊啊的声响，指着茅屋张大了嘴巴。

火焰烧得正旺，丁保福心急如焚，不顾烟雾缭绕，飞起一脚踢开房门，便冲了进去。

眼前的一切让他的心直接坠到了无底深渊。

昨天还整洁干净的室内如今一片狼藉，四壁的墙上都是喷溅出的斑斑血迹，没有人。"清溪姐！迟清溪！"他的声音变得十分怪异。没有人回应他，只有火焰在哗哗剥剥地燃烧。

他伸出颤抖的手，推开了那扇通向里间的小门。浓重的血腥气湮没了他，墙角，昔日的迟公子依然坐在那里，只是不再发出嗬嗬的声响，他双目圆睁，一把匕首插在他的口中，把他钉在了墙上。而迟清溪则以别扭的姿势仰面躺在榻上。

他不敢伸手去触碰她，她身上带着鞭痕，脸上写着惊恐与痛苦，嘴角被咬破了，缺了一块皮肉，平日里一头乌亮的长发被扯落得四处都是，和着血迹粘在竹榻上，喉头一道深深的伤口，死亡带走了她温暖的笑容。

星野乱　199

丁保福的泪水夺眶而出，颓然跪倒在地，受伤的右手慢慢攥成了拳头。

时间仿佛有一万年那么久，他终于站起身来，抬起还能活动的左手，从她的面上拂过，合上了她灰白的眼睛。

是我害了她，如果我和老黄不傻到突袭赤铁军，他们就不会撤退，不撤退，就不会在撤退前杀人！

是我害了她！他哭得很大声。

屋顶的茅草正在猛烈燃烧，灰烬和火星缓缓飘落，燃烧的梁柱无法支撑墙壁，这间简陋的房屋发出一连串咯吱声响。

他咬着嘴唇，咬出血来。他试着抱起迟清溪，但是右臂无法用力，他接连试了几次，都不能成功，每试一次，都要大喊一声："你快起来。"直到最后气力用尽，喉咙沙哑。

火苗闪烁，血色的炙热在遥遥舔舐着他的脸，像小时候家里养的猎狗的舌头，他感到一股久违的温暖。活了这么久，也不知究竟有什么好，他想要的，不过是这个少女的开心笑容，要听她在溪畔洗衣时和女伴戏水发出的尖叫，要看她灵巧的双手在蒜紫草上飞舞的爽利，要感受她汗津津却带着香气的温暖怀抱。

这个漂亮又善解人意的姑娘正在火焰中融化，变成一个透明的影子，注视着他，抹去他的汗水和泪滴。他感到了前所未有的疲累。

"你不走，我也不走了。"他颓然坐下，真的不想再动弹了。

然而遥远的地方传来了微弱的啊啊声响和马儿的嘶鸣，他勉强睁开了眼睛。是，还有人在召唤他么？是老黄？声音就在火焰的帘幕外响起："有人吗！快回答！"这声音浑厚，十分年轻。

"死没死？能不能吭个声?！"外面传来一连串的咳嗽声。丁保福抬头，一簇簇火苗滴落，这房子马上要烧落架了。啊啊的声音再次响起，外面的声音粗暴地说，"别啊啊了，我看八成死了，我要出来了啊！"

一团微弱的火花在丁保福的眼前爆开，是她的声音，是迟清溪的小妹，那个哑巴的瘦小的姑娘。

房梁轰然落下，被桌子挡住，离丁保福的额头只有一寸的距离。

他看着迟清溪已经渐渐被火焰拢起的身子，喃喃自语："是你不让我死么？是你要我照顾她？"火光闪烁，迟清溪的脸上一明一暗，仿佛在微微点头，丁保福的泪水再一次模糊了双眼。

他终于松开了扯着她的手，他的指尖离开了迟清溪的指尖，还带着她的最后一点温度，他用尽全力向外爬，一寸寸地，燃烧的火星落在他的身上，他忽然喊了起来："我在这里！"

太微弱了，这样的喊叫，甚至比不过木料燃烧时哗哗剥剥的声响。他咬着牙把手伸了出去，这是最后的努力。

他不知道这个动作持续了多长时间，也许只有短短的一瞬，也许，他已经这样举了好多年。总之有人一把捉住了他的手腕，把他拉了出去，丁保福感觉自己的身体轻飘飘的，像一片叶子，很快，他呼吸到了夜晚清冽的空气。

一只柔软冰凉的手抚摸在他的脸上，他开始剧烈地咳嗽。

铿的一声，是刀出鞘的声音，雪白的刀尖指着他的眼睛，一个大约十五六岁年纪的少年尘灰满面，还来不及扑灭身上的火星，正一脸疑惑地看着他。

瘦弱的女孩伸出手，去握那刀尖，少年慌忙收刀。

"这是怎么回事?"火光在他的脸上闪烁不定,"这人不是乡民!"

那少年身后,正是那和戴承宗争执的青年将领,他的甲胄在火光的映衬下,散发着赤色的流光。

"这不是吴宁边的装束,"他皱起眉头,上下打量着丁保福,"你这身盔甲哪里来的?"

丁保福擦擦被汗水和泪水弄得模糊的双眼,这个男人的大氅正披在迟花影身上。

他说不出话,一直在咳个不停,好像要把整个腑脏都吐出来。

"你叫什么名字?"那个将领策马走近,递出了自己的马鞭,丁保福却紧紧握上了拳头。

他眼神空洞无物,今天开始,那个叫作丁保福的单纯少年已经死了。

"左手,我叫左手!"他几乎有点咬牙切齿。

"左手?"马上人微微蹙眉,"好奇怪的名字。"

"听着,我不知道这里发生了什么,也不知道她,"他指了指女孩,"又是你的什么人。"

"可以确定的是,这村子已经没有了。也许若干年后,它会重新出现在百花溪畔,但现在,它没有了。吴宁边的铁蹄马上就会如老农的锄头一般,把它再次翻上一遍。"他望着远处无边无际的黑暗,那敲动大地的鼓点越来越响了。

"不管你经受了什么,你最好习惯它。"他的战马不安地嘶鸣着。

夜风呼啸,麦子燃烧起来,有一股焦煳的香气,刀子一般插到人们的心里。

## 第六章 重围

浮明焰伸出他那厚实宽大的手掌，拍了拍甲卓航的肩膀，道："慈不掌兵！五万人的性命就在你肩上。不要让我失望！"这一刻，这个凶悍的将领忽然变成了一个疲惫的老人。他缓缓走向中军大帐，在猛烈的夜风中，那些厚厚覆盖的油布和毛皮，抖得像单薄的纸片。甲卓航暗自咬紧牙关，一股热流涌上了他的眼眶。

# 一

当花虎骑兵踏进这个村子时，它已几乎变成了废墟。

甲卓航骑在他的枣骝马上，慢慢行过村中的道路。那些土坯和茅草搭成的房屋像火炬一样熊熊燃烧，夜风吹送，空中飘着雪花般的灰烬。

这才是真正的掠袭者啊！甲卓航苦笑，谁才是澜青的真正敌人，难道不是自己身后的这支队伍？怎么吴宁边的铁蹄还没到，四马原就变成了这副鬼样子？

这里究竟发生了什么？不远的将来，在百花溪畔、花渡城下，又会发生什么？

就在不久之前，李精诚的斥候回报，这个小小的村子里大概有一百余名南渚赤铁军，正在驱策村民连夜抢割麦子。

麦田！又是一块尚未收割的麦田！澜青的粮仓到底有多富有？

惯于纵马奔驰、以战养战的浮明焰还没说话，统领浮铁虎立即命令花虎重骑前突进击，全然没有看到甲卓航脸上的犹豫。消息并无问题，甲卓航完全信得过毛民的斥候，他们机灵、敏捷，有高度的纪律性，忠贞不贰，李精诚事无巨细的缜密风格完美复现在这些斥候身上，身旁的方细哥就是一个最好的例子。

他的心里，有别的顾虑。

在金麦山旁邂逅了庾山子，甲卓航一行五人意识到了问题的严重性。

扬觉动毕竟老辣,今天吴宁边遇到的局面,他早有预见,虽然众人在阳宪遇到的伏击未必是赤研家族设计,但赤研家绝对不会放过吴宁边的乱局。这是个千载难逢的机会,如果吴宁边无法彻底击溃澜青,南渚应该站在谁的背后就不好断定了。

甲卓航一路走来,这个问题似乎已经有了答案,这一次,赤研井田把宝押在了澜青大公徐昊原一边。

行军打仗的人,不相信孤胆英雄。说一个人可以左右天下大势,不过是笑谈,但是有些时候,一个人的境遇和判断,却真的可以决定千军万马的命运。只不过几天之前,这个决定命运的人是大公扬觉动,而现在,却换成了他甲卓航,无论他有多不情愿。

甲卓航用手按着额角,他终于体会到了为什么扬觉动和豪麻都很少露出笑容,在这山一般沉重的压力下,他也很难笑得出来。

这燃烧的村庄会不会是南渚和澜青的诱饵?还是说南渚并没有完全放弃和吴宁边联合的可能,扬觉动的猜测和庾山子的警告只不过是错估了形势?毕竟,南渚的使节也还在李精诚的帐中,棕熊的部队也许真的只是防备吴宁边攻取商城后南下紫丘?

甲卓航嘴角露出一丝苦笑,感到头脑不堪重负。赤研星驰啊赤研星驰!若你打定主意和徐前一起来对付我,干吗赶在这个时候对四马原一路烧杀?如果你依旧是吴宁边的盟友,这些赤铁军见到我们跑什么呢?

花渡一战,事关吴宁边的生死存亡,南渚只是看看热闹的可能性到底有多大？

"搞什么鬼花样！"浮明焰自顾自说了一句，皱起了眉头。房屋在燃烧，谷场上的麦子也被波及，村外的麦田中，野火呼啦啦地滚着浓烟，只是这些新麦依旧泛青，麦秸秆水分尚足，还没有形成燎原之势。

浮明焰嘴里骂骂咧咧，却派出了最快的轻骑，催促跟在后面的步弓手和辎重队尽快赶上来，他心疼这些麦子，饿过肚子的人更了解粮食的意义。

即使在这样的情况下，他也不会动用花虎重骑去灭火抢粮。这些骄傲的重骑是吴宁边南线的钢铁长城、金玉宝贝，他们的职责很简单，就是在战场上踏平所有的抵抗，一次踏不平，就再踏上几次，直到一切服服帖帖为止。

伍平板着脸，跟在自己身边，方细哥则跑到村中去打探消息。在他的右侧，是年过半百的柴城伯浮明焰，他一脸花白的胡子，正抿起了嘴，看护卫花虎的苍头骑兵擎起火把，在夜色中拉出明亮的弧线。他的儿子浮铁虎，正率领花虎重骑奔驰在百花溪畔。

甲卓航嘴角泛起一丝苦笑。如果不是自己露出了该谨慎从事的念头，浮铁虎也未必会山呼海啸地冲了出去，现在，他就算离开自己已远，一定也在高高扬起他的下巴吧！

浮铁虎比他大上几岁，是这支花虎重甲的统领。当甲卓航乱发虬髯地赶到中军时，李精诚和浮明焰正在整军，预备进击皋兰。对李精诚和浮明焰传达了扬觉动的命令后，甲卓航首先觉察到的，是浮铁虎刺人的目光。他自己也有些泄气，后退撤兵这类的话也没了底气。大概没人会看得起这个乞丐般狂奔而

星野乱　207

来的丧气家伙吧！

果然，只是前哨临近，皋兰的守军便一哄而散，三镇军队士气正旺，未免欢呼雀跃，但这过于顺利的进展让甲卓航愈发不安。

皋兰变成了吴宁边大军的临时驻地，军需充足，平和安详。连续奔波了多日，他本可以好好休整一番，至少睡个囫囵觉，但是他竟然顾不上梳头洗脸，便立即投入对战况的了解和部署中，好像自己真的是这五万大军的统帅一样。

一路上，他对这个角色，可是畏惧万分的。

他并不奇怪扬觉动会带着豪麻赶回吴宁边，并前往观平战场，但是大公怎么会就这样轻轻巧巧地将花渡战场交到了自己的手上呢？不提大公身旁还有一个浮明光，在一线的浮明焰和李精诚都是久经沙场的悍将、一地军团的统御者，而他甲卓航不过是豪麻的副手，而就连豪麻的资历和威望，也大半是因为扬觉动的支持才获得认可的啊。

传个话不好吗？脱离了扬觉动和豪麻的甲卓航到底算是个什么东西？

真的，他自己也很想知道。

这个问题一路困扰着他，在商城，他留下了尚山谷和孙百里，自己则马不停蹄地继续狂奔。当他终于在皋兰追上了李精诚和浮明焰的部队后，才发现这好像并不是一个问题。他忽然产生了一种奇怪的直觉，这支由三镇士兵临时拼凑的庞大军队，就是自己的。

这种感觉毫无来由，传达了扬觉动立即撤退的口谕之后，他又花了大量的时间说服中军将领。然而撤退，并不是一件容易的事情。

的确，他们到得太晚了，李精诚的严谨配合浮明焰的勇猛，加上商城伯尚山岳的旧主身份，这支大军从柴城出发，一路势如破竹，粉碎了沿途所有脆弱的抵抗，轻松拿下了商城。如今的三镇大军已经深入澜青腹地，皋兰距百花溪只有八十里，而过了百花溪，六十里外就是花渡，这一次，他们走得确实太远了。

李精诚有着全吴宁边最为精锐的斥候部队，在沙盘前，他把已知的情报拼凑在一起，对将领们做了一个介绍。

他说了很多，甲卓航第一留意的是商城，那是他们唯一的退路，也是五万大军补给的生死线。

商城是个很好的根据地，这里原是吴宁边的辖地，商城旧主尚南岩是个宽厚的城主，他坐镇商城的那些年，平明古道商旅空前繁盛。作为三州边地，绝大多数从西部来的货物都从商城中转，南下南渚，而南渚的海产和奇珍，无论是北上木莲还是东到宁州，也多途经商城。在尚南岩的尽心经营下，丰收商会飞速壮大，商城也成为吴宁边和迎城等量齐观的重要市镇。如果不是因为澜青的突然发难，摧毁了它的繁华盛景，商城本可以成为吴宁边又一大主城。

三年前，谁都没料到，正在风旅河战场的徐昊原会趁吴宁边南方三镇主力北上，突然集结上邦、花渡和永定的兵力，切断了这条对澜青也极为重要的南北贸易要道。他的突然兴兵显然经过了深思熟虑，商城告急之时，扬觉动正在风旅河战场连战连捷，意欲横扫澜青，无暇南顾。扬觉动的打算，是欲借风雷之势一举荡平澜青，丢失一个小小商城自然没有放在心上，

星野乱　209

但当木莲军队的突然介入打乱了他的棋局，吴宁边军队在风旅河战场失利的同时，商城的陷落就变得触目惊心起来。尚南岩的顽强抵抗没有改变商城的结局，这位坚守不退的老城主，在城门前五里的红石坡被射成了刺猬。

商城易主这两年，政苛税繁，一个繁华的商业重镇在澜青的统治下渐渐破败凋残。昔日旅经商城的车马大都转道毛民，商地民间积郁的不满情绪也越来越深。对老商城伯的怀念就这样渐渐形成了一股力量，而远在大安的疾白文敏锐地捕捉到了这股力量，因此在吴宁边生死存亡之际，他大胆提出了闪击商城、掠袭花渡的计划。

疾白文的感觉是对的，当尚南岩的长子尚山岳出现在商城属地的时候，十里八乡的商城百姓纷纷前来投奔，吴宁边的军队就好像回家一般。在这样的民潮之中，商城成了不设防的城市，在尚山岳振臂一呼之下，迅速陷落。

但已经残破的商城只是一块跳板，如果吴宁边的大军只停留在商城，对整个战局便没有任何意义。李精诚和浮明焰，甚至尚山岳都没有忘记他们的初衷——经由商城奔袭花渡，打掉澜青的粮仓！

## 二

六月是麦子收获的季节，四马原的麦子绝不能轻易运到平明。只要麦子到了平明，便会源源不断地穿过箕尾山、渡过风旅河，到达观平战场。在那里，扬丰烈率领吴宁边的北方主力，正与徐昊原胶着苦战，没有了扬觉动的吴宁边，唯一的希望就是徐昊原十余万大军无法维持漫长的补给线，只要撑过这个夏天，到初秋时节，断粮的徐昊原就只能撤兵。

虽然闪击商城的计划非常成功，但花渡守备徐前很快识破了吴宁边的意图，迅速执行了坚壁清野的措施，因此离开商城后，深入敌军腹地的三镇军队补给愈发艰难，这样巨大的消耗，就看谁能够挺到最后。

麦子，金灿灿的麦子就是生命，为了抢这一点时间和希望，吴宁边引以为傲的娴公主甚至快马加鞭把自己送入了灞桥，南方三镇的五万大军，怎么能就这样停在商城呢？

前进，只有前进！掠袭花渡，意味着他们要孤军深入六百里，直达澜青腹地。

出发之前，每个人都清楚这意味着什么。但是如果大安城陷落了，南方小小的三镇又怎么能独善其身？这一场奔袭和扬一依的联姻一样，都带有一种破釜沉舟的意味。

正因为这样，当到了皋兰的甲卓航了解了全部情况后，最先涌上心头的念头就是：完了！

首先，浮明焰和李精诚几乎带出了三镇所有的兵力，他们已经没有后方；其次，商城是一座空城，四马原丰收的粮食都集中到了花渡和北方的上邦镇，这五万孤军和饥饿的距离只有一线之遥，就算吴宁边还有有限的粮食跟过来，他们也无力维护六百里长的补给线。

"这是一场困兽之斗，唯有血尽骨枯，才会分出谁胜谁负。"

地图展开，李精诚的手指点在花渡那个小小的方块上，语速格外缓慢。

百花村像浓浓夜色中一支巨大的火把，照亮了黑色广袤的平原。

花虎骑兵们在村子里打了一个转儿，沿着大路向百花溪畔追去。

敌人还在附近。

事情的起因是那一声尖锐的哨箭，那不是吴宁边斥候的通信方式，但的的确确是在发出某种信号。

片刻之前，这只哨箭打乱了甲卓航潜行的部署，那时，他的队伍正在夜色中悄悄合围，等待进击的时机。

在三镇兵力的部署中，百花村是志在必得的战略要地，并不是因为它的地形地势有何险要特殊之处，而是它正位处四马原的地理中心，靠近澜青官道，离四马原粮草的汇聚之地近在咫尺。更重要的，它的背后，是四处枝蔓的百花溪最为狭窄的一段，根据斥候们的回报，在乡民的引领下，从百花村侧渡过百花溪，可以不用舟楫。这对于三镇庞大的军队来说，就具有了非同一般的战略意义。

几乎没有异议，所有人一致同意，拿下百花村是挺进花渡重要且必须的一步。

过了皋兰，就彻底脱离了商地，尚南岩几十年经营的人望就失去了作用。四马原上的民众，纯然是澜青的子民；在这里，吴宁边的兵将，是不道义的侵略者。

关于四马原，虽然李精诚手中已经有了积累多年、价值万金的情报，但是写在纸上的文字终究是死的，人是活的。面对如此重要的一场战役，他还是把毛民最为精锐的斥候全数派了出去。

从皋兰到花渡，一百五十里方圆的广袤土地上，吴宁边和南渚、澜青，已展开了激烈的斥候战。

浮明光曾经说过，毛民的斥候，就是整个吴宁边最好的斥候。毛民地理位置特殊，处在吴宁边、白吴、南渚、澜青四州交界、凭水临山，地势复杂，各种势力犬牙交错，能在这样的地方统治十数年而不生变乱，李精诚的细致和手腕绝非一般将帅可比。

才几天的工夫，甲卓航就对浮明光的判断深以为然。四马原上的数十组毛民斥候进退有序，配合默契，他们不仅带回了大量情报，还带回了澜青和南渚的俘虏。正是凭借斥候们的信息。李精诚、甲卓航、浮明焰和尚山岳共同拟定了抢占百花的计划。

斥候们的消息并不新鲜。

商城陷落之后，花渡守将徐前已经进行了一系列防范措施，包括大规模扩军、坚壁清野、释放大量哨探，等等，他之所以还没有拆毁渡口，是因为四马原的夏粮尚有很大一部分尚待收割，还没来得及运回花渡。

但只要占据了百花村，面对如此清浅的百花溪，临时的路桥完全可以跨越，要渡口做什么呢？

徐前会不会对百花村有特殊的安排，李精诚也拿不准。反复商讨之后，这次行动定在夜间进行，由甲卓航和浮明焰亲自带队，为了保险起见，除了轻骑和骑射手，还带上了浮铁虎的四百花虎骑兵。

这支千余人的掠袭队伍自凌晨开始，就前突在吴宁边大军的队列之外，轻装快进，在当日黄昏，就已经到达了百花村

星野乱

附近。

等待是难熬的,但是他们必须等待。直到傍晚,斥候们小心翼翼地带来了情报,百花村内大概有一百余名军士驻扎,看起来像是南渚的赤铁军。

"赤铁军?澜青的队伍呢?"听到这个消息,浮明焰和甲卓航一样惊愕。

赶来报信的斥候同样摸不着头脑,由于整个村子的百姓全被驱赶入四周的麦田来抢割麦子,并且有兵士押护,这就像百花村伸出了无数长长的触手,斥候们难以深入村子做仔细探究,也就无法确定在百花村的背后,是否还有澜青的主力在埋伏。

最终甲卓航决定,队伍就地潜伏,稻子打下来不怕,只要还没运走,迟早是吴宁边的。百花村背靠百花溪,如果澜青已经识破吴宁边的战略意图,那么百花溪侧很可能会有伏兵,但不会太多,没有大部队会背水陈兵,何况,只要再等上几个时辰,天明时分,李精诚率领的吴宁边主力也将开到附近。

甲卓航很有信心,一旦吴宁边主力进入战场,对面不管有多少伏兵,都会被无坚不摧的花虎骑兵赶到溪水里面去。

于是这支部队就静悄悄躲在麦田里,啃着冷硬的干粮,远远望着这个小小的村落。直到夜深,直到一声尖利的哨箭蹿入夜空,百花村开始烈焰升腾。

"娘的!"浮铁虎把手中的酒壶往地下一摔,"村内有变,他们开始焚粮烧村了!"

甲卓航也倏地站了起来,然而还没等他发话,浮铁虎已经翻身上马,擎起黑黝黝的长枪,拉下玄铁兜鍪,带着花虎冲了上去。

虽然只有四百人，但整个大地随着花虎马蹄的起落而颤动起来，仿佛天神摇动了它的战鼓，把人们震得热血沸腾、灵魂出窍。

望着花虎重骑魔鬼般的影子，甲卓航不知道该说些什么，这支八荒神州最昂贵的重甲骑兵，维持着战场不败的传说，也是扬觉动手中最后的王牌。

早在三年前随同豪麻征战澜青时，甲卓航曾亲眼见到浮明焰的花虎像一把带血的屠刀，把徐昊原引以为傲的青骑割得四分五裂。花虎重骑人和马都披挂厚重钢甲，不怕箭矢刀枪，马上骑士标配丈二长的出云枪，骑士雄伟，马匹健壮，令人望而生畏。

那一次，当两军前锋即将交接，徐昊原的弓弩手正在向吴宁边前冲的骑士倾泻箭雨的时候，扬觉动中军令旗招展，大军左右分开。早就在中军跃跃欲试的花虎重骑开始加速，像所有沉重的物体一样，他们开始缓慢，然后越来越快，那些箭矢砸在人和马的钢甲上，擦出耀眼的火花，发出清脆的叮当声响，但没什么可以阻止花虎的前进。他们就像一锅冷水，在狂暴的热力下逐渐沸腾。马蹄的隆隆声音掩盖了世间的一切声响，当重甲骑兵冲起来之后，除了死亡，没有什么能让他们停下。

两军平原对阵，拔营对攻，没有蒺藜鹿砦，这一战，花虎在离火原上穿插了两个来回，生生把徐昊原的青旅切成了碎片，狼狈退出，八荒神州为之震动。

几日后，扬觉动在中军庆祝大捷，甲卓航按捺不住好奇，仔细地把花虎的前世今生打听了一遍。

星野乱

豪麻觉得他的大惊小怪很没来由:"花虎是牙香公主留给我们的礼物,整个八荒,只有吴宁边才有这样的重甲。"

"牙香公主都死了几十年了,什么礼物?"甲卓航万分不解,一定要豪麻解释。

豪麻板着脸,道:"你这人啊,临阵也不是一两天,旁人没见过花虎也就罢了,可你替百济公跑军需,宁州和木莲也不知道去了多少趟。自己寻过些什么贵重东西,自己不知道?"

"那些工匠,原来都是为了这支骑兵!"甲卓航恍然大悟,他为扬丰烈跑军需,自己手下流过何止万金,若论贵,自然最贵的是人!

## 三

他这些年在八荒东奔西跑,使命之一,就是为吴宁边延请人才。甲卓航善于讨价还价,通过他来到吴宁边的人才不少,然而最贵的,却是霰雪原的马夫和宁州的铁匠,而他们,几乎尽数去了柴城。

甲卓航交游广阔,信息灵通,本应对此有所察觉,只是因为他不上战场,没有直观的感受,也就不曾放在心上。直到见到花虎的神勇,只顾着惊诧,只道哪里凭空出来这样一支魔鬼骑兵,百思不得其解。却不想自己这几年已经为这支骑兵做了不少的工作。

豪麻说花虎是牙香公主的礼物,一点都没错,都说当年木莲开国君主朝承露兵败离火原,牙香公主率领霰雪原精锐来拯救自己的爱人,她的雪原骑兵虽然救回了朝承露,却也损失殆尽。而这件事的另一种说法是，她和旧吴做了私下交易，并希望左右正处在低谷、为朝崇智不喜的朝承露，促使他带领大军自立门户。但最终事情败露，朝承露还是迫于父亲朝崇智的压力，不得不挥泪斩杀牙香。

不管真相究竟如何，当年的确有一批来自霰雪原的精锐骑兵留在了旧吴，被安置在了大安西南的柴城驻守。浮明光、浮明焰身处的浮氏家族，就是当年牙香公主手下大将浮苏力·克哈尔图的后人。和这批霰雪骑兵一同留下来的，还有八荒神州最能吃重、最为健壮的雪原马良种。

今日花虎的重甲，马甲在八十斤左右，马上骑士的重甲在六十斤左右，加上出云枪的重量和骑士本身的体重，一匹战马的负重至少在三百斤以上，这样的负重下，还能高速奔驰，除了霰雪原最优良的马种，再没有其他的马能够胜任。即使以高速奔驰闻名的坦提风马也一样不行。雪原马的珍稀之处还在于，由于霰雪原的拒不屈服和屡兴叛乱，木莲早已隔绝了霰雪原同诸州的商路贸易，想要得到大规模的雪原马良种，已经再无可能。

不过这并不意味着霰雪原也有可能出现花虎重甲，因为产生花虎重甲的另外一个因素，是宁州精工的花虎铠。宁州自古出匠人，能够在一百五十斤的重量下，制出人和马的全防护重铠，只有宁州。纵是以兵器制造闻名八荒的云间和阳处，也没有这样的工匠。旧吴本就背靠宁州，吴宁边成立后，扬觉动曾为了扫清政敌而对宁州大举攻掠，难说不是为了这些精工巧匠。那几年，除了吞并大片宁州土地，他更强行带回了大批匠人，此后，宁州二十年不敢再起战端，两州的贸易则更加繁盛。这才有了花虎骑兵得以诞生的两大机缘。

"单是制造花虎的一套铠甲,就需用时一年八个月,你是跑商出身,应该明白,一名花虎骑兵,要多少银子才能打造出来。"豪麻看着坐在对面的柴城伯浮明焰。

甲卓航翻了个白眼:"那这军队为什么叫花虎?"他只剩了这一个纠结的问题。花虎重骑们的甲胄严整精密,光可鉴人、威风凛凛,叫虎也无不可,但怎么看都和花没有半点关系。

豪麻往嘴里塞了一块糯米打的广寒糕,慢悠悠地说:"这花虎不是大公令浮将军组建的嘛。"

"是啊,那又怎么了?"甲卓航愈加不解。

"浮二叔家里两个孩子,姑娘叫浮火花,儿子叫浮铁虎。"豪麻说话仍是不紧不慢。

甲卓航的一口酒却没憋住,从鼻子里面窜了出来。

他的哈哈大笑声震全场,惹得对面的浮铁虎莫名其妙。

转眼又是三年过去了,想不到在今天这个场合,又一次见到了花虎的咆哮。那个给自己讲故事、冷面热心的男人现在在哪里?他还好吗?

甲卓航从怀里摸出酒壶,咕咚咕咚灌了两口,这百花酒名字好听,但酿造实是粗劣,比灞桥街头的鸿蒙酒也多有不如。好在够烈,喝下去,整个人都会烧起来。

甲卓航回头看着浮明焰,他要解决的问题还有很多。

四百花虎重骑绝尘而去,火把的光亮在夜色中矫如长龙,若隐若现。

谷场畔的青石旁,尚山岳统帅的辎兵陆续赶来,正在支起中军大帐。甲卓航和浮明焰并肩站着,看麦田中野火凌乱、看那些麦田中奋力扑火的士兵。

"粮食是好东西啊，"十几天来的不眠不休让高大的浮明焰眼眶深陷，"如果不打仗，每家每户分上那么三五斗，安安稳稳过了这个夏天该有多好。"

"这个夏天注定安稳不了了，"甲卓航转过头来，"我在扶木原就见过了这样的火，是赤铁为了对付卫曜在坚壁清野，这些士兵杀起人来就像割麦子，想不到到了四马原，还是一样。"

浮明焰看了甲卓航一眼，道："从前在风旅河，我们和澜青都是有备而来，拼的是沙场上的血勇，如今这四马原，却像在进行一场旷日持久、漫无目的摸索。情报、粮草、交通、人心、地理，每一个微小的错误，都有可能导致战局的反转。也许是我老了，感觉精力跟不上了。"

"还不止这些，"甲卓航晃晃脑袋，"两军对垒，生死有命。在风旅河，就算互有死伤，也并不觉得怎样。可在这里，死去的都是什么人啊！"

他顿了顿，又道："从百鸟关到皋兰，我们日夜兼程，感觉整个八荒都被点燃了，有时候我会想，为了一个不确定的结果，却要牺牲如此多不相干的人，到底值不值得！"

浮明焰摇了摇头，笑了起来。

他顺着甲卓航的目光望向浮铁虎冲击的方向，花虎进击，人马都需保持绝对专注，不能再掌火把，此时随同花虎进击的，是与重甲骑士形影不离的苍头游骑。

浮明焰道："小子，有话就现在说，你既然叫我一声浮叔，我也愿意和你先聊聊，一会儿李精诚、尚山岳和白旭他们到了，有些话反而不方便。"

星野乱

他犹豫了一下，尚未开口，浮明焰又道："这第一想问的，是不是我家铁虎？"

甲卓航镇定了一下心绪，浮明焰看起来外表粗豪，性子暴烈，但若是一个简单之人，又怎么执掌一地政务？更受到扬觉动的重托，授命组建花虎重骑？

他便不再拐弯抹角，笑道："浮叔说得对，这黑咕隆咚的，虽然花虎有苍头游骑护卫举火，又有着八荒最为惊人的战力，但是他们的兜鍪将面部罩得严严实实，前方地势不明便是一大隐患。花虎冲击全靠速度，速度不起，重甲就成了累赘，骑兵的灵活性和反应速度就大受影响，威力便大打折扣。可即便今晚花虎能够冲击起来，重骑有了速度，不达目的，也绝难停止，如果对方已有准备，如果这百花的一把火和匆忙撤退不过是他们的诱敌之计，那铁虎兄弟可就危险了。"

浮明焰点头，道："大公果然没有看走眼，你与豪麻搭档三年，是个会用脑子的。我家虎子一味勇猛暴躁，却不知道三思而后行。不吃一点小亏，恐怕我还不放心将两千花虎都交在他手上。"

"你说得都对，花虎只适合用在可以把控的战场，最适合平原上的直接冲击，一是要有足够的距离让花虎列阵起步，二是前进路上必须路况明确，不能有沟壑丘陵和鹿砦蒺藜。花虎冲击之前，还要规划好回还的路线，否则一旦失速，就变成了一堆死肉。这样昂贵的骑兵，行军作战更要计划周详。用得好，就是一把锋利的屠刀，用不好，便成了沉重的负担。"

他挠了挠花白的下巴："当日祥安堂上好一场大吵，扬丰烈曾想调花虎去观平，战场情形瞬息万变，只这幼稚的想法，就说明他根本无力掌控当前的局面。徐昊原已经兵临城下,观平战场两军纵深不够,几乎已经变成了围城战,花虎在这种情况下出现,除了给徐昊原送上一份大礼,还有什么用处?"

浮明焰不屑地哼了一声:"大公一世枭雄,在最关键的时候却犯了糊涂,如果把吴宁边留给疾白文、李精诚、伍青平其中的一人,甚或梁群那个王八蛋,都不会出现今天这样被动的局面,百济公空有资历身份,但他没有这份才干!"

"啊?"

浮明焰的这番话让甲卓航十分惊讶,扬觉动当朝的时候,朝堂上下众星拱月,绝无一人敢用这样的语气议论政务,更别说指责大公糊涂。他带着扬觉动的指令到达皋兰,虽然诸将中不服他的也大有人在,但至少没有人公开说出一个不字。显然,扬觉动的余威仍在,即便他身边没有一兵一卒,只要振臂一呼,依然有千人万人愿意为他舍生忘死。然而今晚,只有他和浮明焰两个人在场的这一刻,这个对扬家最为忠心耿耿的旧臣,柴城浮家的掌舵人,居然对扬觉动提出了质疑,这是甲卓航无论如何也没有想到的。

浮明焰深深叹了一口气,道:"大公千般好,就是猜忌心太重、杀气太盛,不能与老兄弟们共事。那时候你还没出生,不知道,叶雨公麾下,大公子心胸开阔,诚挚热情,有君临天下的气象,二公子、三公子都精明果敢,是不世的将才,四公子虽年幼,但有万夫不当之勇,统军攻城拔寨,无坚不摧。可惜大公子被吴王白赫所杀,四公子又在攻克大安一役不幸身亡,如果决胜千里的三公子今天还在大公身边,兄弟携手,又何愁一个小小的澜青?!"

星野乱

"可惜啊，大公就是容不下三公子，老将军既然已经决定将吴宁边留给大公，只能忍痛将三公子远放宁州。就是这样，即位之后，为了搜寻三公子并将其斩草除根，大公几乎把宁州整个翻了过来。除了大公的兄弟，叶雨老大公麾下的名将金满城、邹远山、白景迁、浮成田，哪个不是八荒神州一时之选，若是他们当中任何一人还在，今天哪有我浮氏兄弟在这里埋头苦干的分？"

## 四

夜风渐凉，浮明焰讲着讲着，感慨万千，仿佛又回到了三十年前那个风云激荡的年代。

甲卓航插不上话，也不想插话，今天浮明焰说的，都是他从未听过的故事，甲卓航本不知道，在扬觉动的身边，还曾有这样一群亲密的伙伴，正是这批人和扬觉动一起，奠定了今天吴宁边的基业。那时候，扬觉动、扬觉如、金满城、邹远山、白景迁等，都是八荒神州为之震动的名将，年轻的浮氏兄弟也许正和今天的自己一样，在他们某一位的身边，尽心竭力辅佐配合。那时候，他们并不比自己年纪更长，可是他们已经成为可以动摇八荒神州的风云人物，哪像今天患得患失的自己！

"浮叔，"甲卓航有些犹疑，"别人我不知道，邹将军最后的罪名是交通贿赂、侵渔百姓，最终被灭族，却好像不是大公不能容人所致。"这件事情别人不清楚，他甲家就是因为邹远山案被牵连败落，他可是记忆犹新，当年邹远山作为大安城守，那份荣耀和奢华确实给他留下了深刻的印象。

浮明焰背着手，挺起胸膛，霰雪原的固伦柯们都有巨人的血统，他的身影在火光的映衬下魁伟异常。

他深深看了甲卓航一眼，道："你太小，只知道邹远山的奢靡腐败，却不知道当年他在叶雨将军麾下，和大公并肩作战的时候，是一个如何克己勤俭的人物，那性格倒和今天的豪麻有些相似。说他会为了一点享乐上下其手、侵渔百姓，打死我老浮都不信。老邹不过是当年几个老兄弟里面最聪明的，他看同僚一个个死在大公手下，便多求田地、广收金帛、不理政事，用以自污，以显示对大公手中的权力毫无野心，不料却终究逃不过一死。他死得最晚，结局也最惨，竟被夷灭三族，不像白景迁和金满城，至少还留下了后人。"

听到此处，甲卓航心中一动，他终于明白了当年自家受邹远山案牵连，却能保住性命、远迁宁州的原因。当日遭难，不但自己在军中未受到直接影响，就连那些和邹氏亲近、受累下狱的属官，过了一段时间也都被重新起复。原来关窍却在这里，扬觉动想要的只是邹远山的性命。其他人不过是陪绑而已，既然他人并没有邹远山的资历和影响力，不久便被重新起用，以示宽仁，也就在情理之中了。

想不到这些旧吴宿将中，竟是兵败自戕的白景迁死得最为体面，家属也受到了厚恤，他的儿子白旭如今正是浮明焰的副将。今天想来，白景迁孤军深入宁州，八千人苦苦支撑，援军百求不应，恐怕也是扬觉动有意为之了。只是不知被扬觉动斩杀于宁州的金满城，留下的后人又是哪一位。

浮明焰道："我和你讲了这么多，想必意思你也明白了。我老浮和老李两个人，都是鞍前马后跟着大公打天下的兄弟，今

星野乱　223

天的地位和尊荣，都是大公给的，换句话说，我们不能，也不想反对大公。"

甲卓航紧紧地抿着嘴唇，如果当年，浮氏兄弟不是小小的配角，而是和金满城、邹远山一般的天下名将，今日会是何种结局？毋庸多说，这一点，浮明焰比他要明白得多。

浮明焰沉默良久，道："我们忠于大公，这一点绝对不会改变。如今大公指派你来主掌花渡之战，那你便是总帅，无需跟我和老李讨论。大公既然还在，我们自然唯大公马首是瞻。"

浮明焰笑笑，他那样粗豪的汉子，嘴角的笑容竟然有些惨淡。"让没有背景的年轻人迅速成长，主掌一方，这也符合大公一贯的做派。"浮明焰说。

听到这里，甲卓航的内心已经是翻江倒海，面对这个枪林箭雨中走出的军中大将，居然不知道说些什么好。他忽然明白了浮明焰和李精诚，明白了他们心中的痛苦和安慰，明白了浮明焰和李精诚一定会坚定地站在自己身后。哪怕有再多的质疑和攻击，都不会为他甲卓航的无能而有丝毫动摇。今天的高官厚禄是一方面，另一方面，他们真正爱着那段岁月，那和充满朝气的吴宁边牢牢捆结在一起的风云岁月，爱着那个曾近豪气干云、横扫八荒的青年扬觉动，爱着他们自己一手创建的家园乐土，因为他们早已成为这故事的一部分！

"铁虎对你是有情绪，你希望我出面节制铁虎也合情合理。这是每个普通人都会想到的法子，但是你不能这样做，如果你还想真正掌握这支军队的话。从你到达皋兰那一刻开始，你就是吴宁边南方三镇的真正统帅，我们都应该唯你马首是瞻！而你这几天做得并不好！"

浮明焰伸出他那厚实宽大的手掌，拍了拍甲卓航的肩膀，道："慈不掌兵！战争只有胜负，没有正义，军中只有命令，没有异议！这几天我一直在观察你，你的直觉比白旭和铁虎他们都要好！五万人的性命就在你肩上。不要让我失望！"

这一刻，高大的浮明焰忽然变成了一个疲惫的老人，走向刚刚搭好的中军大帐。

在猛烈的夜风中，那厚厚的油布和毛皮，抖得像单薄的纸片。

一股热流涌上了甲卓航的眼眶，他紧紧咬着牙齿，努力站得笔直，像风中的一座雕像。

村中的火焰渐次熄灭，田间的火苗却被夜风鼓动，蔓延开去，变成声势浩大的野火。

百花村的东侧，火把组成了蜿蜒的长龙，是吴宁边主力在李精诚的率领下开进了花渡战场。

尚山岳的辎重营到了之后，一切都开始变得井井有条，辎兵们一面以翻车铁铲快速掘出壕沟，阻挡火势在麦地中蔓延，一面将吴宁边的部队有条不紊地安排妥当。

甲卓航和浮明焰这一千余人的前突队伍，自清晨出发，就没有得到正常的休息和补给，不过片刻工夫，就吃上了辎兵们安排的饭食，和辎重营们一起到达的主力部队更是精神饱满，毫无疲态。

这一晚，也许士兵们可以睡个好觉，但是甲卓航和吴宁边的将领们却注定无眠。他抬头仰望着天际那颗火红的星星，想起了鹧鸪谷中的那个少女，不知道这突然亮起的星辰，是不是

星野乱　225

唐笑语说的海神的眼睛,正在凝望世间?

"它是浩瀚星空的主宰,会带来死亡和灾难。"她指尖轻触解语花,语声轻柔。

虽然在鹧鸪谷中的经历荒诞离奇,但这样荒唐而煞有介事的话语,从唐笑语这样温柔的姑娘嘴里说出来,甲卓航还是觉得好笑。然而自小莽山出关以来,他经历的一切都比鹧鸪谷底更加离奇。今天,当他站在吴宁边的五万大军身前,凝视百花溪对岸的青色田野,想到它即将被鲜血反复冲刷的时候,终于再也笑不出来了。

未知是一种恐惧,像眼前幽深的夜空和闪烁的火光,谁也不知道当明天太阳升起,这块土地上又会倒下多少年轻的兵士。

身边传来窸窣的声响,甲卓航回身,一匹黑马蹭了过来,鼻孔里温热的气息拂到甲卓航的手臂上,夹杂着灰尘和草沫。甲卓航的嘴角泛起了笑意,两年前,他为豪麻的中军挑选坐骑,路过毛民,这小马生病无法前行,他便将它留在了尚山岳的马场,后来被尚山岳收下。这黑马识得故人,每次见面,都要跑来亲热。

甲卓航把手伸入黑马顺滑的鬃毛,慢慢捋了下来。它身上带着一层轻薄的汗水,看来一路上跑得颇为酣畅。马就在身旁,主人想必也不远了吧?

甲卓航回头看去,火堆旁走过来的正是商城伯尚山岳,他四十上下的年纪,身材微微发福,兜鍪的带子系得不牢,略略有些歪斜,发根隐隐藏着几道白丝,脸上总带着微笑。

尚山岳是尚南岩的儿子、尚山谷的长兄,是两年前商城之战的亲历者。当时扬觉动在北方战场与徐昊原正面对攻，占据了绝对优势，意欲将澜青一举荡平，因此将南方三镇的主力也都调到了风旅河战场。浮明焰、白旭、李精诚、李子烨当时都在扬觉动身边，只有商城伯尚南岩带着长子尚山岳依旧坐镇商城。

尚家世代为旧吴镇守商城，到尚南岩手里，商城已经变成八荒的商旅要道，因此，一方面是扬觉动没有征调，二来对行军打仗毫无兴趣的尚山岳更是不愿意离开。

按照扬觉动的计划，吴宁边的铁骑将直接踏破平明城，自然无需顾虑小小商城的得失，但徐昊原显然早就知道木莲会适时介入，于是另外派出上邦、秋口和花渡三镇的兵马，会同永定的骑兵，一同急攻商地。商地虽然繁华多金，但是武备确实一般，加上事发突然，竟被打了个措手不及。当留守柴城的浮火花得到消息时，商地已经在澜青的闪击下陷落，商城伯尚南岩还算有骨气，力战而亡，而尚山岳则抛下老父逃之夭夭。

不知道是不是从那时开始，一向容光焕发的尚山岳开始显得憔悴起来。

## 五

尚南岩战死之前，尚山岳不谙兵事，对承袭爵位也毫无兴趣，他最在意的是经营他的丰收商会。在吴宁边这个马背立国的大州中，迎城梁群和商城尚山岳两个颇为特出的人，他们一个以迎城为基地，专司经营宁州商贸，一个通达四海，把商城变成了八荒神州中南部最为重要的商品集散中心。

有了丰收商会，南渚的海产、云间的兵器、肥州的木材、坦提的风马、宁州的精工才得以在八荒神州交通往来，畅通无阻，尚家自然也因此富可敌国。作为八荒最为成功的商人之一，尚山岳显然对自己的成就颇为骄傲。甲卓航也是商人世家出身，曾经替扬丰烈四处跑动军需，和尚山岳原是老相识。几年之前，两个人在云间偶然相遇，得知尚山岳将要贩卖一批云间兵械进入平明的时候，甲卓航曾半开玩笑地提醒他，当心有一天这些兵器会打到自己的头上来。

尚山岳却正色道："老弟，这兵器只要有人需要，终究不愁卖出去。不是我丰收商会来做，自然有别的商家盯上来，这钱还不如我赚了踏实。你不知这金子系上的纽带，有的时候比兄弟手足之情还要紧密上几分呢！"

那个时候的尚山岳比现在更胖，容光焕发，头发油亮，半根白发也无，一副志得意满的模样。可惜澜青大公徐昊原和他的看法并不一致。徐昊原早就对商城的富庶垂涎三尺，同时又对如此重要的贸易中枢竟然被敌人掌握大为不满。澜青大公当然不管什么纽带不纽带，发兵强占商地，并一把火烧了丰收商会。

城毁父亡，尚山岳人生遭此重击，没有灰心丧气。他不懂行军作战，却精于经营，丰收商会不但没有垮掉，反而迁到毛民另起炉灶，在他的苦心经营下更加繁盛。澜青坐镇商地的职官在两年里换了好几拨，没有一个懂得如何经营生利，倒是年年加税抽成，商地不但没有恢复昔日的繁盛，反而使旧日往来频繁的行商全部撤走，跟着丰收商会，都转去了毛民。

尚家在战场上遭到了惨败，却在另一场较量中把澜青打了个体无完肤。徐昊原不讲规则、不守道义的突袭,加上商地属官对过往行商们过于严苛,极尽搜刮之能事,彻底摧毁了行商们对澜青的信心。这两年里,不但商城日渐凋敝,平明古道北线几乎断绝,就连往日繁茂的秋口、上邦这样的商业重镇也一蹶不振。澜青与各州间的交易愈加困难,八荒神州的几大商会因此暗中联合,再不对澜青商户赊账寄售,而是全部转为现金买卖。日积月累,澜青金帛渐少,货物不通,捉襟见肘的财力,让大公徐昊原如坐针毡。

甲卓航出身巨商之家,但在生意上最佩服尚山岳,这个人哪怕经历了家破人亡的惨剧,依旧能够谨守自己的原则,只要有利可图,便绝不意气用事。哪怕对上邦、花渡、秋口这样有着深仇大恨的城市,他照旧派出商队进行贸易,在八荒穿行,络绎不绝。

尚山岳依旧和往日一般一脸敦厚,在商言商,因此虽然远在毛民,却成为了可以左右八荒商贸、炙手可热的幕后人物。

他的弟弟尚山谷曾因为他这种唯利是图的态度和他翻脸,他不能理解长兄这冷冰冰不近人情的所谓原则,两个人曾为此大闹一场,不欢而散。甲卓航还记得,当日尚山谷面斥兄长忘记父仇、与虎谋皮的样子,也记得尚山岳面对弟弟的长刀沉默不语的神情。

那时尚山谷的腰刀差一寸就要杵到他的脸上,尚山岳却并不说话,只是伸出一根手指,把刀尖拨到一旁,等尚山谷唾沫横飞的痛骂告一段落,他才缓缓地说:"判断什么事情应该做,什么事情不该做,不能意气用事,而应该把握得失。假如现在徐昊原就在我的眼前,而我手里正好有一把刀,我就要杀了他吗？不！做一件事情之前，要考虑它会不会给我们带来好处，没有益处的事情，不值得为之浪费时间！"

尚山谷虽然也是个心思稳健的人，但兄长这样匪夷所思的冷血，令他难以压抑心中的激愤，几乎当场就要大打出手，还是甲卓航把他拖出了门外，才避免一场激烈冲突。然而甲卓航后来细细品味尚山岳的理由，却觉得相当有意味。

不管人们怎么看待他的做法，尚山岳都是一个了不起的人物，他在短短两年多的时间里重建丰收商会，使得落入敌手的商城由战争的废墟变成了贸易的废墟，并迫使上邦、秋口的商人们跑到毛民来疏通关系，才能将澜青的货物出手。除此以外，他还帮助浮明焰新装备了八百花虎重骑，如果不是没有足够的雪原马，他还能将这个数字翻上一番。他让商地的百姓对荒废的平明古道顿足扼腕，对澜青派驻的官吏充满怨恨；他让贩到澜青的云间兵刃价格飞涨，让徐昊原被迫掏空了钱袋；他还让年年缺粮的柴城、毛民的粮仓里堆满了粮食！

几天前在皋兰，城府颇深的李精诚谈起尚山岳，还是一脸的不可思议："扶木原的新粮尚未收割，他居然赶在白安叛乱前，让紫丘和林口的储粮一车一车都运来了吴宁边！他是怎么做到的？！"

然而如果你拿这些问题去问尚山岳，他统统不会回答，只会给你一个微笑。

他确实能够做到更多，除了明里暗里白刃相见的斥候们在战场上游荡，尚山岳还另有一张遍布八荒神州的消息网络，通过丰收商会在八荒的无数分支机构和代理渠道，明牌的、副牌的各式产业，尚山岳能够得到甲卓航最为需要的信息。而这些信息，对于吴宁边这只深入澜青的孤军来说，比直接拨给他一万精兵更加有效。

"尚老哥！"甲卓航见到尚山岳，抢先招呼，伸出手去扶他的肩膀。

"哎呀，好久不见，级数有差，怎么能够这样，"尚山岳慌忙行了一个并不标准的军礼，"这太过了，这太过了。我正有好些消息要和将军通报。"他扶正了兜鍪，双眉微蹙，好似有一笔极好的生意，就要拿出来大家一同发财一般。

甲卓航眼睛一亮，这尚山岳不知又带来什么稀罕消息。

这哪里是个战场骁将、一地诸侯，分明是个丰收商会里捉笔拨筹的账房嘛！

马蹄声声，嘶鸣不断，吴宁边的主要将领在此后一个时辰之中陆续到达。

先到的是十余骑青盔白羽的骑兵，骑的是坦提草原的高大风马。他们和一般马上骑士不同，身上只着简单皮甲，有精致的钢铠护住前胸后背，其余部位只有轻柔的软皮，他们的鞍袋两侧各有一把青黑长弓，座后悬着满满一袋羽毛斑斓的晶亮箭支，身后还负有一壶小箭。

甲卓航和尚山岳停止了交谈，看那打头的将领翻身下马，摘下头盔，露出一头淡黄卷曲的长发来。

"火花姑娘。"

"浮将军。"

甲卓航和尚山岳几乎同时招呼面前这个身子瘦长的女子，她正是浮铁虎的姐姐，赫赫有名的柴城骑射统领浮火花。浮火花三十上下的年纪，和浮明焰一样，有着高高的颧骨，挺拔的鼻梁和厚厚的嘴唇，眉间宽阔，一看就是固伦柯的典型样貌。身上的精甲将她的胸部紧紧束住，加上她宽阔的肩膀和有力的小臂，夜色朦胧，乍看起来，颇像一个挺拔的男子，只有走近细细看过，才会隐约发现成熟女人的圆润曲线。

浮火花听到两种不同的称谓，咧嘴一笑，露出一口雪白的牙齿，她从身边的鞍袋中拿出皮绳，将头发束在脑后，拍了拍身上的浮尘，开口道："没有听见雪原马的声音，是不是铁虎又跑出去了？"

"是。"甲卓航微露尴尬，他正在反省自己的这张嘴，说什么大军统帅、列阵将军，见了女人，他那油腔滑调的习惯还是不自觉地露了出来。对浮火花这样统军一方的将领，毫无疑问，尚山岳的称呼才是最合适的。

浮火花摇了摇头。她策马已久，此刻抽开甲带，把分成两片的皮甲卸了下来，露出里面被汗泅透的紫色中衣，她领口扣得并不仔细，加上夜风吹送，这薄薄的中衣和内里的亵衣随风鼓荡，胸前沟壑若隐若现，一股浓郁的香气飘过甲卓航的鼻端。

甘松，想不到这里也能闻到宁州香料的味道。

这样活色生香的场面，甲卓航盯着看自是不妥，躲开去又觉得做作，竟然自己别扭了一下。依照他以前的性子，遇到这样洒脱的一位女子，少不得要努力做一番倾心之谈，可这几天下来，他已经被这场战争压得心力交瘁了。尚山岳倒极为自然，他和浮火花显然更熟，甲卓航看着浮火花笑着在他耳边说了句什么，大步向大帐走去，那被帐前火把拉长的纤细影子终于消失在他的视线中。

他长长出了一口气。

## 六

作为中军主帅，甲卓航虽然信心不足，但他对行军打仗并不是毫无经验。三年前风旅河之战，豪麻奉命主掌箕尾山战场，甲卓航作为豪麻的副将，曾经全程参与对敌决策。这几天，在他脑中盘旋的，都是吴宁边这支拼凑起来的大军究竟应该如何布置。

大战在即，浮火花统领的一路两千人的骑兵虽然人数不多，但性质特殊。这是一支可以高速移动和拥有强大杀伤力的队伍，队中所有兵士都是一等一的射手，大都由浮氏家族训练。柴城是固伦柯族后裔的繁衍之地，这批骑射手中，约有半数士兵具有固伦柯血统，固伦柯们高大健美，这队伍看上去丰神俊朗自不待言。更重要的是，他们的身体里依然流着祖先的血液，而霰雪原上的固伦柯，都是在马背上长大的。

善骑和善射是这支队伍的基本特点，尚山岳的精心设计更把这两点强化到了令人生畏的程度。一方面，他们配备的本来就是百里挑一的良驹，但尚山岳觉得这还不够，又斥巨资为其中五百精锐配备上了坦提风马，使这支队伍成为扬丰烈风芒骑兵外，吴宁边第二支装备有坦提风马的队伍；另一方面，他们用的弓箭也很特殊。骑射手们自诩了解弓箭就像了解自己的手臂，但无法克服马上骑射天生的弱点。在移动之中开弓，缺乏有力的支撑，射手开弓的重量就远逊于步弓手，如果将传统木弓的拉力增强，弓的长度势必要大幅增加，无法兼顾灵活性和力量的平衡。这支队伍在吴宁边已经是一等一的骑射手，但对甲胄完整的重骑和防护较好的步兵杀伤依旧有限。为此，尚山岳再次发挥他极度强大的通商网络，延请四海名匠，采购了大量犀角、紫杉木、牛筋和鱼胶，将云间特有的彩云弓加以改进，改制出威力巨大的射日弓来。

制备射日弓不是一件容易的事情，丰收商会延请的专业工匠们日夜赶工，将尚山岳从四海八荒搜集来的原料黏合定型，并用麻丝缠绕，加涂清漆。这样的一把射日弓，比之普通马上弓，制造成本翻了四五倍，但在相同的拉力下，大大减小了弓的长度，在满足便携性的同时，使得弓箭的杀伤力得到了极大的提升。

"你的杰作！"甲卓航指指骑兵们马上挂着的射日弓，看着尚山岳。

"哎，可惜工期太赶，磨合不多，不知道实战中会不会有理想的效果。"尚山岳摇摇头，好像对自己工作的不够完善感到抱歉。

甲卓航不知道该说些什么，尚山岳做得已经太多了。

当吴宁边的主将们齐聚在中军大帐中时，夜已过半，来不及铺造沙盘，只有一张牛皮地图。皮子柔软平整，拼接处用细密针脚反面缝合，连颜色都基本一致，上面的地形曲线粗细均匀，绘制得一丝不苟，这是典型的李精诚风格。

毛民伯身材瘦削，穿戴齐整。天气闷热，他和白旭是帐中仅有的两个不肯卸甲的将领。李精诚虽然还不到五十岁，但已经两鬓斑白，他有一双淡灰色的瞳仁，乍一看上去毫无生气，就像死人，相似的，他的语气也没有什么起伏，好像身边的一切都和他没有什么关系。

众人围了一圈，看他的手指顺着地图上的曲线摩挲着，发出轻微的声响。

"李伯，我们是进是退，你说个话！"浮铁虎急躁的心情尚未平复。他适才率领花虎一路狂奔，一直追到百花溪口才告折返。甲卓航的担心是多余的，南渚和澜青都没有任何埋伏，用浮铁虎自己的话说："一个兵也没追到，一定都他妈的被踩死了！"

甲卓航颇为无奈，夜色如漆，麦浪起伏，浮铁虎这样震天动地的追击，就算是傻子也知道躲起来。花虎冲起来难以停止，在层层铁甲下的兵士更无暇关注周边情况，因此，浮铁虎不过是进行了一场声势浩大的巡游而已。他没有带着全体兵马冲到百花溪里面去，真是运气。

李精诚的手指先挪到百花村的位置，道："先说我们，屯驻在百花及其周边的，主要是一万八千柴城主力和山岳的六千辎重、杂兵，"他在百花这里圈了一个圈，"这里现在是我们的中军。"

他的手指缓缓移动："我的一万七千毛民主力，北部五里开外布置八千，另有八千步兵和一千人的器械营拖后驻扎，加上四千毛民的步弓手，共同护卫两千辎兵押运的粮草补给。"

李精诚抬头，环顾诸将，道："今夜百花的小规模赤铁虽不成气候，但说明南渚已经提前进入了花渡战场，他们从南面来。百花南我留下了善于快速移动的四千轻甲骑兵，由杨悬和张盛柏率领，他们在三里外驻扎，拉开一里，随同协防的还有火花的两千骑射，用以应变。"

星野乱　235

"很合理,"浮明焰点头,"这样的布置,起码在今夜,不会出现大的岔子。斥候回报,百花附近三十里,没有发现大股部队的踪迹。也许,澜青和南渚已经彻底放弃了百花溪的这一边。"

"既然如此!我们也不必等,就他娘的攻过百花溪!"浮铁虎用马鞭点着地图上百花村后、百花溪西侧的那块空白。

白旭握住了浮铁虎执鞭的手,把它拉了回去,道:"溪流是屏障也是阻碍,百花溪东侧无险可守,他们不需要在这里展露实力,西边就不一样了。"

"铁虎,你觉得对面这宽阔的战场能容下多少人?"

浮铁虎沉吟了一下,道:"十万?"

"出来这许多日子了,那里没有十万人等我们才叫奇怪。"浮火花说完这句话,众人一时沉默。

甲卓航明白她的心思,时间是吴宁边大军的最大敌人。

浮明焰和李精诚已经尽力争取闪击花渡了,结果却不尽如人意。

李子烨的军报和南渚盟书未到,在白旭护送扬归梦星夜赶往灞桥的同时,三镇大军便柴城誓师,同时出发了。由浮铁虎和杨悬率领的先头部队抵达商地,仗着地利人和,一路势如破竹,澜青的商城主帅陆祥在商城东侧稍作抵抗即行撤走。只用了两天时间,商城全境即告陷落。

算算日子,此时距离吴宁边大军出发不过五日,扬一侬也不过初抵灞桥,情况对吴宁边还算有利。

但进入四马原之后,大军的挺进速度就大大减缓。一方面,前方五百里都是澜青故地,军队受到的抵抗和袭扰与日俱增；另一方面，深入敌境的长距离、长时间作战，军需补给必须有强大保证，尚山谷的辎兵必须将补给控制在安全的范围之内。

问题是这支五万人的队伍消耗太大，没有办法完全从吴宁边补给，花渡已经采取的坚壁清野措施则让众人深感忧虑。因此，在派出前锋迅速推进的同时，尚山岳还临时纠合了商城降兵和沿途百姓，编入辎兵队伍，就地进行粮草的征调和麦田的抢收。这样复杂的军需调度，不是短短几天内能够完成的。

战场角力瞬息万变，什么情况都有可能发生。驻军皋兰之后，张盛柏首先带回花渡整军备战的消息，紧跟着就赶来了风尘仆仆的甲卓航，现在众人最担心的事情终于发生，南渚选择了背信弃义。

南渚的态度转变，原定强行突击花渡的计划只能放弃，花渡闪袭战就此变成阵地战。而当吴宁边的五万军队终于来到了百花溪的东岸，距大军誓师出发已经过去了十余天。

百花溪日夜奔流，依旧清澈欢快，只是这花渡最后的屏障之后，南渚诸军的身份已经由接应他们的友军变成了背信弃义的敌人。

"十万精锐之师。"李精诚抬起在地图上逡巡的眼睛，看了浮火花一眼，加重了语气。

他从旁边的侍卫手里接过一只弩箭，这箭支黑黝黝的甚是沉重，没有惯常羽箭的翎毛，箭尾的四道棱形突起显得异常生硬尖锐。

李精诚把这只弩箭放在桌上，兵士们又端上一只颇为精致的青色短弩来，他把那只短箭用力压入弩上的箭匣中，发出沉闷的咔嗒声响。他摸了摸这形制奇特的劲弩，道："我们在百花村遭遇的，是南渚精心装备的飞鱼营。飞鱼弩的连环劲射想必大伙儿都有所耳闻了。"

诸人无语，面色沉重，浮火花却抄起那只弩箭，在眼前细细观察。

李精诚继续道："飞鱼营不会无缘无故出现在这里，根据斥候的情报，百花溪东侧已经被渗透，作为主力部队，赤铁军由南向北，已经扫荡了至少七个村落，卷走粮食后，再将它们一一焚毁。"

"如果南渚已经屯兵百花溪，"李精诚掂了掂手中的青色角石，放置在百花溪的下游西侧位置，"根据飞鱼营深入的程度，南渚赤铁精锐四营，飞鱼、虎鲨、龟甲、银梭极有可能已经一起出动。这样，赤铁军方面的总兵力应该达到一万以上，赤研星驰必定已在军中。"

甲卓航看到三年前参加过风旅河之战的几位将领脸上都起了变化，当年赤研星驰曾和他们并肩作战，冒着箭矢刀枪，同进退，共生死。他果敢顽强的作风，给每个人都留下了深刻印象。如果这次对手是他，那么所谓的胜利，一定没有那么容易。

# 七

"他们对平民这一路烧杀，有没有可能依然在犹豫是否倒向澜青？"浮火花将飞鱼弩放在桌上，咔嗒一声闷响。

"也许有这种可能，斥候快马来报，赤研井田的使者在商城和皋兰连续扑了两个空，现在正快马赶往这里。我们虽然路上耽搁了些时间，进军速度应该也还比他们预料的更快。不管形势如何变化，今夜之前，南渚并没有捕捉到我们的主力。"尚山岳望着李精诚。

"更大的可能是，他们在帮助徐前，把坚壁清野的工作做彻底。"李精诚抬起头来。

"我们先假定赤铁军四营齐出，那么南渚所配的边兵和营兵的比例将只多不少。山岳的眼线证实了甲帅的消息，金麦山侧确有大军驻扎，传闻领军的是绰号"棕熊"的平武名将吴业伟。此人参加过与浮玉的赤叶之战，生猛强悍，是李秀奇麾下的得力干将。如果消息属实，那么有着丰富实战经验的平武野熊兵也被调来了战场，而这样大规模的兵力调动，赤研井田一定用了很长时间。"

"也就是说，赤研一家一早就已经开始谋划这场战争了。"浮明焰哼了一声。

"不错，情况已经明了了，"李精诚面无表情，"今晚的百花村，飞鱼对花虎，是两军主力第一次碰面，不管他们进驻百花村意图何在，我们彼此都知道了对方的主力就在咫尺之间。花渡是我们的目的地，无可更改，双方都如此快速地潜到百花溪附近，足以证明他们也是有备而来。赤研井田早就存了趁火打劫的心思，大公失踪之后，这个盟约就纯然变成了一个诱饵。"

"不错，"白旭接过了话头，"他一手以定盟诱使二小姐进入灞桥，一手精心布置，引诱我们孤军深入，到了进退不能的时候，再行翻脸，一举消灭我们三镇的主力。北方正在混战，吴宁边南部没有了三镇，以后便再也没有人能阻挡南渚北上中原！"

"那我们就打他娘的！"浮铁虎走上前来，把桌上的角石往地图上一推，哗啦声响，青色石片零零散散，把北至平明丘陵、东至柴水、安水的广大区域全部覆盖。这石片在皮革上滑动碰撞、声音清脆，众人脸色都变得阴晴不定。如果这真的是赤研井田的意图，那么这个人的胃口也未免太大，更可怕的是，就现在的局势来看，只要他的马蹄踏过眼前这些人的尸骨，他的计划也许就告成功。

"很有可能，我们还会遇到第三个参战方，"甲卓航沉默良久，平复了一下心中翻涌的情绪，慢慢说出了三个字，"永定城。"

李精诚猛地抬头，所有的人都瞪大了眼睛。是的，他们早已知道李子烨在灞桥深夜突袭，杀掉永定侯卫成功的消息。按时间推断，这个时间，正是永定城乱作一团的时候。永定兵团究竟会不会及时赶到花渡战场，和南渚站在一起，似乎不应该成为今天讨论的议题。

"我们只能希望，希望卫成功南渚之行和赤研井田决心与我们一战没有关系，希望卫成功不是带着徐昊原甚或日光木莲的密约来到灞桥。希望卫成功的儿子和家将不会和使他们父亲惨死的赤研井田结盟！"这一番话说得艰难，甲卓航禁不住有些口干舌燥。

永定临近浮玉，和坦提草原也并不遥远，虽然姓卫，但是杂糅了浮玉爻族和坦提莫合的血脉。卫成功本人的祖上和中州卫氏家族半点关系也无，他的先祖是莫合燕支部大将，约三百年前归化了强大的青王朝。地缘决定了永定兵士的特殊之处，卫成功手下，只骑着坦提风马的弯刀骑士，就已超过万人。

"不错，我们之前对南渚军队的动向还抱有希望，主要是因为受了盟约的误导，还以为他们是来偕同攻占花渡的！"浮明焰看了李精诚一眼，深深吸了一口气，缓缓道，"早就知道他们不是什么好东西！我最心疼的，是阿团。"

甲卓航打了一个激灵，在这个节骨眼上，还能够想起扬一依的，也只有浮明焰了。有时候甲卓航觉得他甚至不像一个军人，而像一个婆婆妈妈的大家长。是啊，如果他不是这样内心柔软的人，怎么会给天下最凶狠的骑兵，起了"花虎"这么奇怪的名字，把他的一对儿女和他一生最得意的部队联结在了一起？

甲卓航被这个意外的打岔拉回了现实，当意识到这些天里他的心中完全没有出现过这个姑娘的时候，他开始鄙视自己的冷血。

浮明焰很喜欢扬一依，但是有哪个人不爱这个漂亮善良的小公主呢？但毫无疑问，每个人都更爱自己。这种场合，注定没人会在乎那个只身远赴灞桥、把自己奉献给敌人的小女孩。不管盟约成与不成，这个姑娘放弃了继承吴宁边的权力，只为了替眼前的这些人争取更多的时间，星夜兼程，把自己送到了可怕的陌生人手上。

这样没心没肺的忽视，是不是一种侮辱？也许，如果豪麻在这里，事情就会完全不一样，他会抽出刀子，让每个挡在他和扬一依之间的人都血溅五步！可是即便这样，又有什么用处呢？

他回过神来，看到李精诚闭上眼睛，又缓缓睁开。他知道李精诚想到的是另外一个人。

"老李，不要误会，"浮明焰的脸色不好看，"子烨做得很

星野乱 241

好。不是每个人都有勇气在这样的困境下舍命相搏。即使子烨不这样做，我们一样没有选择。"他沉默了一刻。"想必或早或晚，我们还是会站在这百花溪旁。"

"谁知道大公会回来呢？北方战事胶着，我们等不起！子烨兄弟做的没错！"杨悬是李精诚麾下大将，毛民轻甲骑兵和斥候的总统领，他一句话没说完，被李精诚举手止住。

毛民伯的声调毫无变化，但眼角似乎多了几条皱纹："李子烨知道自己在做什么，我们不谈他。"

气氛有些尴尬。

甲卓航想了想，道："最坏的情况，百花溪对岸，有可能已是四面合围。我们无法在战场上建立营地，安排辎重。只要我们渡过百花溪，南方将会是赤铁军和野熊兵；正对面，我们要遭遇永定城的坦提骑兵；北方，驻扎的是徐前的花渡军团。也许他们没有凭溪固守，是故意漏了百花这么一个口子，就是要我们更加深入，只要我们的主力过了百花溪，就会落在他们做好的袋子里。"

李精诚和浮明焰都侧头，认真地听着。

"如果是这样，我们绕道好不好，或者退回去？"杨悬插话。

"我们怎么绕，也绕不开花渡镇。这一路我们也是在被补给牵着走，这些粮食留得蹊跷，好似生怕我们不来百花。"尚山岳话音不高。"我们身后的粮道已经无法维持，棕熊是一员悍将，我预计上邦也会出兵夹击，尚山谷……"他闭上双眼停了片刻，复道，"尚山谷守不住商地，没有四马原的粮食，我们也回不去！"

"你有什么想法？过河，还是避战？"白旭皱着眉，看着甲卓航。

"他有个屁想法!"浮铁虎打断了白旭,"就算有袋子,我们也要把它撕开!现在就架桥过河,在对面冲出一个口子!不打散其中的一方,我们必定被拖死在这里!"

"你的花虎踏不过刀车和蒺藜。冲过去,冲进泥潭里,四面挤压,谁有力量把你拔出来?"浮火花靠在角落,慢悠悠地说。

"其他步卒和苍头都是死的吗!"浮铁虎忍不住喊了起来。浮明焰不说话,姐弟两个便吵在了一起。

"好了!"李精诚的声音不高,但是一贯冷到人的骨头里,混乱的场面暂告终止。

他转过身来,身上鳞甲窸窣作响,道:"战场的局势大致这样,现在我们就站在花渡的门口,是不是要迈进这个门,怎么迈进去,今晚就要有个定夺。"他看了浮明焰一眼,清了清嗓子,提高了音量,道:"这件事情,我和老浮、山岳已经商量过。"

此刻,众人的目光都集中在他身上,他却从胸甲中掏出一块红色虎符,晶莹剔透,精致异常,在烛光的映衬下有着云雾样的朦胧光芒。场面上立刻鸦雀无声。虎符,是吴宁边军团调动的唯一依据。俗话说,"军令如山",在这里,手中持有虎符的将领说出的话,对于受相应虎符节制的将领士兵来说,就是那座山。

浮明焰走上前来,也摸出一块同样的虎符,接着,是尚山岳,他的表情严肃,身上的和蔼之气一扫而光。三块虎符在三镇主将的手上举起。全场的将领都跪拜下去,单手撑地。只有甲卓航的心怦怦直跳,努力挺起胸膛。

这样的场景,他并不陌生。合符,是吴宁边调动地方军团

星野乱 243

的必经程序，往往在誓师出征之前，由大公的使者和各地封爵在列列精甲的注视下、万众瞩目的高台上庄严风光地完成，迎来的是山呼海啸的激昂呼声。

然而此刻，却只有这十几名年龄各异、身份不同的职业军人，在一个荒僻小村一顶被夜风吹得呼啦作响的牛皮帐篷里，注视着这本该庄严肃穆的合符仪式。在前一刻，他们还表情不一、心思各异，激愤、失望、忧虑、恐惧、兴奋纠缠在一起，似乎每个人都被一种无形的力量和无奈所裹挟，进退不能。

然而此刻，每个人都很安静。

扬丰烈受扬觉动指派，总理吴宁边事务，手头自然也有虎符。但三镇进军的提议是疾白文提出，众人附议。扬丰烈自己犹犹豫豫不愿果断指派，自然也就没有人把他看做吴宁边的领袖。这一次三镇合兵进击，浮明焰和李精诚同为资深战将，扬丰烈不好平衡，居然同时委任两人同为中军大将，共同统领。虽然两人是多年的战友和兄弟，默契很深，但这支军队构成复杂，利益错综，难免出现号令不齐、运转失度的情况，自然更没有一个统一的合符仪式。

甲卓航摸出扬觉动交给他的红玉虎符，感觉到自己的手在微微颤抖。浮明焰却看着他，点了点头。

"我们承蒙大公错爱，执掌一方。早已立誓，宁进而死，不退而生！你们是三镇的将士，也同受大公的恩宠和照拂，你们怎么说？"

众人抬头，齐道："宁进而死，不退而生！"

"好！"李精诚看着甲卓航。

甲卓航拿出了扬觉动交到他手上的这块红玉，和李精诚、浮明焰、尚山岳手中的虎符——轻轻拼合，每次拼合，都会发出咔嗒一声轻响，整只虎符便有微光亮起，那光亮虽弱，却似乎盖过了帐内熊熊燃烧的巨烛。而每次虎符闭合，都意味着上万人的生死相托，那只难得完整的斑斓猛虎便翩然欲动，栩栩如生。

合符完毕，李精诚、浮明焰和尚山岳确认无误，也回身拜倒。浮明焰大声道："天无二日，军无二令。今日吴宁边柴城、毛民、商城三镇兵马，悉凭甲卓航大将军节制！"

甲卓航看到了下面各式各样的表情：尚山岳一脸凝重，李精诚平静异常，浮火花嘴角带着一丝笑意、歪着头看着他，白旭和杨悬的眼神中则带着一丝困惑，而浮铁虎则瞪圆了眼睛，把身子左右扭了扭，似乎就要挣起，说些什么。

浮铁虎还没来得及张口，却听到浮明焰一声霹雳般的大喝："日光如莲，精骑如火。壮气连云，踏破长河！"

"踏破长河！"众人一起把这句旧吴军中古语吼了出来，浮铁虎张了张嘴，不管他发出了什么声音，都已被湮没在了这气势如虹的吼声中。

浮明焰站了起来，按着他的肩，在他耳边低声说："花渡战场是你的了！"

一股热流穿过脊骨，涌上了甲卓航的头顶。

星野乱　245

# 第七章 飞鱼银梭

遥远的西方平原，蓦地燃起了光亮，一支闪光的长龙急速向百花溪方向蜿蜒而去，拉出了一条火线。赤研星驰深深吸了一口气，大喝一声："进击！"沉重的旗帜向前挥动，长长的布缦完全展开，漆黑的大地扑面而来。一切都变得模糊，长枪一支接着一支探出马首，满世界只剩下甲片和枪杆摩擦的沙沙声响。

# 一

四马原上起了风，麦子的金色一天天蹿上来，新麦的香气弥漫在广阔的平原上。

赤铁军驻扎在百花溪西岸，从这里北上花渡，直线距离约有九十余里，南下南渚边关军镇原乡，距离亦大致相当。

大战之前的寂静让人压抑。赤研星驰的银梭营处在整个南渚大营的最前方，越过眼前这道平缓的山坡，缓缓流淌的百花溪和北方金色的原野便可以一览无余。从百花村回来已经两天了，百花溪西侧的口袋早已布好，然而百花溪东侧的吴宁边大军还是没有动静。

赤研星驰站在营地间临时搭建的简陋靶场上，等待银梭营校尉屠隆的归来。屠隆一直留在箭炉，名义上是在为赤铁前锋催促军粮，更重要的，是在等待南渚世子赤研恭的消息。

赤研恭是个谦和有礼的年轻人，聪明与野心兼备，一直在为自己继承大公之位仔细经营，于是赤研星驰也便识趣地积极靠拢。这个儒雅温和的堂弟，从木莲带回了怎样的消息，他会是自己最可靠的盟友吗？

箭矢划破空气，发出尖锐的响声。

等待让人心焦。

十六岁起，他曾入木莲为质七年，约有一多半的时间都跟在木莲名将李慎为身边，大小战争也经过了若干。三年前，他还曾带领八千赤铁同豪麻携手，在风旅河战场大战澜青大公徐昊原。可以说，他是南渚少有的具有丰富临战经验的将领。

一般来说，随着战前策动的反复进行、作战意图的逐渐清晰、作战任务分解得越来越具体，统军将帅们的心态会渐渐平和，把更多的注意力投入备战的细节中去。但这一次罕见的举国出征却颇不一样。数日之前，他才知道，原来卫成功并未死去，李子烨夜袭的那一晚，他正在青华坊，在世子赤研恭的席上。

他也一下子明白了赤研井田对吴宁边赶尽杀绝的勇气来自哪里。这件事让他感到震惊和庆幸，震惊的，是赤研井田心机之深，将卫成功未死的消息隐瞒得滴水不漏；庆幸的，是他并没有回应李秀奇明里暗里的暗示，抓住赤铁倾巢而出的机会，去公然谋取灞桥。

如果李秀奇也和自己一样，提前知道了南渚和澜青的联盟早已坚不可摧，还会提出这样的想法吗？他是真的想要助旧主后人重登大位，还是受命来试探自己呢？

多想无益，现在他赤研星驰最需要的，是打好眼前这一仗。

此刻李秀奇、卫成功和徐前已经多次接触，大战方针也已敲定，但他心中的不安却依然挥之不去。

"公子，我也来射射看！"明亮跟在赤研星驰身边，看士兵们在靶场上开弓射箭，也跃跃欲试。

"那你就射射看。"

"那我就射了啊！"明亮接过弓箭，拉开步子，左右瞄了半天，一箭射了出去。他力气是有的，两石的强弓，他闷头憋气，居然开满，这一箭急若流星，在空中走出了一个漂亮的弧线，下坠时准头也还不错，二百步之外的草人微微晃动。

对面兵士摇旗，指指草人脚下，明亮的脸上微微红了起来。

"不错，这弓你能拉开就很了不起了，射到敌人的脚，敌人一样逃不了。"赤研星驰知道明亮平素练习刻苦，生怕坠了他南渚名将的威风和名头。不过短短个把月时间，他又常在自己身旁前后奔走，有这样的准头实属不易。

一句话的时间，又有许多士兵开弓，那些箭矢飞越长空，大多数都稳稳扎在了二百步开外的草人上。同样跟在身边的左手却把头歪向了一边，吹出一口气。赤研星驰觉得有趣，便问："你觉得他们射得怎么样？"

这个瘦削少年撇了撇嘴，道："不好。"

赤研星驰一愣，旁边明亮大急，捅了捅他，道："公子问你话，你要好好回答啊。"

"无妨，"赤研星驰拦住了明亮，道，"如何不好，你说说看。"

左手理了理头上乱发，道："他们开弓，都是一般模样，要走到相应距离，稳稳站好，再开弓发箭，连出箭的倾角都分毫不差，落箭倒也精准，只是这样开弓成了习惯，射起兵士野兽来，大概是不行的。"

"哦？"赤研星驰有些意外，这半大小子的观察力真是一等一的，"你怎么知道他们作战起来准头会下降？"

"他们开弓前一定要有个停顿瞄准的过程，靠的是对距离和力道的熟练，而不是直觉和手感，只要规定他们快速连射，或者给他们换上一把不熟悉的弓，再看就知道了。"

赤研星驰转过身来，道："明亮，你射给他看。"

"你这不是说咱们训练的不成么！"明亮小声对左手嘀咕。

"要快射，不要想，连出三箭。"赤研星驰命令。

明亮点头，搭箭上弓，还是不自觉地先迈步摆姿势，再去瞄准。

　　"快射！连续射！"赤研星驰突如其来的严厉语气把明亮吓了一跳，他动作还没做完，手中的箭就窜了出去，三箭射出，也就眨眼的光景。

　　对面的兵士又在摇旗，明亮沮丧地道："连靶子都没挨到。"

　　左手没说话，好像早就料到会是这个结果。

　　赤研星驰拍了拍明亮的后背以示安慰，又看了看少年那只受伤的手，道："你说得很有道理，但两军对垒和单打独斗不同。都是明亮这样准头的士兵，只要进退有度、指挥得当，便可弥补你说的不足，一样可以取得胜利。"

　　他又想起了自己初到木莲，加入磐石卫时候的情景，那时的自己也正和他们一般年纪。木莲局势不稳，内外战争不断，锻炼出了一支嗜血强悍的队伍，他赤研星驰为了骑射、速射的精准，不知道下了多少苦功。

　　眼前的这个少年仍穿着那身制式奇怪的铠甲，百花村的情况他说得十分详细，只是关于这铠甲的来历，左手却不肯说。他也不强求，把左手和那个叫作花影的小女孩都留在了营中。

　　左手的盔甲外覆钢片、内有暗槽，槽中有金丝银线贯穿，在鳞片下面一层压着一层，平时活动力道自内而外，鳞片张开，不妨碍穿着者的行动，一旦有兵器或者箭矢触及鳞甲，鳞片自外受力，便一层层压实，板结在一起，起到防护的作用。这看起来并不起眼的旧甲，却是难得的精工。

　　赤研星驰在木莲七年，见多识广，这黑甲也曾有幸见过一具，这套甲胄是木莲开国君主朝承露请大灵师疾渡陌设计，专门延请宁州铸造大师甲文峰定制的，传说一共一十二具。朝承露做这套铠甲的初衷，是打算赏赐给跟随自己南征北战、为开国立下汗马功劳的十二将军，然而这些甲胄还未完工，朝承露便已去世。

木莲立国之后，木莲开国十二大将军中有子的七人，曾各送子一人到光明宫，做为太子朝光孝的伴读。朝承露去世，这些将门之子也随即结束伴读生涯，返回父辈驻地。

新王朝光孝顾念君臣情谊，便下令将父亲当年铸造的明光金虎铠赏赐给他幼时的这些玩伴，自此，一代神兵流落民间。然而岁月不饶人，五六十年后，当年叱咤风云的十二家族大多破败，这金虎铠上镀上的金箔也早已脱落，若不是赤研星驰在李慎为身上见过一件，眼下也未必认得出来。

对左手身份的疑惑，也是赤研星驰把他留在自己身边的原因之一。

"射得好和射得坏差得太多，怎么会取得胜利？"这少年还是不大明白。

赤研星驰道："用兵之道，在于以强击弱，这强不仅仅强在人数和战力，人心、武备、粮草、时节、地理、机缘，这些因素都可以左右甚至扭转战局。明亮不善速射，没有关系。"他抬手，对旁边的士兵道："拿一把飞鱼弩来。"旁边的士兵匆匆而去，不一刻，就带来一把青色红花的弩机。

赤研星驰接过这弩，掂上一掂，把它交到明亮手里，道："听我的。"

明亮从来没有用过这弩箭，有些紧张，点了点头，结结实实扎了个弓步。

"抬起弩来，稳住，架在你的膝上。"

明亮依令而行。

赤研星驰眯起眼睛，在仔细估量距离。"用你的右眼瞄准，让目光穿过望山，"他顿了顿，"就是弩上突起的那个标尺，保持目标不出凹槽左右，在第二格与第三格高度之间。"

"很好，抓稳，扣动弩机！"

明亮十分紧张，甚至在扳下弩机的时候闭上了眼睛，他手中的青弩震动，哗哗剥剥连响，等到他睁开眼睛，已经射空了弩匣。

一连八支弩箭，连珠而出，前两支劲力最强，以极小的角度飞出，直接贯穿了二百步外的草人，后六支弩箭角度越来越大，到第六支弩箭以后，便在一百五十步左右跌落尘埃。纵是如此，也把左手惊得合不上嘴。

## 二

赤研星驰点点头，道："这就是赤铁军的飞鱼弩，每次可以压上八支弩箭，可以在二百步的距离将敌人射个对穿，并且稍加训练就可使用，不需要精良的射术和技巧。"明亮将射空的飞鱼弩交到左手手中，他小心地将这飞鱼弩捧起，细细观察。

"若有一队士兵持飞鱼弩，只要令行禁止，箭雨纵有些许偏差，也与大局无碍。相反，一人英雄，无论出箭多么精准，也无法扭转战局。你可以想想，如果并不精准的步弓手规模达到百人，某个人准不准，也完全不是问题了。"赤研星驰看着左手的眼睛，他总是隐约觉得这双眼睛里有些他猜不透的内容。

几个人正说着话，屠隆没来，大营外却赶来了辎兵营统领陆建。他来自青石下辖的南渚桃枝港，本是负责箭炉行营的辎重、装备和补给，李秀奇发兵原乡后，便令他把箭炉依旧交给关大山，随军一路北上。

"侯爷好！"陆建先和赤研星驰打招呼，跟着目光在左手身上停了片刻。

"陆将军，有什么事吗？"赤研星驰看出陆建似有顾虑。

"倒也没什么，"陆建收回目光，先摇了摇头，"最近我们的部署实在是混乱。如今吴宁边按兵不动，我们的斥候又都瞎了眼睛一般，五六万大军这样每天停在四马原乱晃，我们实在耗不起啊！"

赤研星驰一时沉默，不知道说些什么好，陆建说得没错，这在四马原上乱晃的，正是他辖下的赤铁军。

就在他们的眼前，百花溪东侧，远远飘来灰色的烟尘，那是昨日赤铁军们又焚毁了一个村庄。南渚赤铁除了都城警备，还有专门的四营野战部队，让赤研星驰大摇其头的，便是其中的飞鱼、龟甲和虎鲨三营。而现在突在全军最前的，是他的嫡系部队银梭营，主要是轻甲骑兵和混合兵种，约有千人之数，和其他三营相比，人数可以说少得不成样子了。

银梭营是赤研星驰刚刚接手南渚赤铁的时候亲手组建的，营中较少世家子弟，以新募的平民和其他部队中抽调的出色兵士组成，也是当下赤铁军中赤研星驰唯一能够全面控制的部队。当初他率赤铁四营出征风旅河的时候，初具规模的银梭营曾经是他的个人卫队。然而这许多年过去，其余三营人数不断增加，这一营的建制却始终未能扩大。

星野乱

对于银梭，他倾注了大量心血，无论武器装备或是军容军纪，都是南渚一时之选。在他和关声闻关系融洽、冲突未起的时候，两人也曾希望以银梭营作为整个南渚赤铁的标杆榜样，对赤铁军进行彻底的改组和整顿。然而后来的情况和赤研星驰预计恰好相反。赤研星驰推行的改组，遭到了前所未有的抵制，在此过程中，关声闻却得到赤研瑞谦的鼎力支持。

当昔日的盟友关声闻率先发难，潜伏已久的矛盾纷纷借机而起，终于导致整个赤铁军分崩离析。赤研星驰除了自己亲手组建的这支银梭，已然成了孤家寡人。

陆建一脸心事重重，赤研星驰亦是心绪难平，但作为前锋统领、赤铁军前线的统帅，他还是要回答陆建的问题。

"桃枝伯有什么顾虑？"赤研星驰深深吸了一口气，大兵在外，拼的就是粮草辎重。这次远征南渚，赤研井田的心思更难捉摸，大部队到达原乡之前，李秀奇都对本次北上的目的守口如瓶。直到棕熊分兵金麦山，南渚大军的动向才成为公开的秘密。

和澜青协同，歼灭吴宁边的主力？赤研星驰听到这样的布置，首先苦笑。吴宁边地处中州，多年征战不歇，又有扬家一贯强横蛮霸的作风打底，可以说整个州处处是军营，不仅民风彪悍，而且骁勇善战。就凭这二十几年，吴宁边大大小小打了数十次战役，不但没有被周边虎视眈眈的势力击垮，实力反而越来越强，就该是民风孱弱、繁华富丽的南渚不应该招惹的对手。如果说赤研井田和赤研瑞谦对战场上的吴宁边将士并没有直观的认识，当年代表赤研家族出兵援助扬觉动的赤研星驰和他的赤铁军对吴宁边的凶狠作风可是亲眼看过的。

可是，有什么用呢，如今他赤研星驰在青华坊上是说不上话的，他托赤研恭对赤研井田的旁敲侧击，似乎也毫无效果。事到如今，在三州大战的夹缝之中，凭他手下这一千余人实在难有作为，说不好自己的性命也要交代在这四马原上了。

"哎，闹得太不像话了！"陆建苦着脸，"扶木原大乱，卫曜的叛军虽然被锁在百鸟关内，但是整个扶木原几乎都被征讨他的军队毁掉了。现在紫丘和林口的守军拖拖拉拉，不肯把补给送到前方，关大山为了箭炉的稳定，也不愿意多发粮草，眼下大军粮草奇缺，真是要命啊！"

"紫丘和林口还要接济棕熊的队伍，挤不出来粮也就罢了，箭炉怎么也不输粮？关大山不是储备还很充分么？"赤研星驰有些奇怪。

"侯爷有所不知，这次咱们大公是发了狠了。除了这花渡前线的五万人，现在南渚各地的兵将还在源源不断地向箭炉集中，除青石的主力未动外，连灞桥的守备都动用了。现在关大山跟我诉苦，说陆陆续续已经屯在箭炉的兵士，就有四五万，还不算路上的，这些兵士都是南渚四城二十一镇的霸王，他不敢不优先喂饱他们。"

这一连串的消息，令赤研星驰彻底无语。这些天开不完的作战会议，李秀奇连发奇怪的命令，他已经大感不妥，后来还是同样来自平武的步兵统领谢承家跟他透了底。这次作战，赤研井田专门派来了他的内弟李熙然和李秀奇一起坐镇中军，并每日通过飞骑传书，下达各种指令，遥控指挥战役部署。

赤研井田调兵，谁敢不听？连隶属青石的桃枝港城守陆建都被调了过来，这陆建是经营生利的好手，但是一到箭炉行营，发现行营账面和实际差得太多，他使尽浑身解数，露出的口子也堵不上，只能拆东墙补西墙地勉强维持，苦不堪言。而林口和紫丘局势的糜烂更甚，更在主官的欺瞒下，一把烧掉紫丘粮仓的大火，传到灞桥，马上变成了贼寇举火进击、被格毙城外的大功一件。自己这个叔叔刻薄又刚愎自用，恐怕对扶木原的局势只是一知半解，便一心想抓住这千载难逢的机会，打垮多年不敢碰触的对手扬觉动吧。

赤研星驰心思电转，陆建不知道他在想些什么，还在自顾自地说着："本来这后方接济稍有问题，那么不要也罢，以战养战也不是不可以。关将军纵兵掳掠的措施虽然不妥，但也是无奈之举，不过一而再再而三地这样生抢，通过正常渠道和澜青要粮就困难得紧了。现在又有了新问题，且不说徐前的花渡不肯供粮，我们内部的赤铁军和野熊兵本来各有战区，现在也在交相争夺，唉，真是一团乱。"

"陆大人，你看这四马原上的粮食。"赤研星驰极目远望，隐隐约约可以嗅到麦子燃烧发出的焦香。

"徐前不是不知道局势紧迫，也在匆忙扩充兵员、抢收麦子，他这样努力，也不过收割得跟狗啃一样，你觉得这样的花渡守军可以依靠么？按照徐前的个性，现在还会开门迎战，已经是谢天谢地了。前天我在百花村，戴承宗捉到一个青旅的低级军官，那人亲口说，徐前对四马原的布置里，本来也没有我们的粮食。"

"这是什么话，我们是来帮助他们击退吴宁边的！"陆建恼了起来。

赤研星驰心中摇头，这陆建在港口经营上是一把好手，一旦涉及利害关系，这脑筋就远远比不上关声闻灵光。

他耐着性子道："陆大人，咱们是先和吴宁边定了盟，然后再背盟和澜青联合对吧。"

"是啊，这个事情，大家都知道。"

"好，若我是徐前，想必也不敢肯定咱们是不是会骗开城门，反戈一击，把他花渡镇从地图上抹平吧！"

陆建听赤研星驰如此解释，倒觉得有十分的道理，一时目瞪口呆。

"将军的意思是，无论是卫成功，还是徐前，也不过把咱们看成是闯进家门的不速之客，恐怕防备我们，比防备吴宁边也不差几分！"

赤研星驰叹了口气，道："就是这个道理，澜青那边，你就不要寄予太大希望了，上兵伐心，中兵伐谋，下兵伐勇，如今我们师出无名，这一场混战，心不平、谋不定、勇不余，真是不容易啊！"

赤研星驰一叹气，这陆建也跟着大叹特叹，道："我说怎么觉得这一次不大对头，但又说不好哪里不妥。照侯爷说来，虽然扬觉动失踪了，我们还不如把和他们的盟约进行到底，就算花渡打不下来，也不至于和吴宁边反目成仇。如今我们两头不讨好，这可如何是好。"

赤研星驰露出了一丝苦笑，看陆建还在琢磨，道："陆大人，今天我们的话是不是有点多？"

陆建一惊，忙道："是是，冠军侯不过就事论事而已，任谁都不能说你说得不对。"

## 三

　　看到陆建惴惴不安的样子，赤研星驰心中无奈：这陆建平素在桃枝经营得风生水起，给南渚贡献了大笔金银，却对灞桥内部的权力格局毫无概念。他赤研星驰在伯父和叔叔的双重压力下，自保都颇为困难，何谈左右时局？这陆建身上担着大军补给的沉重担子，叫天天不应，叫地地不灵，想必已经碰了不少钉子，只有病急乱投医，看到自己爵位尊崇，又是赤铁军名义上的领袖，就找了过来。他这一肚子苦水，已酝酿许久，说起来痛快，却实在是所托非人。

　　"军中近两天发生的情况不知道侯爷是否清楚？"陆建隐约听懂了赤研星驰的意思，说话格外小心翼翼起来。

　　看到他神色犹豫，赤研星驰却敏感起来，他这两天游走在百花溪两岸的村落，约束赤铁军、勘察地形，得知自己将充当和吴宁边主力对决的先头部队后，又是好一番布置，却不知道这两天军中又发生了什么事。

　　"龟甲营和野熊们抢收附近村落粮食，大打出手，李侯怒极，要斩了吕尚进，关声闻大人闻讯赶来，不知道和李侯说了些什么，然后……"

　　"李侯放了吕尚进？"

　　赤研星驰心中打鼓，这野熊兵和赤铁军两相争夺，互不相让，也不是一天两天了。因为赤铁军的幕后主掌是炙手可热的赤研瑞谦，所以李秀奇一贯约束部下，不去和赤铁们争斗，也就没有发生正面冲突。这一次不知为何，李秀奇却发了如此大的火气，竟要杀人。

"然后李侯嘛！"陆建声音很低，比了一个杀头的手势。

赤研星驰愣在当场，这吕尚进是赤铁军中举足轻重的人物，他统帅的龟甲营以重装步兵为主，有七千人之多，是南渚赤铁四营中实力最为雄厚的一支。吕尚进这人骄纵蛮横，没有脑子，他的父亲却是赤研瑞谦的生死兄弟，他对赤研瑞谦素以伯父相称，每年不知道要奉上多少金银。李秀奇杀了他，回到灞桥如何面对赤研瑞谦？

何况吕尚进盘踞龟甲营多年，对待军中的世家子弟颇为不薄，当年关声闻和赤研星驰决裂，这吕尚进也起到了推波助澜的作用，把赤研星驰气得半死，却拿他毫无办法。这次李秀奇临阵斩将，手段之狠辣，实是大出赤研星驰的预料。大战将起，吕尚进的死对整个赤铁军到底有多少影响，恐怕一时还难以估量。关声闻恐怕还没碰过这样大的钉子！

"侯爷想必还不知道，吕大人一死，龟甲营几乎哗变，多亏关大人及时赶到，震住了场面，可是这军中情形实在微妙。就在吕大人被处斩的同时，戴承宗率领飞鱼营的兵士又强入野熊兵防区，将澜青原定补给给永定侯卫成功的粮食截下，勒令徐前大人拿钱来赎。"

在别人家里截了粮食，又要主人拿钱来赎，这一操作可谓匪夷所思，赤研星驰听得瞠目结舌、不断摇头。

不怪李秀奇怒火万丈。南渚赤铁平素有赤研瑞谦照顾，在南渚各地骄纵跋扈，到处老子天下第一，已经成为常人避之唯恐不及的霸王。此次花渡守将徐前懦弱多疑，能退则退，结果关声闻这几个铁杆支持者倒愈加无法无天了起来。花渡和永定的情况赤研星驰多少知道。永定对卫成功未死的说法一直将信将疑，直到占祥护送卫成功星夜兼程，赶回永定，在卫成功的主持下，永定才仓促发兵。抢先赶到花渡战场的，正是最善奔袭的弯刀骑兵，这是一支全员装备坦提风马的队伍，由同样有着坦提燕支血统的将领文拔都统领。

徐前在花渡龟缩不出，文拔都轻骑快马，后续庞大的部队接应不上，一时间战场上实力最强的，正是灞桥的赤铁和平武的野熊兵。一贯骄纵的赤铁军对澜青这些婆婆妈妈的军队百般看不上也在情理之中。只是在人家的地盘上抢粮杀人也就罢了，还要公开勒索，这也做得实在过分了些。

"陆大人，大敌当前，不管内部出了什么纷争，我们总要拼尽全力，争取最好的结果才是。不知我们的辎重粮草，还能维持多久？"

陆建闷了半天，道："十五天，十五天后，也许在四马原搜获的粮食还能维系几天，但这些粮食都掌握在各军统领手中。我不敢保证。"

赤研星驰长出一口气，十五天一定够了，他相信百花溪对面的吴宁边部队补给更少。关声闻的赤铁只知道劫掠，敌人来了就跑，派出去的斥候绝少归来，一个个无影无踪，他作为全军前锋统领，对吴宁边的军情竟然一概不知。战斗开始前，他必须把这个问题解决。

斥候！

他需要最好的斥候和最及时的情报！闭着眼睛怎么作战？他现在连对面统军的大将是谁都不知道。他只知道，这个人思虑很重，他没有按照李秀奇的预想急进百花溪。

这样也好，永定的兵力还在陆续抵达，花渡的徐前也可以有更充分的准备。三地大军集合，总数当在十万以上，而吴宁边满打满算不会超过五万人。如果说十万人对五万人，吴宁边还有胜利的机会，那么十万人对两万或者三万人，吴宁边则必败无疑。一旦三面合围形成，便只等吴宁边大军渡河。河流限制了吴宁边大军的移动速度，只要渡河开始，河西的十万大军便将一起行动，先歼灭渡河登岸的主力，在后方棕熊和上邦兵力的配合下，剩下的，就只是一场在四马原上对猎物的追逐了。

但愿如此。

和陆建纠缠了许久，一直缠绕在心中的疑团还是没有解开。吴宁边的动向到底是什么？赤研星驰紧皱着眉头，望着眼前缓缓升高的漫坡，他几次想下令占据高地扎营，南渚和澜青的作战意图太过明显，他不相信吴宁边的统帅毫无察觉。既然如此，屯兵在漫坡之后也就并无必要，反而严重妨碍银梭营的视野，如果吴宁边大军突然渡河，他便难以及时进击。同样，他对西侧永定青骑和北侧花渡守军能否抓住战机、快速反应也很怀疑。

然而李秀奇，或者说赤研井田的指示很明确，给吴宁边留出足够的空间，待机进击。这样做的意图是让尽量多的吴宁边士兵钻入口袋，一举歼灭。

赤研星驰最担心的就是这个一举歼灭。兵法说，"十则围之"，现在己方的力量不过双倍于对方，如果真把吴宁边全部士兵都放过百花溪，李秀奇、卫成功和徐前，真的有把握将对方一举歼灭么？

他内心正在烦躁，大帐西侧军马嘶鸣，一团混乱。陆建脸上变色,道:"难道是吴宁边开始进攻了?"

赤研星驰沉着脸,道:"不会,他们哪有时间绕到我们后方,不过是斥候归来就是了。我们去看看。"说着迈开步子向后营走去。

赤研星驰一行几人走到辕门,大吃一惊,发现大营前挤挤挨挨,竟然跪了一地的百姓,为首的几个看起来像是商贾士绅模样,其余的大都衣衫褴褛,蓬头垢面,还有不少人已经负伤,衣上血迹斑斑。

赤研星驰皱起了眉头,问守门的卫官,道:"这是怎么回事!"

他话音未落,那一群百姓见有大官出来查看,纷纷站起想要冲到赤研星驰身边说话,场面顿时陷于混乱。这百姓有一两百人之多,有的人手里还拿着铁犁竹刀,一乱起来,辕门前的十几个士兵立时抵挡不住百姓的冲撞。

那卫官一头冷汗,急道:"将军,这都是四马原上的流民,说是被咱们的兵士攻破村镇,烧了粮仓,活不下去,所以来到我们这里寻求庇护。"

寻求庇护?赤研星驰眯着眼,看着眼前这一群扶老携幼,狼狈不堪的百姓,似乎想从这些陌生的脸孔上发现什么。

"明亮,调步弓手。"赤研星驰低声布置。眼前这些呼告不平的百姓颇具规模,难保其中没有敌人的斥候和细作,如果混乱起来,局面便会难以控制。

"不要这样,"左手不懂军中规矩,伸手拉住了赤研星驰的胳膊,道,"我识得他们,这都是附近村落的百姓!"

赤研星驰一愣,这少年一脸倔强,眼睛里透出森寒的光芒,紧紧咬着嘴唇。他没有忘记前天傍晚,明亮把他从燃烧的废墟中拽出来时,他那失魂落魄的神情,夹杂着不甘、失望、仇恨和无助。那个瘦弱女孩裸着身子,蜷缩在火焰旁,惊恐地看着那熊熊燃烧的房屋。

他的心中一时有一刻发软,却又强迫它坚硬起来。

"我救了你。"

左手点头。

"你也在中军长旗下盟誓,成为我的护卫,加入赤铁军!"

"我只是大人的护卫,不是赤铁军!"左手的话硬邦邦的。

赤研星驰冷冷道:"那你是否懂得军中的规矩!"

说话间,他的身后步履纷沓,紧接着,便是吱吱的控弦之声,场上一下子安静了下来。是银梭营的步弓手已就位,只要赤研星驰一声令下,那雨一般的箭矢就将对着这些平民兜头落下。

赤研星驰的目光扫过人群,陆建惊骇地张大了嘴,眼前这帮平民就静止在那闪亮的箭矢前,满怀恐惧,鸦雀无声。而士兵们,他一手带出来的银梭营的士兵,虽然张满了弓弦,却满脸犹疑。

赤研星驰暗暗叹了口气,他们都是平民子弟,眼前这些狼狈百姓,也许就是他们的父兄。

但此刻,必须要有个决断。

## 四

他想要抬起手,一扯之下却分毫不动,原来是左手依旧跪在他的身前,紧紧扯着他的腕甲。他深深吸了一口气,低声喝道:"放开!"

左手把他那红甲死死拉住,一脸倔强,毫不退缩。

"让开!"

"大人……"陆建一句话没说完,就被赤研星驰止住。

"大战将临,这个节骨眼上出现这些兵士,古怪非常,飞鱼、龟甲、虎鲨已经屠灭了不少村子,怎么还会有百姓直接往刀口上撞?现在就要解决了他们,我不能让局面失控!"赤研星驰把声音压得非常之低。

那少年的右手箭伤未愈,拉扯之下,鲜血已经渗出了皮甲,而赤研星驰的右手则一直在轻轻叩击他的佩刀。

此刻,只要他的手一起一落,万箭穿心,眼前的危机即刻解除,但自己统帅的这支银梭营,便和自私嗜血的其他赤铁三营再无任何区别。

"师出有名,征伐以义!"他踏上战场的第一天,李慎为的话语还在他的耳边回荡。

"正名、存义,则上下一心、同生共死!攻无不克、战无不胜!"赤研星驰默诵着,可他没说过这道义坚持起来究竟有多困难,多沉重。

如果银梭营开始就大开杀戒、劫掠粮草,同飞鱼营一样令人闻风丧胆,今天就不会有这些找上门来的麻烦。何况他也没有人、没有时间和精力来处理这些百姓的问题,更不要说其中可能混杂的细作间谍。

然而他就是顾虑太多,这片土地本来就属于这些衣衫褴褛的乡民,他明白,杀戮取得的权威无法长久。只说眼下,对那些避入花渡的澜青士兵来说,这些被赤铁军驱赶屠杀的,就是他们的父母兄弟，被凌辱强暴的，就是他们的妻妾姊妹，他们会抱着什么样的心态和赤铁军们并肩作战？

赤研星驰不敢想下去。

在他迟疑的这一瞬间，对面人群中传来了孩子的哭声，一个汉子背着竹篓，竹篓中坐着个两三岁的孩子，正饿得哇哇大哭。

这清脆的哭声胜过闪着寒光的刀剑，他看到周围的步弓手的箭头渐渐低了下去。

"大人，我们只是普通乡民，知道南渚的大军也是在助我们抵抗恶人。只是这四马原太平了百余年，我们真是不知道自己做错了什么，不知道大人能不能给我们一条活路！"为首的一个商贾模样的男子看赤研井田犹豫，首先喊了出来，人群一下子陷入纷乱。看到赤铁军并没有放箭射人，这些乡民彼此壮着胆子，七嘴八舌地拥上前来。

兵士们脚步松动，都看着赤研星驰，赤研星驰眯起了眼睛，敲动刀鞘的手指渐渐僵硬起来。

他手上压力一松，是左手忽然站了起来，反手从背上抽出了一支箭支来，高举双臂，在人群前挥舞，道："不要乱！不要吵！再这样下去他们就要放箭啦！"他喊得声嘶力竭，眼中充满绝望。

赤研星驰终于缓缓举起了他的左臂，伸出一根手指，随着这根手指越举越高，步弓手们再次满弦。

"请大人给我们一条生路！"为首的男子前行几步。"是啊，是啊，给条生路吧！"乡民们木偶一般地跟着向前。

利箭在阳光下划出晶亮的圆弧，噗噗连声，这男子喉间咯咯作响,身上传来破帛裂革的闷响。从他的额头、口中和前胸伸出三枚晶亮的箭头,鲜血喷溅,顺着冰冷的金属滑下。这男子瞪圆双眼,扑倒在尘埃里。

赤研星驰伸在半空的手僵在了那里。

陆建的脸色更加苍白。"飞鱼营。"他喃喃地说。

利箭如雨,人群大乱,四处奔逃,泥塑木偶一般被射得满地翻滚。左手跳将起来,目光血红,势若疯虎,就要冲上前去,却被明亮一把抱住,拖到赤研星驰身后。

没有也来不及抵抗,面前这些澜青的百姓被尽数射死在辕门之外,只有少数人在混乱之中夺路而逃,也有身手极为矫健的,夺了马匹,跑在飞鱼弩射程之外,转瞬不见踪影。

当这一片平民草芥一般倒伏满地之后,辕门外,出现了一排光芒闪闪的士兵,是飞鱼营胸前的护心甲在太阳照射下闪闪发亮。

"侯爷,这样快又见面了!"戴承宗骑在马上,遥遥向赤研星驰拱手,嘴角带着一丝残酷的笑意。他夹马驰向辕门,两旁士兵紧张地抽刀在手,他却猛地勒缰下马,徐徐前行。

"侯爷怎么会被这样一小撮乡民弄得手足无措呢?"戴承宗的语气充满挑衅的意味,"那些细作可就在这些人之中,如果这些人不过哭上那么一哭,就能够衣食无忧,那我们这些人千里迢迢赶来澜青,舍生忘死为徐前打前锋挨刀子,却又到哪里寻人诉苦?"

"都杀了倒简单,但问题依旧没有解决!"赤研星驰冷着脸。

"那侯爷举起手来,是准备要向这些乡民投降吗?"戴承宗嘿嘿冷笑,"看他们夺马奔驰的样子,啧啧,吴宁边的细作跑得倒快，只是他的方向跑错了，正跑向我们的口袋中央。"

赤研星驰气得脸色发紫，道："不错，吴宁边的细作不加提防，几乎要坐到我们前锋营的大帐中了。只是不知道我们一批一批的斥候出去，杳无踪迹，是不是也都坐在吴宁边中军的大帐之中！"赤研星驰盛怒之下，是在指责飞鱼营负责机要消息的刺探。他们的斥候在四马原上晃荡多日，不但未有斩获，反而被李精诚手下杀了个干干净净。搞得南渚大军就像一个盲目的巨人，空有一身气力，却不知使向何方。

戴承宗听赤研星驰这样说，不由得红了脖子，道："侯爷，我不过是飞鱼营小小校尉，你这经过大风大浪的人，在百花村的时候，多好的刺探军情机会，怎么也带着掳掠来的小娘们飞一般地逃走啊！？"

赤研星驰大怒，当日他知道戴承宗为了抢粮，竟然私自进击作为诱饵的百花村，快马前去阻止，以避免飞鱼营和吴宁边大军前锋遭遇，坏了大事。不料戴承宗却并不买账，他无奈回程，亲见百花乱成一锅粥，飞鱼营在花虎重甲的眼皮底下狼狈逃窜。

他在撤离百花村时，发现有落单的飞鱼营士兵被劫杀，想看个究竟，机缘巧合，却带回了左手和花影。这一行到了这戴承宗口中，却完全变成了另一番模样。

他手握刀柄，一瞬间忽然十分理解李秀奇的感受，热血上涌的时候，只想拔刀把这个戴承宗劈杀当场。然而一个熟悉的声音却适时在耳畔响起。

"承宗，不许对星驰将军无礼！"

戴承宗本来就跟个刺猬一般，立起了浑身的尖刺，听到这话，脸从脖子根一直红了上来，恨恨跺了跺脚，退了开去。

顺着目光的方向，高头大马上骑着的，正是赤铁军副都统关声闻。

"是你下令放箭？"在赤研星驰的辕门前放箭挑衅，戴承宗虽然跋扈，却也没有这个胆子。

"是我。"阳光耀眼，赤研星驰用手挡着眼前，见眼前的马队从中分开，李秀奇缓缓策马而出，他身边，还跟着一个唇红齿白的青年文士。

众将簇拥在李秀奇的身边，缓缓前行。

"上马。"李秀奇的话语很简短，缰绳一振，率先穿过大营。

陆建慌忙扯过马匹，他本来骑术便是稀松平常，对这银梭营中的马匹又不熟悉，还在拉着缰绳扯来扯去，戴承宗和赤研星驰都已翻身上马，紧跟李秀奇而去。

此时已近日暮时分，平原上晚风强劲，吹散了燥热的气息。李秀奇的身边，几乎包括了此次出征澜青的所有主要将领，那白头的青年文士是大公赤研井田派到中军的监军李熙然，他和平武野熊兵团的副都统谢承家一左一右，紧紧跟在李秀奇的身边。稍稍拉开距离，一边是兼领虎鲨营的赤铁军副都统关声闻，跟在关声闻左右的，是戴承宗和新上任的龟甲营校尉丛巍然；队伍的另一边，策马走着赤研星驰、青石淳族骑兵统领米勇和同样来自青石的步兵统领安自然。而中军辎兵营的统领、桃枝港城守陆建正远远落在后面。

进入七月，四马原上的麦子已经迅速成熟，由于战乱骤起，除了焚烧粮食村落的滚滚浓烟，便是高高低低狼狈收割的金色麦田。在各方势力的驱赶下，本来富庶的四马原上，到处都是流民。他们眼皮底下就是金灿灿的麦子，却无缘享用，因为三州近二十万大军齐聚四马原，都需要就地补给。只要有麦子的地方，就注定是刀枪见红的战场。这片土地上流离失所的百姓们，逃得及时，或多或少还会有些存粮在身，也不过希望自己运气稍好，在这平原上游荡，不会被凶神恶煞一般的兵士堵住而已。

众人登上眼前的漫坡，弯弯曲曲的百花溪尽收眼底。就是这条自极北霰雪原上发源的溪流，自青隼湖流出，辗转万里，由奔腾峻急的大江变为清浅壮阔的溪水，九曲回肠，滋养了这片肥沃的土地。

赤研星驰勒马停住，极目四望，发现身侧连绵的烟火恰恰勾画出了南渚赤铁军的北上路线，唯有百花溪东侧静悄悄的，只有迅疾的晚风在广阔无垠的大地上游荡徘徊。

事实上，直到今天，除了小股部队的摩擦，三方主力并未有正式交锋的机会，都在小心翼翼寻找最为有利的时机和位置，唯一毫无危险的，就是针对平民百姓的攻击。赤铁军在这一点上做得最为突出，留下满路狼藉和无尽哭号。

落日给一众将领的身影镶上了金色的轮廓，面前的四马原辽阔无边，天边隐隐有一骑绝尘，正是适才夺马逃走的乡民或斥候。这个时候，追究这些已经没有意义。

## 五

"李精诚的斥候名不虚传。"李秀奇把马鞭握在手中，望着眼前的平原，发出了一声喟叹。

赤研星驰知道李秀奇指的是什么。在吴宁边和南渚的斥候战中，吴宁边占据了绝对优势，平武城地势复杂，多山川沼泽，不利于纵马奔驰，李秀奇一手整编的平武野熊中虽然也有优秀的斥候，但对平原地区的潜伏刺探并不熟练，在和毛民斥候的捉对厮杀中负多胜少。而赤铁军中的斥候就更不必提，几乎是出去一个消失一个，出去两个消失一双。

毛民斥候一般数人一组，搜索排布自有章法，一旦某组斥候发生意外情况，相邻组别都可以赶来照应，而赤铁军的斥候平素极少类似的训练，又无实战经验，不免战战兢兢、瞻前顾后；加上赤铁军进了四马原之后，一路烧杀，搞得天怒人怨。一旦出现，澜青百姓不但纷纷走避，而且向敌人通风报信的也大有人在。

南渚诸军进入四马原不过七八日工夫，途经市镇已经吃尽苦头，对稍微偏远的乡村，更是每日烧杀劫掠，而兵士们的锐气也在这样的放纵中渐渐消磨。斥候战中的失败经历，很快就被他们转嫁到四马原普通百姓的头上，干脆以行营代替斥候，一路强行推进，这样的做法，对占领割据来说颇为有效，但无法与吴宁边的大部接触，更别说从乡民那里获得情报了。

斥候战的失败，已为这支临时拼合起来的队伍罩上一层阴影，大战将临，南渚对吴宁边的派兵布阵和作战意图还是一头雾水。中军将帅中，对吴宁边的兵将还有些概念的，只有赤研星驰、关声闻、戴承宗等有数的几人，他们数年前曾与吴宁边战士在风旅河战场并肩作战。

这几天，赤研星驰带领银梭营中的精锐士兵，已经把花渡战场提前踏了一遍。此刻，众人默默不语，他的枣骝马却忽然奋起前蹄、长嘶起来，他拍了拍马儿的脖颈。这片寂寥空旷的原野，让马也感到了深深的不安。

"吴宁边的统帅叫甲卓航。"

风声颇大，远处天际的白云翻滚，只一刻，就飘到了西方。李秀奇终于开口了。

赤研星驰一愣，甲卓航？

甲卓航是跟着扬觉动一起在阳宪失踪了的，怎么会突然出现在四马原？他看向李秀奇，其余的将领都目光茫然，除了关声闻，这些人对甲卓航任谁都毫无概念。

赤研星驰心中一紧。

"难道？"

"不错，扬觉动回来了！"李秀奇的话干巴巴的，"棕熊发现，镇守商地的，正是丰收商会尚山岳的弟弟尚山谷。他也是扬觉动前来灞桥的随从之一。"

甲卓航、尚山谷……赤研星驰把这几个名字反复咀嚼，觉得头就要炸开。为什么？花渡之战如此关键，扬觉动竟然派甲卓航来统御全局？豪麻呢？吴宁边年轻一代的战神在哪里？如果扬觉动要亲临观平战场，难道不是应该把豪麻留在这里吗？

"有人说，被鲜血浸透的土地，来年会变得特别肥沃，"李秀奇看着面前辽阔苍茫的大地，"也许我们的计划是错误的。"

"李侯真是多虑了，"李熙然打马走上前来，和李秀奇并肩，"花渡不破，徐昊原的粮道就安然无恙，不管谁来到四马原都没有意义。而进攻花渡最为便捷的途径，就在眼前。现在观平城下，徐昊原正在对扬丰烈连番猛击，这个路，李精诚他们绕不起，就算扬觉动亲临百花溪，也一样躲不开与我们正面交战。"

他还是那么自负，赤研星驰侧头望着李熙然，其实他们已是老相识，但在此刻，赤研星驰又觉得这个人如此陌生。

十年前，他的祖父、南渚老大公赤研易安去世，赤研星驰被三叔赤研井田送入木莲为质，进入木莲的第一座大城，就是名将李慎为镇守的固原城。他到达固原不久，日光城就爆发了波及大半个八荒的朝堂之乱，他迫不得已只能滞留固原，并在那里遇到了李熙然。

李熙然是南渚名将李楚的幼子，生在日光城。当日正在堂兄李慎为的幕府之中，他外表文质彬彬，却学着父亲的样子，豢养了一大批来自五湖四海的门客。这样的行为在世家子弟中也属寻常，但这李熙然却非同常人。朝堂之乱一起，他趁李慎为行军在外，竟自带门客潜出固原，自组勤王军一支，奔向日光城杀贼平叛，轰动一时。

李熙然的年纪只比赤研星驰稍长，当时固原公李慎为已年过半百，对这个堂弟的管束也颇为严厉，却依然无法驯服李熙然暴躁多动、冒险生事的个性。

一晃十年过去了，赤研星驰没有想到，在四马原的战场上，他和李熙然竟然再次相见。没记错的话，李熙然今年还不到三十，但不知为何，如今已然两鬓如霜，只有眼中狂热未改。

"李熙然大人说得有道理，我们现在需要的，只是等到吴宁边大军渡河之时，给他们来个致命一击！"米勇微胖，攥起了拳头。

米勇是南渚左相米容光的子侄，由于米家和陈家世代交好，米容光便把他送到青石陈家的羽翼之下，托陈穹的长子陈兴家照看。青石地处蛮荒，民风淳朴，陈兴家对青石的经营颇为得力，四邻和睦，本来就没有什么战事，米勇平素的职务是负责与淳族掌控的长州交通往来，是个挂武将职的闲官。这次赤研井田发动全南渚的力量出兵澜青，米勇闲得难受，便自告奋勇率领两千淳族骑兵赶来花渡战场。就他家族而言，本来是个镀金的意思，这两千兵力也没人看得上眼。不料来了箭炉行营，体会到了大战之前的紧张和混乱，米勇就开始打起了退堂鼓，但显然，既然来了，离开，就没那么容易了。他少了些勇气，但人是极为机灵的。不管什么人提到何种议题，他都能迅速找出其建议的合理之处，加以附议，这也是一种本事，因此也就成了万金油一般的人物。他在时，大家有时候觉得烦得慌，没有了他，仿佛又缺了些什么。

　　米勇这句话脱口而出，眼睛一直盯着李熙然，等着对他的呼应和肯定。然而李熙然却并不理会，只当他不存在，看着李秀奇和赤研星驰，又道："南渚赤铁训练多年，武备冠绝八荒，无论是虎鲨的骑兵还是龟甲的步兵车阵，更不用说飞鱼的飞鱼弩，岂是吴宁边草草组织起来的乌合之众能够比拟？我看就算拔营对攻，我们也未必会落了下风！"

　　米勇一句马屁拍在了马脚上，脸色有些不对，好在说巧话儿就是他天生的本领，他脸上的不豫一闪而过，紧接着又大点其头，道："李大人说得实在有道理。单拿那连珠八箭的飞鱼弩来说吧，二百步射程以内，管你什么大罗金仙，统统射成筛子一般，就算那吴宁边的战士再凶悍野蛮，又有什么办法？"

　　李熙然依然不理他，道："这些因素，大公自然都考虑过，因此才亲自布局，指令我们主动进击。"他看了一眼关声闻。

星野乱　275

"军队之内，必须要统一号令，我身负大公重托，不得不快刀斩乱麻，杀了吕尚进，还请星驰将军和关大人多多担待了。"

他拍了拍胯下骏马的脖颈，一边嘴角翘起，似笑非笑地道："等到花渡大捷之后，我自当向二位将军请罪！"他在马上坐得笔直，这句话说得中气十足，哪里有半点歉意模样。

赤研星驰听他讲了半天，心中又是吃惊又是惶惑，他本来觉得以李秀奇的治军手腕，在大战将临的时刻，是断然不会做出临阵斩将的举动的，搞了半天是这李熙然的主意。只是这吕尚进统领着南渚大军一成半的兵力，是绝对的主力干将，就算桀骜骄纵，李秀奇为整体局势计，恐怕也要踌躇，不想这李熙然却有这样的胆子，直接当着赶来说情的关声闻斩了吕尚进。

适才李熙然说得高兴，大有挥军拔营、催动大军决战的意思。全没留意关声闻的阴沉表情，以赤研星驰对关声闻的理解，虽然碍着李秀奇和他麾下的三万野熊兵，他还不至于当场翻脸，但这个梁子，李熙然可结得太大了。

不仅如此，此刻三州局势未明，消灭敌人的同时保存实力才是上策。刚才李秀奇有意谈到斥候战的失利及情报不足的现状，这李熙然半点儿也没听进去，反而力主要大举进攻。中军大帐，有这样一个狂热而刚愎自用的实权人物，还有一堆互相倾轧、彼此拆台的实力将领，不知道李秀奇作为中军主帅，要怎样打赢这场战役。

有那么一刻，赤研星驰对自己手里只有这区区千八百号忠诚死士，又有些莫名的庆幸了。

"甲卓航这个人，我有些了解。"不能放任话题这样滑到冒险对攻的一边，赤研星驰觉得必须说些什么了。

"他出身旧吴巨商之家，是悍将豪麻的搭档。以前倒是并没有什么拿得出手的功绩，不过他见过世面，拼过战场，脑子灵活，喜欢谋定后动。有他在，这场仗不会容易。当下局面混沌不清，我们最好还是步步为营。"

"一个大安城中跳脱飞扬的公子哥儿，冠军侯倒是十分重视！"

"不论甲卓航是不是公子哥儿，我们在战场上，还没有和他对决过。兵者，势也，飞鱼弩虽然强劲，也射不穿花虎的重甲，如果临兵布阵失当，也危险得紧。"关声闻接着赤研星驰的话头说了下去。

关声闻冷冰冰的语调毫无起伏，和赤研星驰这一唱一和，都在和李熙然适才的豪言壮语唱反调，李熙然的脸色又难看了起来。

## 六

"关大人说得对，还有一个问题，"陆建来得慢，话刚好听了一半，不知道众人已经唇枪舌剑经过了一轮交锋，"飞鱼营两千五百号人，六十万支飞鱼箭，平均每名士兵只有二百四十支，如果不加以回收，仅仅够三十次发射，不到两个时辰，这箭也就射完了，我们现在远离箭炉，可没有法子及时补充！"

陆建负责粮草辎重，一发言，就说到了关键上。

关声闻回马看了看这位马还没有停稳的辎兵营统领，没有作声。

"飞鱼营可不止有飞鱼弩，我们的百炼刀也不是吃素的！"戴承宗却容不得对自己部队的质疑。

"这位将军说得对，"照理说李熙然已经见过戴承宗，却故意不提他的名字，"两千五百人，就算没有了箭矢，也可以编入普通步卒，加以利用嘛！"

"你说什么？"戴承宗脸上勃然变色，却被关声闻止住。

"李大人和陆大人说得都有道理。好钢，我们一定要用在刀刃上。"关声闻的语气不快不慢，这一年多，他着实长进不少，愈发沉得住气了。

说话间，匆匆赶来的斥候穿过众人，递上火漆封口的红色的皮筒，这是灞桥传递机要军情的特用邮具。李秀奇把那皮筒拿在手里掂了掂，交给了身旁的李熙然。李熙然利索地拆开皮筒，取出谕令，看了一遍，又递回给了李秀奇。

李秀奇看定赤研星驰，眉头微蹙，若有所思。

"李侯？大公说什么？"

"星驰将军，你和关将军做好准备，今天傍晚，甲卓航有可能会渡河，进入战场。注意估量他们渡河人员的规模、行进的方向，寻找适当时间前突进击。"

李秀奇并没有回答赤研星驰的问题，他最后看了一眼这片原野，道："日暮时分，大军可以驻扎漫坡之上。要注意，要抢先压住，不要给浮明焰的重甲骑兵留下足够的空间，绝不能让花虎获悉它的速度。具体布置，你们比我了解。这一战的目标，是对已经渡河的吴宁边部队进行正面挤压，赶在他们全部渡河之前，把第一批渡河的人员压回到百花溪里面去。"

"侯爷，这样的布置似乎和大公的授意颇不相同，"李熙然似乎对李秀奇的布置有些意外,"我们和花渡、永定谈了这么久,就是为了布置这个口袋,如今他们还没有完全钻进去,就半途出击,这样,难以斩草除根,会吓跑了甲卓航的!"

"李大人稍安毋躁,我倒觉得李侯的方案比较合理,吴宁边的五万大军全部渡河,兵力集中之后,会给合围造成极大压力,稍有闪失,我们的口袋就会被刺穿。"关键时刻,赤研星驰必须发表意见。

李熙然看着赤研星驰,露出了笑容,不紧不慢道:"渡河的人多了,他们就没有了后方,成了一步死棋。我们已经和永定的骑兵约定一同发动,进击时侯爷只需稍候片刻,等他们把文拔都这颗香甜的饵吃掉,就会发现自己抽身不得了。"

关声闻道:"放文拔都的骑兵冲阵过于冒险,永定兵力未齐,前锋被吃掉,对后续士兵的士气打击很大,而李精诚的步兵精悍。虎鲨营虽然能打敢拼,但也没有办法和花虎重甲正面冲撞。冠军侯说得对,我们、永定、花渡三方编织的口袋太薄,只要吴宁边在局部形成兵力优势,难保不被刺穿。"

"关大人多虑了。"李熙然在马背上做了个下压的手势。

"刚才李侯已经具体布置,花虎没有速度,就是死肉一块!一旦两军接触,进入正面鏖战,甲卓航又能坚持多久?我们放他们大军渡河的同时,再拨出一支部队,去寻找他们存在百花村的辎重,劫走也好,烧掉也罢,过了河的部队,便会不战而溃。"

李秀奇轻咳了一声,道:"几位不要争了,百花溪东侧满是吴宁边的斥候,突袭难以收到满意的效果,抄这个后路,也不容易。李大人的方案,不如我们集合兵力中流而击来得保险。

花渡的军队虽在城外驻扎，但徐前为人过于谨慎，对他是否能配合我们，离开城池展开野战，我们也没有把握。"

他又沉吟了一下，道："虽然大公命令主动进击，一举全歼，但目前对方突进的速度还是比我们预想的快，澜青兵力未齐，我还是不敢把他们全都放过来。"

他看着李熙然，缓声说："不管怎么样，这一战，我们还是要确保胜利。"

"李侯的意思我明白，"赤研星驰续道，"我还有一个想法，我们是不是可以把用力的方向稍稍偏一偏，不要正面迎击，而是从南侧给过河士卒施加压力，引导他们向西向北行进，进入花渡和永定的防区，这样澜青守军既可以逸待劳，又不能作壁上观。"

"这样好！徐前守着坚城，拖延畏战，龟缩不出，我们索性就把吴宁边的精骑送过去！"说话的是龟甲营的代校尉丛巍然，他说话格外大声，一是他辖下的重装步兵最擅长战场挤压的阵地战，二是吕尚进之死让他心头憋着一股火，说起话来不免恶狠狠的。

"不错，"赤研星驰把手一挥，做了一个切割的手势，"敌人的队伍一旦拉长，不论是进是退，必定缓慢，等到他们前锋受阻，我们再出动中军主力，把这条变薄的蟒蛇一举切断！"

众人脸上表情各异，但都沉默不语，赤研星驰刚刚给出的建议，是在赤研井田主动进攻和李秀奇积极防御阻击之间的一个折衷方案。

"好，那大家准备一下，还是有劳冠军侯的赤铁四营为前锋，谢承家会带领一万野熊步卒做赤铁的后盾，"李秀奇无意再谈下去，看着谢承家，"布置一下，野熊兵主力配合冠军侯和关将军，重心向北偏移，以防文拔都的坦提骑兵抵挡不住冲击。大敌当前，希望大家精诚团结，保持一致。四马原上，我们终究是外人。不但要取胜，还要充分利用永定和花渡的力量来消磨敌人，不要陷入苦战！"

李秀奇调转马头，疾驰回营，众人也紧紧跟上。

赤研星驰满腹心事，催马前行，关声闻却打马追了上来，道："侯爷，这次前突，还是请银梭营首先试探，龟甲会在身后留一条缝隙。一旦接触厮杀，遇到压力，银梭后撤即可，龟甲会扛住对方的骑兵冲撞。这次飞鱼营和龟甲混编，花虎渡河跑不起来，其余队伍更不为惧！我的虎鲨则负责从百花溪侧北上，把吴宁边渡河的军队切断。"

"有劳了，你我都是风旅河战场回来的人，不要托大。"赤研星驰这句话出自真心，情真意切，关声闻也点了点头。

简短交流后，关声闻再不多言，打马离去。

赤研星驰望着关声闻的背影，长长出了一口气。关声闻个性孤傲，虽然和自己不睦依旧，但毕竟是一同滚过刀尖的兄弟，关键时刻，大家都在一条船上，只能彼此信任依靠。

短暂的喧闹过后，银梭营又空空落落起来。

"准备吧，让大家加倍警醒，从此刻到黄昏，吴宁边的士兵随时可能渡过百花溪。"


四马原的晚风带着温热，铁甲窸窣，马匹嘶鸣，赤研星驰的命令像投入湖中的一颗石子，把临战的紧张肃杀一圈圈在人群中扩散开去。他缓缓踱步，反复握紧了手掌，再缓缓松开，

星野乱

已经上阵无数次，在每次开战前，他依旧手脚冰凉。

他还在等那个人。

"将军！"

是屠隆终于赶到，风尘仆仆下马，大踏步走上前来。

"世子有消息吗？扶木原还好吗？"赤研星驰停下脚步，感到异常疲惫。

"回将军，扶木原上狼烟四起，还好百鸟关还算稳固。但另外有一个非常严重的消息。"他的声音闷闷地，一脸沉重。

"怎么了？你慢慢说。"

"陈兴波此去核查，紫丘和林口的存粮少得可怜，关大山费尽心思把事情压下，如今军需吃紧，他最多还能瞒上几天，到时候不但他箭炉城守的位置不保，搞不好李侯也要撤军了。"

赤研星驰一惊："那么多存粮哪里去了？被流民和兵匪烧了吗？"

"不是，听说早在数月以前，就被悉数买空了。"

"买空了？谁敢买封起的库粮？又有这么大的胃口和能量？"一股不祥的预感从赤研星驰的心底升起。

"不是官家买卖，都是鸿蒙商会的关系，零敲碎打运走的，已经持续了大半年。关大山对属下一向约束不严，加上有朱盛世在中间运作，所以他几乎毫无察觉，一共差不多十几万金的粮食，几乎已经把紫丘和林口的粮库搬空。"

赤研星驰的心不断下落，降到了冰点，一个可怕的念头从心底升起："吴宁边？"

"是，"屠隆脸色极为难看，"我们的眼线追着月前的粮食走了一趟，这些粮食的通关路条都是到宁州的，但实际上没有一粒送到宁州，而是都进了毛民的丰收商会。"

"动用军镇库粮是杀头的罪过，关大山虽然贪财，也未必敢接这样的买卖。他们是怎么做到的？"

"大约半年以前，有一个宁州商人，陆陆续续运了三百匹云锦到灞桥，将云锦寄放在鸿蒙商会，说是要贩往朱雀，并借贷十二万金作为返给宁州金主的本金。"

"一个普通商人，怎么会有这样的手笔？"

"是，朱盛世开始也疑惑，不过这个人说到做到，到底云锦按时入了朱家的库房。在商言商，朱家有了质押，也就不再追究他到底什么来路。"

赤研星驰面色铁青："所以粮食又是怎么回事？"

"丰收嘛，这两年扶木原年年丰收，积在紫丘、林口的粮食坏了不少。在付款的当口，朱家起了心思，借口需要时间周转，试探能不能用南渚的春粮来折抵一部分给宁州金主的款项。"

"去岁安乐原歉收，恰逢南渚粮贱，这位宁州金主真是好套路。"

"是啊，"屠隆点点头，"用富余的粮食折抵金子，朱盛世这笔促成买卖，中间还能再赚一道。于是从云锦进入鸿蒙商会开始，便按照对方要求，陆续将这十二万金分派出去，令商会分号协助他们购粮，运往宁州。因为是鸿蒙商会出面卖粮，又是零敲碎打运往宁州，每一笔都不多，所以这些账目从来就没有上关大山的台面。紫丘、林口的库管，眼看新粮即将满仓，也就放心大肆兜售陈粮，个个趁着这个机会狠赚了一笔。"

屠隆叹了口气："这件事，鸿蒙商会和我们的粮官们，个个赚得盆满钵满,都在等新粮下来补足亏空,但谁也没有想到,白安乱起来竟然无法收拾,扶木原的新粮就这样泡了汤。紧跟着,大公又忽然要用兵花渡,箭炉存粮很快就要消耗殆尽,虽然关大山、陈兴波用乱民烧粮极力掩盖,但已经于事无补,这窟窿就这么越捅越大,再也盖不上了。"

"朱盛世怎么敢!"

"鸿蒙商会的背后,有灞桥的支持。"

"谁?大公早存了用兵的心思,难道是二大公?"

屠隆心情复杂地看了看赤研星驰。

"到底是谁?"

"是世子。"

"赤研恭?"赤研星驰一脸难以置信。

"李秀奇知道这个情况吗?"赤研星驰艰难地咽了一口唾沫,感到自己的声音都走了样。

"应该不知道。"

"箭炉这一群蠢货!"赤研星驰忍不住骂起来。

这么看来,包括李秀奇在内,对南渚大军军需供应的判断,竟都是建立在虚假的账面之上!赤研星驰又想起在适才陆建吐的苦水,再联系到关大山在箭炉一直面红耳赤地拆东墙补西墙,拒不发粮,也许不是他在调度周转,而是军中根本已经没有了粮食!陆建估计的十五日的军粮,也不知有没有把箭炉的补给核算在内。如果屠隆消息属实,被饥饿困在四马原上的,也许并不是百花溪另侧的对手,而是自诩兵多粮足的南渚联军!想到这里,他冷汗已经湿透了中衣。

"这些消息,都是世子那边来的吗?"他摘下兜鍪,只觉得头痛欲裂。

"回将军，世子的消息没有来，这些情况，是另外一个人告诉我的。"

"是谁？！"赤研星驰瞪大了眼睛。

屠隆松开手掌，里面有一块红色的温玉。

## 七

当银梭营踏上漫坡，列好阵势的时候，太阳已经沉入地平线以下，只留下一线血红的光芒。落日的余晖渐渐沉入远方的田野，赤研星驰的银梭营终于挂出了青色的海兽长旗。

晚风吹起，带着麦子和青草的香气，战马不安地嘶鸣，百花溪由一条银链变成了浅灰色的绸带，渐渐消隐在夜色之中。

赤研星驰身后整装待发的，就是他的银梭营。这一千余人的队伍，是他四年来一个一个亲手选拔、细心调教的，他几乎可以叫出他们每个人的名字，他们之中大的不过二十出头，小的，只有十六七岁。在波诡云谲的战场上，身后这些跟着他出生入死的年轻人，是他唯一可以依靠的力量。

夜色一点一点降临，赤研星驰微闭双眼，倾听着天地间每一点细微的声响。

银梭营是混合兵种，他身后的战士们可以骑射，可以步战，能闪击，也可以攻坚。没有疑问，银梭营确实是一把尖刺，被插在了整个南渚大军的最前端。

同样没有疑问的是，吴宁边第一批渡过百花溪的，也必定是一支劲旅。

不知道今夜过后，身后的这些年轻人，又有几人能够生还。

赤研星驰沉默不语，手中是那枚紫红玉符，它顺滑炙热，随着他的摩挲，闪烁着赤红的微光。他的手指在上面轻轻掠过，这玉符上的每一丝纹路他都无比熟悉，用八荒广为流传的说法，他赤研星驰，就是握着这块玉诞生的。这块莹血玉，是朝氏王族在诞生之时，大灵师们凝聚星辰之力，为这个荣耀家族封印下的血脉徽章。甚至，不是每个朝氏王族的人都有这样的幸运，得到如此的血脉传承。

他紧紧握住这块莹血玉，从十一岁随父亲离开日光城那天，他就再也没有见过这块玉石和他的母亲。

庾山子，朝氏王族的家臣，南渚前世子赤研洪烈的好友，赤研洪烈之子赤研星驰的启蒙老师，托屠隆把这块玉石带给了今日的南渚冠军侯。

"记住它，再见到它时，便是你的家族血脉在召唤。"

十四年前的别离仿若就在眼前，莹血石离开了至亲血脉，便会敛去光芒，庾山子从自己的脖颈上摘走了它，并且给他留下了这句话。

年幼的赤研星驰不能理解分别的意义，他依然执拗地寻找着自己的母亲，但母亲，那个总是带着笑意的柔软的女人，却再也没出现。

现在，这块阔别已久的玉石就在掌心跃动，赤研星驰的心也随着跃动起来。血脉像一条长河，隐身于这小小的玉石当中，给他带来一股澎湃浩荡的力量，他知道，那是母亲在召唤。

"少主，这里交给我，你返回箭炉吧，或者就去日光城！庾山子说，再不走，就来不及了。李熙然和关声闻靠不住！大公并不在乎有没有银梭营，而八荒却只有一个赤研星驰！"

屠隆的声音略带沙哑，却十分分明。

远树如草，远处百花溪上，影影绰绰，似乎有人在移动。夜幕拉起，距离又太远，赤研星驰不能断定是不是已经有人越过百花溪。

赤研星驰叹了口气，道："至少李秀奇不会背叛我，毕竟，父亲把我托给了他。庾先生的话也许是对的，但凡早一刻，战事未起，也许一切都不一样。但是此时此刻，我已经没有后退的余地了。"

他眯起眼睛，看着夜空中那颗血红暗淡的大星，低声道："我身上，不仅流着日光木莲的血脉，也奔腾着南渚赤研家的鲜血。今日我退一步，对不起先父先祖，我可败可死，但决不可不战。今日我不为南渚洒血，他日我也无颜再顶着赤研这个姓氏！"

屠隆紧紧握着刀柄的手缓缓松开，叹了一口气，道："好，既然少主已有决断，无论生死，我们跟着就是！"

银梭营的士兵都立在马上，千余人的队伍没有擎起火把，被黄昏深沉的暗影笼罩，远远看去，也许真的就像地平线上的摇曳的草木。

赤研星驰努力张了张酸涩的双眼，甲卓航，那个大安城张扬跳脱的锦衣公子，究竟会不会在如此晦暗的情况下渡过百花溪呢？

百花溪畔的火把一只一只亮起来，斥候飞奔而来，气喘吁吁，报道："吴宁边已开始渡河！"

"速度怎样？"

"他们在百花溪上造了三座极宽的浮桥，通过异常迅速。"

"好！"赤研星驰正了正心神，把莹血玉放回贴身衣袋。

"你们跟我已经三个寒暑，今天，就让我看看你们的血气和刚勇！今日一战，让我们把赤铁之虎的荣耀拿回来！"他策马走在队列之前，大声吼着。

"拿回来！"银梭营的兄弟用干脆的吼声回应着他。

明亮站在队伍前突一马的位置，手中紧握军中大旗。

"冲击开始，你要擎住军旗！"屠隆跟着赤研星驰在进行战前最后的巡视，冲着明亮大吼。就在下午，明亮还不愿意接受这个安排，他知道旗手会受到特殊的保护和照顾，他还是想要跟在赤研星驰的身边。

"人在旗在！"此刻的明亮回以豹子般的吼声。

赤研星驰看着明亮那张因为激动而赤红的脸，对他点了点头，一旦冲击开始，他将会擎起自己的军旗，士兵将在他身边潮水般涌过。

赤研星驰正对着他的眼睛，慢慢告诉这个年轻的士兵："军旗就是火炬，是箭靶，是银梭的魂灵！就算你死掉，大旗也不能倒下！整个银梭营，你也许会最先死亡，现在，你还愿意扛着它吗？"

这个憨直少年愣在当场。

左手还像一个影子一样跟在自己身边。带上他是一个冒险，到现在，他也不知道这个少年的底细，甚至，他的真实姓名。而且，这个少年对飞鱼营的仇恨，恐怕比吴宁边来袭的军队还要翻上数倍。

然而这天底下，有什么事是可以百分百确定的呢？

该来的，终于还是来了。

斥候的消息没错，渐渐昏暗的夜色中，一点一点的亮光勾勒出了平原上人群的轮廓。

"速度不快，前排抢渡的是步兵！"屠隆紧盯着那些移动的光点。

"稳住！"赤研星驰的手指敲打着刀鞘。

只要多过来一名士兵，对于银梭营来说，就多一分压力，但如果提早冲击，百花溪西侧的这个口袋就没有任何意义。

黑暗中，百花溪西侧的亮点越来越多，速度也渐渐加快。

"骑兵来了！"

"稳住！"

一滴汗水滑过他的眼角，留下来，究竟是不是个错误的决定？

返回箭炉，还是远上日光城？

银梭已经临兵在前，主帅此刻脱离战场，全军顷刻便会土崩瓦解，说不好整个南渚赤铁都会溃不成军吧？

在溪流口举火的队伍愈发庞大，并潮水般四散枝蔓开来。

"发生了什么？"众人都有些疑惑。

极目望去，整个原野上火焰的溪流开始凌乱起来，再无阵势队形，赤铁军并没有开始侧面压迫，这溪流已经向着西北的花渡方向流去，越来越宽阔。

难道有人提前发动了攻击？赤研星驰眯起了眼睛。

"将军，看！"银梭营的士兵高叫。

遥远的西方平原，蓦地燃起了光亮，一支闪光的长龙急速向百花溪方向蜿蜒而去，拉出了一条火线。

"文拔都的坦提骑兵出动了！"

当越来越多的光亮闪烁，赤研星驰终于隐约看到战场上那黑压压的人群和利刃在火把下的闪光……战争，终于开始了！

"击鼓！"

"举旗！"

"燃火把！"

赤研星驰的命令飞快地通过号兵传到银梭营的每一个角落。火焰一蓬一蓬地亮起来，映得每个人的脸上都红彤彤的。鼓声击打在心房上，让人浑身发烫。枪尖和长刀发出了银子般的光亮。

赤研星驰深深吸了一口气，大喝一声："进击！"

明亮策马，用力将沉重的旗帜向前挥动，长长的布幔完全展开，猎猎作响，战马山呼海啸的嘶鸣压倒了人们心中的细弱声响。

赤研星驰紧咬牙关，身子剧烈地颠簸起来。冲击开始了！

漆黑的大地扑面而来，一切都变得模糊，长枪一支接着一支探出马首，满世界只有甲片和枪杆摩擦的沙沙声响。

细小的黑点渐渐胀大变成了杂乱奔跑的人群，在模糊的喊叫声中，一张张惊恐的脸庞渐渐清晰。怎么回事？赤研星驰的思维忽然变得缓慢起来。枪头扎进肉体，飞溅的鲜血带着温热粘在他的脸上、身上。

一个个影子从眼前闪过，不对！哪里不对！

"他们不是士兵！"左手的喊叫在隆隆的马蹄声中隐约又微弱，却钢钉一样楔入了赤研星驰的耳朵。凶狠的箭雨随即从银梭的侧面铺天盖地降下来。

"转向！转向！"赤研星驰勒马回身，绝望地大叫。他身后是黑魆魆的原野，剧烈的心跳让周围的一切都抖动起来，龟甲！龟甲营在哪里？！